PROCURANDO
GOBI

DION LEONARD

PROCURANDO GOBI

Tradução de Elenice Barbosa de Araujo

A HISTÓRIA REAL DE
UMA CACHORRINHA
COM UM GRANDE
CORAÇÃO

Rio de Janeiro, 2018

Título original: *Finding Gobi*
Copyright © Dion Leonard, 2017
Edição original por W Publishing Group. Todos os direitos reservados.
Copyright de tradução © Vida Melhor Editora S.A., 2018.

Publisher	*Omar de Souza*
Gerente editorial	*Samuel Coto*
Editor	*André Lodos Tangerino*
Assistente editorial	*Bruna Gomes*
Copidesque	*Mirela Favaretto*
Revisão	*Giuliana Castorini*
Diagramação	*Julio Fado*
Adaptação de capa	*Filigrana*

CIP-BRASIL. CATALOGAÇÃO NA PUBLICAÇÃO SINDICATO
NACIONAL DOS EDITORES DE LIVROS, RJ

L594p

Leonard, Dion

Procurando Gobi : a história real de um pequeno cachorro com um grande coração / Dion Leonard ; tradução Elenice Barbosa de Araújo. - 1. ed. - Rio de Janeiro : HarperCollins Brasil, 2018.
256 p. : il. ; 23 cm.

Tradução de: Finding Gobi
ISBN 9788595083363

1. Gobi - Biografia. 2. Relação homem-animal. I. Araújo, Elenice Barbosa de. II. Título.

18-48551   CDD:926.378
                                CDU: 929.636

HarperCollins Brasil é uma marca licenciada à Casa dos Livros Editora LTDA.
Todos os direitos reservados à Vida Melhor Editora S.A.
Rua da Quitanda, 86, sala 218 – Centro
Rio de Janeiro – RJ – CEP 20091-005
Tel.: (21) 3175-1030
www.harpercollins.com.br

Para minha esposa, Lucja.
Seu amor, dedicação e apoio ilimitados
tornaram possível esta obra.

Prólogo

A EQUIPE DE FILMAGEM CONCLUIU O TRABALHO ONTEM À NOITE. E alguém da editora chegará amanhã. Meu corpo ainda está sofrendo com a diferença de fuso e com outros efeitos da longa jornada de 41 horas de viagem. Por isso, Lucja e eu resolvemos que essa nossa primeira corrida do ano seria mais fácil. Além disso, não somos mais apenas nós dois. Temos de pensar na Gobi.

Diminuímos o ritmo ao passar pelo *pub*, descemos pelo caminho ao lado do Palácio de Holyrood e observamos o céu azul bem limpo fundir-se ao pico Arthur's Seat, um monte coberto de vegetação que domina o horizonte da cidade de Edimburgo. Já perdi a conta de quantas vezes eu o subi correndo e sei o quanto pode ser difícil. Em geral, o vento sopra contrário com tanta intensidade que chega a nos forçar para trás. A chuva gélida bate na pele parecendo uma faca. Em dias assim, eu sonho com o calor de cinquenta graus do deserto.

Mas hoje não há vento, nem chuva gelada. Começamos a subir, e o clima não está nem um pouco hostil, é como se o céu limpo e sem nuvens inspirasse o pico a exibir toda sua majestade.

Quando deixamos o asfalto e chegamos ao terreno com vegetação, a Gobi virou outra. Esta cadela, pequena o bastante para eu carregá-la debaixo de um braço só, tornou-se um leão feroz, galgando a subida do monte.

"Uau!", Lucja exclamou, "Olha só a energia dela!"

E antes que eu fizesse qualquer comentário, Gobi se virou, a língua pendurada para fora, olhos reluzindo, orelhas apontadas para frente, peito estufado. É como se ela entendesse o que Lucja havia dito.

"Você ainda não viu nada", falei, acelerando um pouco o passo, tentando liberar um pouco a pressão na guia. "Ela fazia igualzinho nas montanhas."

Continuamos subindo e nos aproximamos do pico. Pensei que, embora eu a tivesse batizado em referência ao deserto, eu tinha visto a Gobi pela primeira vez no frio das montanhas acidentadas de Tian Shan. Ela é uma alpinista nata e a cada passo demonstra mais energia. Logo já está balançando o rabo tão rápido que sequer dá para ver, e o corpo dela pula e pulsa de pura alegria. Quando ela se virou e olhou para nós, posso jurar que estava sorrindo. Como se dissesse: "Vamos! Venham logo!"

Que bom chegar ao topo e poder admirar a vista de que tanto gosto, ver Edimburgo se estendendo lá embaixo, diante de nós. Mais adiante, ficam o Forth Bridge, os montes Lomond e a via West Highland Way — já corri por seus 155 km de extensão. Dá para avistar North Berwick também, mas ir até lá equivale a uma maratona. Eu adoro correr na praia, mesmo em dias de clima ruim, pois o fato de o vento tentar me derrubar a cada um ou dois quilômetros por si só representa uma batalha a vencer.

Fazia mais de quatro meses que eu não vinha aqui. E mesmo conhecendo bem toda a região, desta vez há uma novidade.

Gobi.

Ela resolveu que era hora de ir embora e me arrastou montanha abaixo. Não pela trilha, mas em linha reta. Eu fui aos tropeços por sobre os tufos de grama e pedras do tamanho de uma mala de viagem, e a Lucja tentou me acompanhar. Já a Gobi desviou de tudo com a maior facilidade. A Lucja e eu trocamos olhares e demos risada, desfrutando o momento pelo qual tanto esperamos: formar uma família e corrermos juntos.

Correr nem sempre é divertido assim. Na verdade, para mim, correr não é divertimento. Pode ser, sim, gratificante, mas não divertido a ponto de gargalhar. Não como agora.

Gobi quis continuar correndo, então deixamos ela nos conduzir. Ela nos levou aonde quis; às vezes, montanha acima e, então, abaixo de novo. Nada de treinamento predefinido, nem de percurso planejado.

Também sem preocupação alguma. Puro *relax*. Era um momento de descontração, e sou grato por isso e muito mais.

Considerando os últimos seis meses, acho que precisava disso.

Enfrentei coisas pelas quais jamais havia imaginado passar, tudo por conta desta pequena bolinha de pelos meio marrons, meio beges, quase destroncando o meu braço. Venci um medo que jamais havia sentido. Cheguei a ficar desesperado ao ponto de me faltar o ar e tirar o brilho de tudo. Encarei a morte. Mas essa não é a história toda. Foi muito mais do que isso.

A verdade é que essa cadelinha me mudou de tal modo, que só agora começo a compreender. E, talvez, nunca chegue a entender totalmente.

Só sei que procurar Gobi foi uma das coisas mais difíceis que fiz na vida.

Mas ser encontrado por ela, ah, essa foi uma das melhores coisas que me aconteceu.

Parte 1

1

AO CRUZAR A PORTA DO AEROPORTO na minha chegada à China, precisei de um instante para que meus sentidos absorvessem o caos ao meu redor. O ronco de milhares de motores no estacionamento à frente competia com as vozes de milhares de pessoas falando ao telefone ao mesmo tempo.

As placas estavam todas escritas em mandarim e no que me parecia árabe. Eu não entendia nenhum dos dois idiomas, então me juntei ao fluxo de pessoas, que eu imaginava estarem esperando por um táxi. Eu era quase uns trinta centímetros mais alto do que a maioria, mas, para eles, invisível.

Estava em Urumqi, cidade que ocupa uma grande área da Província de Xinjiang, no extremo noroeste da China. Nenhuma outra cidade no mundo fica mais longe do mar, e quando o avião se aproximava de Pequim, notei a transição geográfica dos picos das montanhas cobertos de neve passando as vastas áreas ermas, de deserto. Em algum ponto lá embaixo, uma equipe organizadora de corridas havia traçado um percurso de 255 quilômetros que incluía aqueles picos gelados, um vento incessante e o trecho de matagal desolado e inabitado do Deserto de Gobi. Eu iria atravessá-lo, por quatro dias, percorrendo quase o equivalente a uma maratona diária; e depois seriam quase duas maratonas no quinto dia, e no sexto, mais uma hora correndo em ritmo forte, um *sprint* final para os últimos 10K até terminar a prova.

Esse tipo de competição é uma ultramaratona de várias etapas, e é difícil pensar em outra modalidade mais extrema que represente um desafio mental e físico mais intenso. Pessoas como eu gastam milhares de dólares pelo privilégio de se expor à mais pura agonia, e ainda de quebra, a uma perda de dez por cento do peso corporal no processo, mas vale a pena. Nós corremos nos locais mais pitorescos do mundo e contamos com uma equipe de apoio dedicada, além de uma equipe médica altamente especializada para nos ajudar. Muitas vezes, esses desafios são um martírio, mas são também reveladores. A gente muda, e cruzar a linha de chegada é uma experiência das mais gratificantes.

Às vezes, nem tudo termina bem. Como na última vez em que eu tentei correr seis maratonas em uma semana. Terminei misturado à multidão, agonizando. Na ocasião pareceu definitivo que eu nunca mais voltaria a competir. Mas eu me recuperei bem o suficiente para uma tentativa final. Uma boa performance na corrida de Gobi significaria, então, que restava ainda uma chama de corredor em mim. Afinal, nos três anos anteriores — período em que eu havia me dedicado a correr para valer —, eu havia descoberto o quanto é bom subir no pódio. E a ideia de nunca mais competir me dava um gelo no estômago.

Se as coisas dessem errado, como aconteceu com outros corredores nesta mesma corrida uns anos atrás, eu poderia acabar morto.

●

Segundo li na Internet, o trajeto de carro do aeroporto ao hotel costumava levar de vinte a trinta minutos. Mas quanto mais nos aproximávamos dessa marca, mais o motorista se agitava. Logo de início, ele ficou irritado quando viu que eu era turista e falava inglês, disse que cobraria o triplo do que eu esperava. Depois, só piorou.

Quando paramos diante de um prédio de tijolo aparente, ele ficou gesticulando, querendo me enxotar para fora do táxi. Eu olhei a fachada pelo vidro do carro e comparei com a imagem em baixa resolução que havia mostrado a ele logo no início. Tinha alguma semelhança, se a gente espremesse os olhos, mas era óbvio que ele não havia me trazido até um hotel.

— Acho que você está precisando de óculos, amigo — eu disse, tentando levar na esportiva e fazê-lo rir da situação. Mas não funcionou.

Muito a contragosto ele pegou o telefone e começou a falar, gritando, com alguém. Quando por fim me deixou no meu destino, vinte minutos mais tarde, parecia furioso, gesticulando com os punhos fechados, e foi embora cantando pneu.

Não que eu tivesse ficado incomodado. A ultramaratona não maltrata apenas o nosso corpo, ela também exige muito da mente. Aprendemos rápido a bloquear as distrações e os detalhes irritantes, como a perda da unha do pé ou um mamilo sangrando. O estresse de um motorista de táxi enfurecido era algo que eu podia facilmente ignorar.

• •

O dia seguinte foi outra história.

Eu tive de pegar o trem-bala e percorrer umas centenas de quilômetros para chegar ao centro de organização da corrida, em uma cidade ampla chamada Hami. Assim que cheguei à estação em Urumqi, senti que aquela seria uma viagem para testar a minha paciência.

Eu nunca tinha visto um esquema de segurança como aquele em uma estação de trem. Havia veículos militares espalhados por toda parte, detectores de metal temporários afunilando o fluxo de pedestres e comando de guardas armados controlando o tráfego. Tinham avisado para chegar com duas horas de antecedência ao embarque, mas quando vi a fila imensa de pessoas na minha frente, duvidei se seria suficiente. Se eu havia aprendido uma lição com a corrida de táxi no dia anterior era que, caso perdesse o trem, eu dificilmente superaria a barreira do idioma para remarcar a minha passagem. E como saber se ainda daria para participar se eu não chegasse a tempo ao ponto de encontro da corrida naquele dia?

Entrar em pânico certamente não me ajudaria em nada. Eu controlei a respiração e disse a mim mesmo para recuperar o foco, então fui me enfiando até conseguir chegar ao primeiro posto de controle. Quando por fim fui liberado, me encaminhei até o lugar onde retiraria a passagem, mas descobri que estava na fila errada. Passei para a fila certa, e a essa altura estava bem em cima da hora. Se isso fosse uma corrida, pensei, eu estaria bem atrás. Eu nunca corri no pelotão de trás.

Com o bilhete da passagem em mãos, eu tinha menos de quarenta minutos para passar por outro controle de segurança, deixar um policial minucioso ao extremo analisar em detalhes a legitimidade do meu passaporte, conseguir chegar à frente da fila com umas cinquenta pessoas na espera para embarcar, e ficar parado, boquiaberto e de olhos arregalados, diante de placas e painéis inteligíveis, tentando decifrar para onde eu deveria me dirigir até achar a plataforma certa.

Felizmente, eu não sou completamente invisível, e um rapaz chinês que estudou na Inglaterra bateu no meu ombro:

— Posso ajudar? — perguntou.

Tive vontade de abraçá-lo.

●

Eu mal tinha me sentado na plataforma de embarque, quando todos ao meu redor se voltaram para olhar a tripulação do trem passando por nós. A cena parecia saída de um aeroporto dos anos 1950, os maquinistas com uniforme imaculado, de luvas brancas, e com ar de total controle; e as comissárias de bordo muito sóbrias, a imagem da perfeição.

Eu os segui, entrei no trem e me acomodei na poltrona, exausto. Já tinham se passado quase 36 horas desde que havia deixado minha casa, em Edimburgo, então procurei esvaziar a mente e relaxar o corpo de toda a tensão acumulada. Fiquei olhando pela janela, buscando algo interessante na paisagem, mas as horas se passaram e o trem percorreu centenas e centenas de quilômetros por um cenário desolado, pouco cultivado para ser considerado uma área agrícola, contudo, não completamente desabitado para ser chamado de deserto.

Exausto e estressado. Não era assim que eu queria me sentir na iminência da prova mais importante que já havia enfrentado na minha curta carreira de corredor.

Eu já havia participado de eventos de mais prestígio, como a mundialmente famosa Maratona das Areias, no Marrocos, considerada por unanimidade a corrida mais difícil do planeta. Por duas vezes, eu me alinhei junto a outros 1.300 atletas e corri atravessando o Deserto do Saara, com temperaturas chegando aos 50°C durante o dia e despencando para 4°C à noite. Terminei na elogiável 32° posição na segunda vez em que participei dela. Mas tinham se passado quinze meses desde então, e muita coisa havia mudado.

Eu tinha começado a reparar nas mudanças durante outra corrida de 250 quilômetros pelo Deserto do Kalahari, na África do Sul. Eu havia exigido bastante de mim — demais, aliás — para terminar na segunda posição geral; aquele foi o meu primeiro pódio, de fato, em uma prova multietapas. Mas não me mantive hidratado o suficiente e, em decorrência disso, minha urina ficou escura, feito coca-cola. Quando voltei para casa, meu médico disse que, por falta de líquido, meu rim acabou encolhendo, e que correr havia causado sequelas e provocado sangramento na minha urina.

Alguns meses mais tarde, comecei a sentir palpitações durante outra corrida. Meu coração passou a bater descontrolado, e do nada começaram tontura forte e náuseas.

Ambos os problemas se manifestaram novamente logo no início da minha corrida na Maratona das Areias. Claro que ignorei a dor e o desconforto, e tratei de me superar para completar a prova e chegar entre os cinquenta primeiros. A questão agora foi que me esforcei tanto, que, ao voltar para casa, passei a ter espasmos de dor horríveis no músculo posterior da coxa esquerda ao andar, imagine então ao correr.

Fiquei de repouso nos primeiros meses, e depois foi um entra e sai do consultório de vários fisioterapeutas, ouvindo sempre a mesma coisa: eu deveria experimentar a nova combinação de exercícios de força e condicionamento recomendada por eles. E eu tentei todas elas. Nenhuma me ajudou a voltar a correr.

Levei uns bons meses do ano para encontrar um fisioterapeuta e um técnico, especialistas em corridas, capazes de entender o que estava acontecendo, e detectar a verdade: parte do problema era eu não estar correndo do modo certo. Sou alto, tenho mais de 1,80m, e, embora minha passada longa e firme pareça fácil e natural, eu não estava acionando todos os músculos que deveria, por isso tinha espasmos agudos e dolorosos na perna ao correr.

A corrida na China era a primeira oportunidade de testar a minha nova passada mais rápida e curta em uma competição exigente. De modo geral, estava me sentindo ótimo. Tinha conseguido treinar por horas a fio em casa sem sentir nada, e seguido exemplarmente a minha dieta pré-corrida habitual, como nunca. Nos três últimos meses, evitei bebida alcoólica, comida industrializada e guloseimas, comi basicamente frango, legumes e verduras. Cortei até o café, na esperança de eliminar a palpitação. Se a recompensa viesse, e eu corresse tão bem na China quanto planejado, poderia até me inscrever na prestigiosa corrida que os organizadores estavam planejando para o fim do ano — a travessia das Salinas do Atacama, no Chile. Se ganhasse lá, estaria em perfeita forma para voltar à Maratona das Areias, no Saara, no próximo ano, e consolidar a minha fama.

• •

Eu fui o primeiro passageiro a desembarcar em Hami e liderei o numeroso grupo de viajantes em direção à saída.

"Bem melhor assim", pensei.

O guarda responsável pelo posto de segurança pôs fim à minha alegria:

— Por que motivo o senhor está aqui? — perguntou.

Dava para ver a longa fila de táxis do lado de fora da porta, todos aguardando solícitos, ao lado da calçada vazia, meus companheiros viajantes. Tentei explicar sobre a corrida e dizer que gostaria de passar e pegar um táxi, mas sabia que era inútil. Parecendo perplexo, ele olhou várias vezes para mim e meu passaporte, então pediu para segui-lo até um *trailer* que abrigava uma espécie de escritório.

Levei meia hora esclarecendo para que serviam as embalagens de gel energético e alimentos desidratados, e ainda assim, não tinha certeza se ele tinha acreditado em mim. Acho que acabou me liberando por puro cansaço. Quando sai de lá e fui até a calçada, a multidão já havia partido. Assim como todos os táxis.

"Maravilha!"

Fiquei lá, sozinho, esperando. Estava muito cansado e ansioso para essa viagem insana acabar.

Trinta minutos mais tarde, chegou um táxi. Antes de sair de Urumqi, eu tratei de imprimir o endereço do meu hotel em mandarim e, ao mostrar à motorista, fiquei aliviado por ela ter entendido. Sentei-me no banco de trás, com os joelhos espremidos contra uma armação metálica e, ao partirmos, fechei os olhos. Poucos metros adiante, o carro parou. Minha motorista apanhou outro passageiro. "Deixa estar, Dion, relaxa." Achei inútil reclamar. Até o momento em que ela se virou para mim e apontou a porta, deixando bem claro que o outro cliente tinha a preferência, e que eu não era mais desejado no táxi.

Precisei voltar andando, e perdi outros vinte minutos para passar pela segurança e entrar outra vez sozinho na fila no ponto de táxi deserto.

Por fim, chegou outro carro. O motorista era animado, educado e sabia exatamente aonde ir. Na verdade, demonstrou tanta segurança que, ao chegar dez minutos mais tarde diante do enorme prédio cinza, nem me preocupei em conferir se era o hotel correto. Simplesmente entreguei o dinheiro, puxei a mala atrás de mim e ouvi-o partir.

Foi só quando entrei na portaria que percebi que estava em um lugar totalmente errado. Não se tratava de um hotel, mas de um prédio de escritórios. Um prédio comercial onde ninguém falava inglês.

Foram quarenta minutos tentando me comunicar com os funcionários, que tentavam, em vão, interagir, e muitas ligações para sei-lá-quem. Então, vi um táxi passar bem devagar diante do prédio, agarrei minha mala, saí correndo e implorei ao motorista para me levar aonde eu precisava ir.

Trinta minutos mais tarde, diante da cama vazia no hotel simples, reservado pelos organizadores da maratona, prometi solenemente em voz alta:

— Não volto mais à China, de jeito nenhum!

●

Não era frustração por não ter conseguido me comunicar adequadamente, nem mesmo as dores musculares e a fadiga extrema que me incomodavam. Eu havia passado o dia evitando me estressar, mas com a sucessão de reveses, o nervosismo foi tomando conta. Não tinha lógica, não fazia sentido. Ficava me lembrando de que havia reservado tempo suficiente para ir de Pequim ao ponto de partida da corrida, e mesmo se perdesse o trem, eu conseguiria dar um jeito. No fundo, também sabia que as dores que aparecessem nos últimos dias logo passariam quando eu começasse a correr.

Ainda assim, quando cheguei ao hotel perto do centro de organização da corrida, estava me sentindo ansioso como nunca antes nas outras provas em que competi. A fonte do meu nervosismo não tinha sido a jornada até ali e não era saber dos desafios físicos que me aguardavam. Era algo muito, muito diferente. Era a suspeita de que esta poderia ser a minha última corrida e o medo de jamais vencer uma prova — afinal, conseguir uma vitória tem sido a minha única motivação para entrar nessas competições.

● ●

Terça-feira, 3 de janeiro de 1984. O dia seguinte ao meu nono aniversário. Foi quando descobri que a vida está sujeita a mudanças repentinas. O dia tinha sido ótimo, banhado pelo generoso sol do verão australiano. De manhã, havia nadado de bicicleta em um circuito cheio de obstáculos que eu mesmo havia improvisado, enquanto a mamãe e o papai liam o jornal, e minha irmãzinha de três anos brincava no quintal perto do apartamento da vovó (a Nan), que ficava em um anexo na parte de trás da nossa casa. Eu finalmente havia conseguido dar uma pirueta perfeita no trampolim e, depois do almoço, papai e eu saímos com nossos tacos de críquete e umas bolas velhas. Ele estava recém-recuperado de uma infecção respiratória, e era a primeira vez em séculos que ele ia jogar ao ar livre comigo. Ensinou-me a segurar o bastão e a bater na bola do jeito exato, com força e altura, para que ela deslizasse sobre o gramado para além da divisa do nosso terreno.

Eu só entrei em casa já no finalzinho da tarde, e logo senti o cheirinho da comida da mamãe vindo da cozinha. Ela estava fazendo pudim de chocolate, que assava por horas no vapor. Também tinha preparado aquele molho bolonhesa suculento — eu gostava de colocar o rosto sobre a panela e ficar sentindo o aroma gostoso, enquanto minha pele pudesse suportar o calor.

Que dia perfeito!

Como um típico garoto de nove anos, na hora de ir para cama, insisti que não estava cansado, mas não demorou para eu morrer de sono. Lembro-me vagamente da mamãe saindo para a aula de ginástica aeróbica das terças-feiras e do papai assistindo ao jogo de críquete na TV, com o som bem baixinho.

— Dion! — ele me chamou.

Eu não conseguia acordar. Estava escuro e eu me encontrava no meio de um sonho movimentado.

— Dion! — ouvi papai me chamar outra vez. A casa estava num silêncio só, nada de TV, e nem sinal da mamãe por perto.

Eu não entendi por que ele estava me chamando daquele jeito, então virei para o lado e voltei a dormir.

Não sei dizer por quanto tempo papai continuou me chamando, mas, por fim, eu acabei levantando para ver o que ele queria.

Ele estava deitado na cama, coberto com o lençol. Como ele não olhou para mim quando entrei, fiquei de longe. A respiração dele estava anormal, e ele teve de se esforçar muito para conseguir inspirar o mínimo de ar. Então percebi que ele estava muito doente.

— Vá rápido chamar sua avó, Dion! — ele pediu.

Eu desci correndo e bati na porta da frente da vovó.

— Nan, vem rápido, o papai precisa de você — eu disse alto. — Ele está passando mal!

Ela saiu na mesma hora, e eu a segui pelas escadas. Lembro-me de pensar que, como ela havia sido enfermeira, o papai ficaria bem. Sempre que a minha irmãzinha ou eu nos machucávamos, enquanto fazia o curativo, a Nan nos fazia rir com as histórias do tempo em que ela trabalhara como enfermeira-chefe em um hospital para feridos de guerra. Ela era uma mulher forte, uma lutadora, que eu acreditava ter o poder de fazer desaparecer qualquer doença ou dor apenas com as mãos.

Assim que ela viu o papai, correu para chamar uma ambulância. Eu fiquei com ele até ela voltar e pedir para eu sair do quarto.

Christie estava no cômodo ao lado, dormindo. Fiquei lá, olhando para ela, e pude ouvir a respiração do papai piorar e a vovó falar em um tom de voz bem mais alto, que nunca tinha ouvido ela usar:

— Garry, a ambulância já vai chegar. Você está tendo uma crise de asma. Fique calmo, Garry. Aguente firme.

Minha irmã acordou e começou a chorar.

— O papai está se sentindo mal, Christie — eu disse, tentando ser firme como a vovó —, mas logo vai chegar mais gente para ajudar.

Eu atravessei o *hall* correndo para abrir a porta assim que ouvi a ambulância estacionar. Fiquei olhando os paramédicos carregarem uma maca e um respirador até lá em cima. Observei em silêncio a mamãe entrar correndo em casa, instantes depois. Ouvi o choro dela vindo do quarto, sem entender o que aquilo significava. Quando eles saíram levando o papai um pouco depois, eu desviei o olhar. Ele continuava respirando com dificuldade, e sua cabeça estava tremendo. Fiquei prestando atenção no barulho estridente de uma das rodinhas da maca ao girar.

Eu segui a todos até o lado de fora. A iluminação da rua, os faróis e as luzes de alerta descaracterizaram a noite. Quando os paramédicos colocaram a maca dentro da ambulância, o papai disse para a mamãe que a amava. Eu fiquei perto da vovó, sentindo a grama fria nos pés descalços.

— Tudo vai ficar bem— a Nan assegurou.

Mas eu não sabia quem ela estava tentando convencer.

A Christie, a Nan e eu ficamos em casa, e minha mãe seguiu com o papai na ambulância. Eu não sei por quanto tempo ficamos sozinhos, e não lembro o que fizemos. Só me recordo de que já era quase meia-noite quando a porta finalmente abriu, e minha mãe entrou acompanhada de um médico. Não foi preciso dizer nada. Vovó e eu sabíamos o que tinha acontecido. Nós três, então, caímos no choro. Pouco depois, o telefone começou a tocar. Eram ligações breves, a Nan atendia, falando baixinho. Quando a campainha tocou e os primeiros vizinhos entraram e abraçaram a minha mãe, me recolhi no meu quarto.

No dia do enterro, fiquei olhando o caixão do meu pai ser levado de carrinho até o carro funerário. De repente, tirei a mão da mamãe do meu ombro e corri para detê-lo. Tentei em vão me agarrar ao caixão de madeira, mas meus braços curtos não foram suficientes para abraçar a volta toda. Quando meu choro se tornou intenso demais, a ponto de fazer o peito doer, alguém me tirou de lá.

2

POUCO DEPOIS DA MORTE DO MEU PAI, MAMÃE DECIDIU MUDAR para o apartamento da vovó, que passou a cuidar dela, da Christie e de mim. Era como se a mamãe tivesse voltado a ser criança, e, portanto, não conseguia mais ser a nossa mãe. Eu era apenas um garoto de nove anos, mas qualquer tolo teria identificado os sinais. Um dia, ao entrar no quarto dela e ver as lágrimas rolando sem parar, percebi que ela não conseguia se conformar. Fazia algumas semanas que ele havia morrido.

Levei uns meses até descobrir que os problemas dela não eram por conta do luto. Certa noite, mamãe e eu estávamos na cozinha. Ela estava fazendo limpeza — uma mania recém-adquirida — e eu estava sentado à mesa, lendo.

— Dion — ela disse —, Garry não era seu pai.

Não me lembro de ter chorado nem de ter corrido para me esconder. Não me lembro de ter gritado, nem berrado, nem de ter pedido explicações a ela. Não me recordo do que eu disse na sequência. Não me recordo de como me senti. As lembranças que deveriam existir são apenas um grande vácuo. Mas dá para avaliar o quanto aquela notícia deve ter doído, a ponto de eu ter deletado tudo da minha memória.

O que sei com certeza é que a cicatriz que a morte do meu pai — do Garry — deixou em mim está tão cravada que eu me tornei outra pessoa. Até hoje, minha mãe chora quando falamos sobre a morte do Garry. Ela sempre diz que bastaram vinte minutos em uma ambulância para nossa vida mudar para sempre. Ela está certa e errada ao mesmo tempo: bastaram uns poucos minutos para transformar a nossa vida em um caos; mas foram aquelas seis palavrinhas que dilaceraram de vez o meu coração em luto.

Guardei meu segredo a sete chaves. Depois de um ano ou dois tentando descobrir a verdade sobre mim, passei a sentir vergonha do meu passado; eu não era apenas o garoto sem um pai em casa, mas também o único que eu conhecia filho de mãe sozinha. O fluxo regular de visitantes depois do enterro há muito tinha parado, e nossos recursos minguados obrigaram minha mãe a procurar emprego. Sempre que estava em casa, ela passava horas limpando tudo sem parar e ouvindo as músicas do Lionel Richie no aparelho de som da sala de jantar impecavelmente limpa, com o volume no último.

Eu tinha a impressão de que meus amigos, todos, pertenciam a famílias perfeitas, e como todos eles frequentavam a igreja, passei a ir também, aos domingos. Queria me sentir bem aceito e gostava ainda do fato de poder me servir de uma porção de *cupcakes* depois do culto. Eu não ligava muito para os sermões — mas, às vezes, eles faziam com que me sentisse bem comigo mesmo. No entanto, o modo como as pessoas reagiam ao me verem circulando perto da mesa do chá no fim do culto deixava claro para mim que elas me consideravam diferente dos demais. Dava para escutá-las falando pelas minhas costas, e quando eu me virava eram só sorrisos moucos e um silêncio embaraçoso.

Minha mãe passou a receber telefonemas. Eu me esgueirava no corredor para observá-la parada, com o rosto voltado para a parede, os ombros arqueados. Ela usava palavras quebradas, as chamadas eram curtas e, às vezes, quando se virava e me via ali olhando, me contava sobre a fofoca mais recente que estavam espalhando pela cidade sobre nós.

Não demorou e eu também me entreguei ao ostracismo. Uma vez, em um sábado à tarde, fui à casa de um amigo, que eu sabia estar lá porque vi sua bicicleta no gramado em frente. No entanto, sua mãe me disse que ele não poderia sair para brincar.

— Não dá para você brincar com o Dan — ela disse, fechando a porta de tela entre nós.

— Por que não, senhora Carruthers?

— Porque você é uma má influência, Dion. Não queremos mais você por aqui.

Eu fui embora acabado. Eu não bebia, não falava palavrão, não aprontava na escola, nunca havia me envolvido com a polícia. Tudo bem que eu era meio guloso com os *cupcakes* na igreja, mas fora isso procurava ser educado e gentil o tempo todo.

Logo, ela só poderia estar se referindo a uma coisa.

Eu não sabia como definir isso na época, mas imediatamente cultivei uma aversão por me fazerem sentir excluído. Lá pelos quatorze anos, eu já estava bem ciente do meu lugar na vida: à margem de tudo.

• •

Como de costume, sentei-me sozinho, isolado dos demais, para ouvir as boas-vindas e as recomendações de segurança. A corrida tinha sido organizada por um grupo com o qual eu nunca havia corrido; no entanto, já havia participado de encontros assim o bastante para saber o que nos aguardava.

O maior perigo para quem corre uma ultramaratona multietapas no clima quente do deserto é a exaustão por calor — um quadro padrão de desidratação, câimbras, tontura e pulso acelerado — evoluir para insolação. Aí outros sintomas se manifestam, incluindo confusão, desorientação e convulsões. A gente não percebe o que está acontecendo, não dá para compreender os sinais. Daí acaba encolhido em uma vala ou tomando decisões erradas no momento exato em que deveria buscar abrigo do calor, repor os sais, se hidratar e reduzir drasticamente a temperatura corporal. Senão, há o risco de entrar em coma e acabar morrendo. Os organizadores da corrida informaram que todas as pessoas apresentando sinais de estar à beira da exaustão por calor seriam retiradas da prova na mesma hora. O que eles não disseram é que seis anos antes um dos competidores nessa mesma corrida tinha morrido de insolação. O microfone foi passado a uma norte-americana. Eu já a conhecia, era a fundadora da corrida.

— Este ano teremos alguns corredores célebres — ela anunciou —, inclusive o grande e único Tommy Chen.

Todos os cem corredores na sala aplaudiram e voltaram a atenção para um jovem taiwanês acompanhado por uma equipe de filmagem exclusiva, que estava registrando o momento. A seguir, ouvimos diversas considerações sobre o fato de Tommy estar buscando a vitória e relatando os ótimos resultados que havia acumulado.

Quando voltei para casa, pesquisei sobre os corredores que considerava meus maiores concorrentes, por isso sabia que Tommy era um dos melhores. Ele era um legítimo *superstar* do multietapas e difícil de derrotar.

Antes de deixar a Escócia, eu tinha lido um *e-mail* dos organizadores relacionando os dez melhores corredores com maior chance de um bom resultado. Nenhuma menção ao meu nome, apesar de eu ter vencido alguns deles no passado. Isso tinha me deixado um pouco aborrecido, mas não porque o meu ego estivesse ferido. Não havia motivo para eu ter sido incluído na lista dos corredores com bom potencial. Havia me tornado quase um esquecido, afinal, não tinha corrido mais depois da prova de 211K no Camboja, e não os culpava por estarem me ignorando.

Eu estava chateado comigo. Apesar de ter começado a correr fazia apenas três anos, já tinha conquistado alguns pontos de pódio. Por causa do meu início tardio no esporte, eu sabia que tinha uma janela curta para conseguir me provar, e os oito meses que levei para me recuperar tinham sido um desperdício de tempo precioso.

●

Antes da apresentação, foi feita uma checagem dos equipamentos para garantir que todos estavam com o material indispensável para a corrida. Embora tivéssemos que carregar toda comida, roupa de cama e roupas suficientes para as seis etapas da corrida de sete dias, o objetivo era levar uma mochila com o menor peso possível. Para mim, isso significava nada de mudas de roupa ou colchonete, nem livros e *smartphone* para me entreter ao fim de cada etapa. Eu só havia trazido um saco de dormir, uma única troca de roupa e uma quantidade mínima de alimentos para me manter. Eu costumo consumir 2.000 calorias por dia, mesmo sabendo que vou gastar perto de 5.000. Então, volto para casa parecendo um cadáver, mas vale a pena para ter uma mochila mais leve.

Mais tarde, naquele dia, nós seguimos de ônibus até o local da largada da prova, ficava há algumas horas de onde estávamos em Hami. Eu conversei um pouco com um rapaz sentado perto de mim, mas na maior parte do tempo permaneci calado e tentei bloquear o barulho dos três rapazes de Macau, sentados atrás de mim, que deram risada e falaram alto o caminho todo. Eu me virei e dei um sorrisinho algumas vezes, esperando que eles entendessem a dica e ficassem quietos. Mas eles sorriam de volta e continuavam a farra. Quando paramos, eu estava muito incomodado e não via a hora de sair para buscar um pouco de paz e silêncio e começar a me preparar mentalmente para enfrentar a corrida.

Os moradores tinham montado uma bonita apresentação com danças regionais e equitação, incluindo um jogo que lembrava o polo, mas jogado com uma ovelha morta. Saí de fininho e fui procurar a barraca onde ia ficar, para tomar posse do meu canto. Na maioria das ultramaratonas multietapas, os companheiros de barraca, que permanecem juntos a corrida toda, são definidos previamente. A gente não tem como saber com quem vai ficar, mas pode, ao menos, se certificar de não pegar um lugar muito horrível para dormir.

Fiquei parado dentro da velha barraca de exército, pensando onde deveria me acomodar. Não gosto de ficar perto da entrada por causa da corrente de vento, e o fundo da barraca também costuma ser frio. Decidi arriscar e pegar um lugar no meio, torcendo para que meus colegas de acampamento não atrapalhassem meu sono roncando ou fazendo muito barulho.

Estava conferindo meu equipamento quando três colegas chegaram. Eles pareciam bem vigorosos e não houve comoção ao escolherem seus lugares. Mas fiquei desapontado quando, ao ouvir as gargalhadas, levantei o olhar e reconheci os três rapazes de Macau.

• •

Apesar de estarmos no verão, ficou bastante frio quando o sol começou a se por. O prefeito da localidade fez um discurso, para mim, ininteligível, mas a apresentação de dança mongol e os cavalos de corrida foram suficientes para me distrair por uns instantes. Alguns corredores estavam sentados ao redor, jantando, e eu fui caminhar. Fiquei distraído olhando a equipe de filmagem do Tommy, mas logo resolvi voltar para a barraca. Ouvir as pessoas perguntando umas às outras com que tipo de tênis iriam correr, quanto pesava sua mochila e se tinham trazido suplementos extra foi a deixa para me retirar. Participar daquele tipo de diálogo na véspera da corrida não é uma boa ideia. No momento em que você encontra alguém que esteja agindo diferente, acaba duvidando de si mesmo.

Olhei o meu relógio: 18h30. Hora de jantar. Embora seja difícil esperar quando estou ansioso e já escureceu, sempre me asseguro de comer na hora certa na noite que precede cada dia da maratona. Não se deve comer cedo demais e deixar o corpo consumir as calorias antes da corrida propriamente dita.

Peguei minha comida, entrei no saco de dormir e jantei em silêncio, na barraca.

Tratei de dormir antes que os demais voltassem.

3

AS PESSOAS SEMPRE SE LEVANTAM MUITO CEDO no primeiro dia de corridas assim. O nervosismo toma conta de todos, e duas ou três horas antes do início, o acampamento é tomado pela agitação de mochilas sendo arrumadas e mais arrumadas, pessoas comendo, conversando ansiosas e se questionando se trouxeram tudo o que vão precisar e se tomaram o café da manhã na hora e na quantidade ideais.

É compreensível, também já fui desse jeito. Mas não faço mais isso. Estabeleci uma rotina que foi testada e comprovada.

Faltando uma hora e meia para a corrida, acordo, troco de roupa e vou ao banheiro.

Faltando uma hora, me abrigo no calor da barraca, tomo o café da manhã rico em calorias.

Faltando quinze minutos, recolho o saco de dormir e o colchão inflável, saio da barraca e vou para a linha de largada.

Quem observa, no entanto, estranha a última hora da minha rotina. Eu fico com meu saco de dormir até quase o momento de partir, mesmo enquanto tomo meu café da manhã enlatado. Enquanto os demais saltitam do lado de fora, depois de comer suas refeições desidratadas, fico encolhido no meu saco de dormir, com um gorro bem ajustado na cabeça, mandando ver no meu cozido enlatado de feijão com linguiça, bacon e cogumelos. Sempre desperto olhares, pois nenhum corredor multietapas em sã consciência carregaria comida enlatada, o peso não compensa. Mas eu levo uma lata só para comer antes do início da corrida, e as 450 calorias valem muito os olhares perplexos de gente imaginando que sou um completo amador.

O sabor é incrível, sobretudo ao pensar que, pelos seis dias seguintes, vou me limitar a consumir refeições frias desidratadas sabor salmão ou macarrão à bolonhesa e, vez ou outra, uma tira de Biltong — carne seca sul-africana —, algumas castanhas e dezenas de géis energéticos. Vou enjoar dessa alimentação antes de a semana acabar, mas é uma alternativa nutritiva e que não pesa muito na mochila.

Saboreei cada bocado frio. Os três macauenses não estavam por perto, mas os outros colegas de barraca — dois britânicos e um norte-americano — me olhavam como se eu tivesse um parafuso a menos. Eles não comentaram nada, e, quando acabei de comer, me acomodei e me encolhi ao máximo dentro do meu saco de dormir. Imagino que continuaram me encarando atônitos.

Faltando quinze minutinhos, me levantei, arrumei minhas coisas na mochila e segui para a largada. As pessoas ficaram me observando, nada de novo. Sempre atraio olhares, logo no primeiro dia. Minha camisa bem justa é amarelo vivo e coberta com o logo do meu patrocinador. Como sou bem alto e magro, fico parecendo uma banana. Embora esteja seguro de minha preparação e meu treinamento antes da corrida, sempre bate uma dúvida quando vejo a linha de largada. Por mais que eu me esforce para evitar, acabo pensando que os outros estão mais bem preparados do que eu. Todos parecem mais bem condicionados, mais fortes e lembram mais atletas de enduro, enquanto eu repentinamente me sinto como se voltasse a ser amador. A única coisa a fazer é cerrar a mandíbula, esconder-me atrás dos óculos escuros e dizer a mim mesmo que é hora de entrar em ação.

●

Para muitos corredores, amarrar o cadarço, cruzar a porta e deixar o pulmão e as pernas descobrirem o ritmo perfeito enquanto correm livres pela natureza é algo bom. Trata-se de uma referência à liberdade, à paz e ao momento em que o tempo parece parar e o estresse diário some.

Não sou um desses corredores; minha mulher, é. A Lucja corre porque adora. Ela corre porque ama a camaradagem e o senso de comunidade. Eu não. Eu não adoro correr. Eu sequer gosto. Mas eu adoro disputar uma corrida. Amo competir. Levei 37 anos para perceber que disputar corridas é a minha praia. Por boa parte da minha adolescência e dos meus vinte e poucos anos, joguei críquete e hóquei. Desde o começo, eu adorei uma bola bem arremessada, uma rebatida perfeita e um chute certeiro que faz a bola viajar até o canto certo do gol. Para mim, esses dois esportes têm potencial para me completar com o tipo de paz e felicidade descrito por Lucja quando ela corre. Mas embora eu domine bem os aspectos técnicos dos arremessos e passes, jamais conseguiria lidar com a dinâmica de jogar em um time. Eu já me peguei tendo acessos de raiva contra os meus companheiros de equipe que jogam mal tantas vezes, que me convenci de que sou melhor praticando esportes individuais.

Joguei golfe por um tempo e me tornei bom nisso também — bom o suficiente para colocar pressão nos golfistas de fim de semana pelos campos de todo o oeste dos arredores de Sydney e para voltar para casa com dinheiro bastante a ponto de garantir as refeições da semana para Lucja e eu. Mas toda a pressão e a necessidade de me ajustar a tantas regras de etiqueta me irritavam. Depois de fazer cenas demais e quebrar inúmeros tacos, finalmente decidi que o golfe também não era para mim.

Com relação à corrida, acabei redescobrindo, quase por acaso, meu lado competitivo. Havíamos saído de Londres, fomos morar em Manchester na época. Era véspera de ano novo, e eu estava ouvindo um amigo do críquete contar em detalhes que participaria de uma meia-maratona na primavera. O Dan explicou que queria diminuir o seu melhor tempo de 1 hora e 45 minutos. Graças à minha esposa, eu conhecia o suficiente sobre corridas para saber que era um tempo razoável, nada incrível, mas melhor do que a maioria das pessoas conseguia alcançar. O Dan também tinha um bom condicionamento, portanto, a confiança dele de se tornar mais rápido me pareceu adequada.

Mas quando ele começou a se gabar demais sobre o assunto, coloquei minha cerveja de lado e disse:

— Acho que posso ganhar de você.

Dan deu uma gargalhada. A música estava alta, e ele então se inclinou para garantir que eu ouvisse:

—Você o quê?

— Posso te derrotar. Fácil.

—Você não é corredor, Dion. Sem chance.

— Olha, Dan, tenho tanta certeza, que vou dar cinco minutos de vantagem para você.

A conversa esquentou depois disso. As pessoas estavam rindo e falando alto, e não demorou para a aposta ser selada. Se eu não ganhasse do Dan por cinco minutos, pagaria um jantar para ele e a mulher, comigo e Lucja. Se eu ganhasse, ele é quem bancaria a conta.

A Lucja me olhou com cara de "Lá vamos nós, outra vez", eu sorri para ela, com as mãos para o alto. Da minha parte, eu tinha acabado de faturar um jantar requintado de graça para nós dois.

• •

A corrida seria no fim de março, e eu sabia que tinha dois obstáculos imensos a superar. Eu já corria fazia um ano ou dois, contudo, nunca mais de 1,5 a 3 km por vez; acima disso, eu me sentia entediado e sem paciência. Sempre odiei correr no frio e na chuva — e Manchester em janeiro e fevereiro é gelada e chuvosa. Por isso, passaram-se algumas semanas e meu treino sequer havia começado.

O Dan é um daqueles atletas que não resiste tuitar seus tempos, assim que volta de cada treino. Logo que ele começou a ficar confiante demais, e eu me dei conta da distância que ele estava percorrendo e de como estava ficando rápido, reuni motivação suficiente para levantar do sofá e ir para a rua. Eu sabia que, se me esforçasse para correr mais rápido e por um percurso maior que as marcas que Dan postadas por Dan, poderia batê-lo.

Eu me alinhei ao lado do Dan e da Lucja na linha de largada. Ele aparentava estar bem condicionando e disposto. A Lucja estava adorando o clima antes da corrida e o aquecimento da torcida conduzido pelo narrador, cuja missão era deixar todo mundo ligado para o início da competição. Eu estava me sentindo deslocado, dentre os milhares de outros corredores, todos aparentemente mais bem equipados do que eu.

— Sabe, Dion, eu tenho um paladar bem exigente para vinhos — Dan comentou. — Você vai ter de hipotecar novamente a sua casa para pagar o jantar hoje.

Eu não disse nada, apenas sorri, e ele continuou:

— Falando sério, cara, você está bem para encarar isso? Está calor, não abuse, respeite os seus limites — ele comentou em tom preocupado.

Eu estava nervoso, com a boca seca, mas agora só me restava inspirar fundo e encher os pulmões.

Ouvimos o disparo e largamos. O Dan estava ao meu lado, e logo adotamos um bom ritmo. A Lucja ficou para trás, e nós dois seguimos juntos. Ele parecia preparado e em controle. Eu estava acompanhando bem as passadas dele, feliz por finalmente estarmos em ação.

Quando passamos pela marcação dos primeiros mil e quinhentos metros, eu me dei conta de que só me restavam mais doze trechos iguais para eu tirar cinco minutos de vantagem sobre o Dan. Então fiz a única coisa que me ocorreu, resolvi dar tudo de mim, correr com força total o mais rápido que conseguisse. Não demorou e meus pulmões começaram a agonizar, parecia não haver oxigênio suficiente no céu para me manter ativo. Eu queria diminuir um pouco o ritmo para me recuperar, mas me esforcei para manter o passo. Só conseguiria os tais cinco minutos de vantagem se continuasse a me distanciar do Dan.

Não olhei nem de relance para trás. Minha intuição dizia que não ajudaria. Se ele estivesse perto, eu entraria em pânico; se longe, eu talvez fosse mais devagar. Sabia que eu ganharia ou perderia a corrida na minha cabeça. Se mantivesse o foco e seguisse firme, evitaria as distrações.

O Dan tinha razão, estava muito quente. Eu ainda não tinha experimentado um calorão assim em Manchester. Durante a manhã toda, o barulho da multidão tinha sido atravessado pelas sirenes de ambulância socorrendo corredores exaustos. Para mim, o calor não era uma ameaça, mas um amigo bem-vindo que me lembrava da minha infância na Austrália. Eu passava horas nos dias de verão jogando críquete ou andando de bicicleta, em temperaturas acima dos quarenta graus, beirando os cinquenta. O calor durante a meia-maratona estava longe disso, e, conforme esquentava e o percurso diminuía, me sentia mais forte.

Ao menos até completar os 17K. A partir daí, eu fui esmorecendo. Minhas pernas ficaram adormecidas e enfraquecidas, como se alguém tivesse retirado metade da musculatura delas. Mas fiz um esforço e continuei correndo, lembrando a mim mesmo o que estava em jogo: o meu orgulho.

Eu cruzei a linha final com o tempo respeitável de 1:34, nada mal para um estreante em uma meia-maratona, e nove minutos abaixo da melhor marca anterior do Dan. Mas será que seria suficiente? Ele começou a prova bastante rápido, e o treinamento dele o habilitava a melhorá-lo. Tudo o que eu podia fazer era agachar na área da chegada, sentir meus pulmões se recuperarem e observar o cronômetro andar torcendo para ele não aparecer.

A Lucja foi quem cruzou pouco mais de cinco minutos depois de mim. Nós demos um toque de mão e ficamos com o sorriso aberto, enquanto esperamos com prazer pelos dez minutos seguintes, até o Dan finalmente cruzar a chegada.

— O que aconteceu? — ele perguntou tão logo se recuperou um pouco. — Você simplesmente acelerou e foi embora. Diz aí, você deve ter treinado mais do que admitiu.

Eu dei risada e bati nas costas dele:

— Você precisa largar mão do Twitter, irmão.

●

A linha de largada da corrida era igual às outras ao redor do mundo; todos participantes ocupados fazendo o de costume para driblar a ansiedade. Eu estava no canto, na segunda ou terceira fileira atrás do primeiro pelotão, tentando me distrair observando os outros ao meu redor. Tommy Chen estava lá, concentrado e em ótima forma. Sua equipe particular de filmagem estava ao lado dele, que estava cercado de fãs.

— Boa sorte, Tommy — alguém falou —, quero ver você arrasar!

— Sim, obrigado — ele respondeu, movimentando os pés para frente e para trás.

Eu fiquei observando e vi o sorriso dele evanescer. Ele estava tão nervoso quanto o resto de nós. Talvez até mais. Eu sabia que ele era uma das estrelas em alta das ultramaratonas multietapas, mas havia chegado em segundo na primeira das cinco corridas que os organizadores haviam promovido aquele ano. A pressão sobre a *performance* dele era grande.

Para me distrair por mais uns instantes, conferi outra vez o meu kit, se as tiras das alças estavam bem ajustadas no meu peito, se a comida separada para essa etapa estava nos bolsos certos e se as minhas polainas amarelo vivo estavam cobrindo meu tênis como deveriam. Eu sabia que logo mais, naquele dia, teria de subir uma duna de areia correndo, e a última coisa que queria era passar as quatro ou cinco horas seguintes com resíduos de areia irritando os pés, podendo até causar bolhas e outros problemas ortopédicos.

A sirene da largada soou, e o pouco barulho da pequena multidão desapareceu do meu universo. A corrida começou sobre uma ampla área com vegetação, e conforme tomamos o rumo, uma massa de pessoas disparou pelo meio. Há todo tipo de gente querendo assumir a ponta no primeiro dia, já eu não me importo muito. Essa é a beleza das corridas — embora os atletas de primeira grandeza estejam se alinhando ao lado de amadores satisfeitos, não existe senso de hierarquia nem de *ranking*. Quem quiser correr na frente e conseguir manter o ritmo que fique à vontade.

Eu tinha imaginado que a largada seria um tanto complicada, com a aglomeração normal de atletas, por isso me distanciei bastante de todos.

Não queria ficar encurralado na largada, e se eu acelerasse o bastante, conseguiria tomar a frente dos atletas mais lentos antes de a corrida afunilar e chegarmos à descida íngreme e cheia de pedras do cânion.

Meu plano deu certo já após os primeiros cem metros, quando eu passei a correr logo atrás do Tommy. Não havia chovido à noite, mas as pedras estavam escorregadias com a névoa da manhã. Eu tive dificuldade para manter a passada, estava desconfortável, mas continuei firme, no ritmo do Tommy. Ambos sabíamos que uma pisada em falso e um tornozelo torcido nos obrigariam a ter de suportar a dor por 240K, ou pior, a não completar a prova.

Eu senti alguém se aproximando por trás e vi um romeno passar veloz por mim. Ele estava saltando por sobre as pedras, como se fossem minitrampolins. Quando Tommy notou a presença dele se aproximando, apertou o ritmo, e eles abriram um pouco de distância de mim. Força, mantenha o ritmo, eu disse a mim mesmo. Não preciso me preocupar. Eu tinha estabelecido um plano de corrida detalhado com o meu técnico, ainda na Escócia, etapa por etapa. Nós analisamos minhas corridas anteriores e constatamos que, boa parte do tempo, eu insistia no mesmo erro.

Tenho a tendência de começar lentamente e então recuperar terreno com o passar da semana, sobretudo no dia longo, em que a etapa tipicamente cobre 90K ou mais, e isso se tornou um dos meus pontos fortes. A verdade é que eu não sou uma pessoa diurna, e a primeira manhã de todas parece ser a que mais me afeta. Com frequência, no fim do primeiro dia, costumo ficar vinte minutos atrás dos líderes da corrida, o que é quase impossível de recuperar.

Mesmo no treino, eu demoro a pegar o ritmo, e nos primeiros dois a três quilômetros sempre me pergunto se quero mesmo continuar. Passo os minutos iniciais com a sensação de que poderia estar fazendo outra coisa em vez de correr. Mas se mantenho o foco, fico bem, e na segunda metade da corrida costumo voar.

Com certeza, se não perder nem o Tommy, nem o rapaz romeno de vista, eu me garanto. Se terminar o primeiro estágio próximo deles, mantendo o ritmo sem cozinhar demais no calor, assegurarei uma posição excelente para o restante da semana.

No meio do dia, quando o romeno começou a cansar e foi ficando para trás, a ponto de mal poder ouvi-lo, avistei uma duna de areia se agigantando à frente. Ela era inclinada e ampla, com mais de noventa metros de altura. Já tinha visto dunas assim no Marrocos, mas esta era de alguma forma diferente. A areia nas laterais parecia mais dura e compacta, porém o caminho por onde eu estava correndo era fofo e não oferecia resistência.

Existe um segredo para correr duna acima, e eu descobri isso do pior modo, ao completar pela primeira vez a Maratona das Areias. Eu não sabia que a passada deve ser mantida o mais curta possível, buscando uma cadência rápida para que a areia não se abra e retarde o passo. Não sabia que, às vezes, o caminho mais longo é mais fácil que o mais curto. Por consequência, não consegui terminar e cheguei tão atrás no fim do primeiro dia, que cogitei abandonar a prova.

Tommy atacou a duna antes de mim, mas depois de algumas passadas ficou claro que a areia no Deserto de Gobi não era como a do Saara. Devia ter chovido durante a noite naquela área, e a areia estava mais escura, formando torrões. Ela se desfazia com qualquer pressão, por mínima que fosse, parecendo argila, precisei me apoiar com as mãos algumas vezes para avançar mais fácil. Nós não estávamos subindo a duna correndo, mas escalando-a com as mãos.

Ao chegarmos ao topo, foi possível ter uma visão mais definida da duna. A única opção era correr pelo pico estreito que se estendia adiante por um quilômetro e meio ou mais. A duna tinha declive dos dois lados, e se alguém pisasse em falso, poderia acabar rolando lateral abaixo e despendendo muita energia e tempo para subir tudo de volta. Tommy estava adorando:

— Olha só esta vista! — ele exclamou. — Magnífica, não?

Não respondi. Tenho pavor de altura e estava morrendo de medo de cair.

Continuei avançando com o maior cuidado. Meu pé escorregou algumas vezes, e estendi os braços num gesto desesperado para me equilibrar. Naquela hora, não me preocupei em controlar se Tommy estava abrindo uma distância muito grande. Mantive-me mais concentrado em onde pisar e, torcendo para a areia não ceder.

Contudo, por mais que não tenha me agradado a sensação de estar no topo da duna, a descida foi uma maravilha. Liberei um pouco mais de energia nas pernas e corri o que pude. Ao chegar lá embaixo, ultrapassei o Tommy. A surpresa dele foi visível, eu o ouvia logo atrás de mim.

Corremos lado a lado por um tempo e alternamos algumas vezes a liderança. O percurso nos fez atravessar lamaçais e cruzar pontes ao longo de um reservatório gigante. Os vastos areais e o calor causticante do Deserto de Gobi ainda estavam a alguns dias de distância, e corremos por vilarejos remotos que pareciam viver em outro século. Construções em ruínas espalhadas pelo terreno lembravam um *set* de filmagem abandonado. Vez ou outra, avistávamos moradores parados nos olhando impassivelmente. Nunca diziam nada, também não pareciam incomodados com nossa presença. Por mim, seria indiferente se estivessem. Eu, a esta altura, estava bem veloz, esperançoso de que afinal a corrida pelo deserto de Gobi talvez não fosse a minha última.

4

EU NASCI EM SYDNEY, NO ESTADO DE NOVA GALES DO SUL, mas fui criado em uma cidade do nordeste australiano chamada Warwick, no Estado de Queensland. Conheço poucas pessoas que já estiveram lá, mas é um lugar com um povo que todo mundo acha pitoresco. É uma área agrícola, com valores tradicionais e que dá muita importância à família. Hoje em dia, mudou bastante, trata-se de uma cidadezinha vibrante, mas, na minha adolescência, Warwick era do tipo que lotava nas noites de sexta-feira. Os *pubs* ficavam cheios de trabalhadores em busca de uma programação divertida que incluísse bastante cerveja, algumas lutas e uma parada no posto de gasolina — que na Austrália chamamos de servo — para comer uma torta de carne dura feito pedra por ter passado o dia no balcão aquecido.

Era um povo muito bom, mas, na época, bastante fechado, e todo mundo sabia da vida um do outro. Eu percebia que não pertencia àquele meio.

Não foi só o escândalo da minha infância anormal e a situação da minha família que levaram as pessoas a reagirem mal, mas meu comportamento. Quem eu havia me tornado. Eu passei de simpático e educado a um garoto chato e desbocado. Com uns quatorze anos, me tornei o piadista da classe, desafiando os professores com comentários que faziam a turma vibrar, sendo mandado para fora da sala e atravessando o portão da escola todo arrogante para ir ao posto comer torta no meio da tarde, enquanto os outros continuavam na aula.

Na reunião no fim do ano escolar, o diretor cumprimentou um por um com um aperto de mão e um comentário positivo sobre o futuro, mas na minha vez ele se limitou a dizer: "Vou te visitar na prisão".

●

É claro que tudo isso tinha uma razão que não se resumia apenas à dor de perder meu pai — não apenas uma, mas duas vezes.

Eu entrei em crise porque tudo em casa estava em crise.

A perda do marido havia afetado demais a minha mãe. Profundamente. O pai dela havia voltado traumatizado da Segunda Guerra e, como muitos outros, recorreu à bebida para aplacar a dor. A infância de minha mãe mostrou a ela que, quando os pais têm dificuldades, o lar nem sempre é o melhor lugar para se ficar.

Assim, quando ficou viúva ainda jovem e com dois filhos pequenos, reagiu da única forma que conhecia: ela se recolheu. Eu me lembro de ela ficar trancada no quarto por dias a fio. Eu preparava ovos com torrada ou espaguete enlatado para comermos, ou então íamos à vovó ou à casa de um vizinho qualquer, ou, se fosse domingo, à igreja.

Na minha compreensão, a mamãe passava por fases em que tinha fixação por limpeza, por deixar a casa imaculável. Ela limpava tudo sem parar e, nas poucas vezes em que cozinhava para si, passava duas horas desesperada limpando a cozinha. Para ela, eu e minha irmã pequena, Christie, não fazíamos nada certo. Mesmo sendo crianças, se deixássemos migalhas esparramadas ou marcas de dedos nas vidraças, ou se demorássemos mais de três minutos no chuveiro, ela ficava brava.

Morávamos em meio acre todo arborizado e cheio de canteiros de flores. A mamãe e o papai adoravam cuidar da jardinagem juntos e, depois que ele morreu, e fiquei encarregado de manter tudo em ordem. Se eu não fizesse as minhas tarefas, achava que a vida não fazia sentido.

Quando minha mãe resolvia implicar comigo, ela logo começava a berrar e bradava:

—Você é um imprestável!

Eu gritava de volta e respondia mal, e logo começávamos a troca de ofensas. Minha mãe nunca se desculpou. Nem eu. Ainda que costumássemos falar coisas das quais nos arrependíamos depois.

Era uma discussão sem fim, dia e noite. Eu voltava da escola e ficava pisando em ovos pela casa. Se eu fizesse barulho ou a perturbasse de alguma forma, a briga recomeçava.

Quando eu tinha quatorze anos, ela perdeu a paciência:

— Fora daqui — ela disse um dia, depois de outra saraivada de insultos. — Chega de tanta discussão, você não faz nada direito! Vai viver lá embaixo agora.

Nossa casa tinha dois níveis, mas tudo que era importante estava no andar superior. Ninguém nunca ficava no piso de baixo. Eu e a Christie brincávamos lá quando pequenos, mas desde então o salão tinha virado depósito. Havia um banheiro lá, mas a iluminação natural era pouca, e os restos da construção ocupavam boa parte do lugar. Porém, para minha mãe, o que valia é que havia uma porta com fechadura na base da escada. Eu me sentia encurralado, subtraído do convívio familiar.

Eu não discuti com ela. Parte de mim queria mesmo ficar longe. Então mudei meu colchão e minhas roupas e me ajustei à minha vida nova — uma vida na qual minha mãe só abria a porta para eu pegar comida ou ir à escola. Fora isso, quando eu estava em casa, ficava confinado ao porão.

A coisa que eu mais odiava nesse arranjo era o fato de me sentir uma espécie de prisioneiro. Eu detestava aquele escuro.

Logo depois da morte do Garry, eu virei sonâmbulo, e piorou quando eu me mudei para baixo. Eu acordava em um canto onde tinham colocado todos os restos de azulejo e piso quebrado, em escuridão total. Sentia muito medo, sem saber para que lado ir para acender a luz. Tudo era assustador, e meus sonhos eram repletos de pesadelos sobre o Freddy Krueger estar me espreitando do lado de fora do meu quarto.

Na maioria das noites, ao ouvir a fechadura, me jogava na cama e soluçava sobre o meu boneco de pelúcia do Come-come, da Vila Sésamo, que tinha desde pequenininho.

• •

Não costumo levar colchonete comigo nas corridas, mas estava preocupado que a lesão na minha perna pudesse se manifestar durante o percurso cruzando o Deserto de Gobi, por isso levei um para garantir. Eu o enchi no fim do primeiro dia e tratei de descansar. Levei, também, um iPod, mas nem cheguei a ligá-lo. Ficar deitado, refletindo sobre a corrida daquele dia já tinha sido suficiente. Eu tinha ficado contente com o terceiro lugar, sobretudo porque a minha distância para o Tommy e o atleta romeno, que descobri se chamar Julian, era de apenas um minuto ou dois.

Em lugar de uma antiga barraca de exército, iríamos passar a noite em uma *yurt*, uma tenda nômade mongol circular, que eu torcia para ser confortável e quente, pois a temperatura estava caindo. Calculei que ainda levaria um bom tempo para qualquer um dos meus companheiros de barraca chegar. Então, comi um pouco de *biltong* e fui me aconchegar no meu saco de dormir.

Os dois primeiros rapazes chegaram depois de uma hora ou mais. Eu estava meio sonolento quando eles entraram falando, e ouvi um deles, um norte-americano chamado Richard, comentar:

— Uau! O Dion já está aqui.

Levantei a cabeça, sorri, disse oi e parabenizei os dois por terem concluído a primeira etapa. Richard então contou que planejava falar com os três rapazes de Macau logo que eles chegassem. Eu tinha dormido a noite anterior toda, mas, segundo Richard, eles tinham ficado acordados até tarde mexendo na bagagem e logo cedinho começaram a falar sem parar.

Eu não dei muita bola, estava entretido em meus pensamentos, lembrando como a Lucja havia me convencido a começar a correr, e peguei no sono de novo.

●

Experimentei correr pela primeira vez quando morávamos na Nova Zelândia. A Lucja era gerente de um eco-hotel, e eu trabalhava para uma exportadora de vinhos. A vida caminhava bem, e os dias de faturar o dinheiro do supermercado jogando golfe haviam ficado para trás. Melhor ainda, nossos empregos rendiam muitos benefícios, como caixas de vinho de graça e refeições incríveis em restaurantes. Nós tomávamos uma ou duas garrafas de vinho todas as noites e nos fins de semana comíamos fora. Saíamos para passear de manhã com o Curtly, nosso cão são-bernardo — seu nome era uma homenagem ao lendário jogador de críquete indiano Curtly Ambrose —, e a primeira parada era em um café para comer pastéis de batata-doce ou uma fritada de ovos, bacon, linguiça, feijão, cogumelos e tomate com uma torrada. Às vezes, na volta para casa, comíamos um doce; depois, algo enlatado no almoço; e, à noite, saíamos para jantar — uma refeição completa regada a vinho. Na volta, levávamos Curtly outra vez para passear e tomávamos sorvete.

As pessoas me chamavam de grandão, e com razão. Eu pesava 108 kg, o maior peso que atingi na vida. Não me exercitava, era um fumante esporádico, e o sofá do estúdio onde eu assistia as transmissões esportivas já estava com a marca da minha silhueta. Eu tinha 26 anos e estava cavando a minha sepultura comendo daquele jeito.

A mudança aconteceu quando a Lucja fez amizade com uma turma que corria e adorava estar em boa forma física. Ela adotou uma rotina saudável e começou a emagrecer. Dizia que queria ficar bem de biquíni, e eu — como era típico dos homens da minha região — retrucava que ela estava sendo ridícula.

Mas, no fundo, eu não estava sendo sincero. Sabia que ela era durona e determinada e iria atingir seu objetivo.

Não demorou e a Lucja começou a correr e descobriu que estava melhorando cada vez mais sua marca dos 5K.

Um dia eu estava sentado no sofá, assistindo a uma partida de críquete, e ela, pronta para correr, resolveu me atiçar:

— Você está tão fora de forma e longe de ser saudável, não é páreo para mim, Bubba.

Eu, que andava incomodado com esse apelido, retruquei:

— Não viaja, eu ganho fácil de você. Faz só seis semanas que começou a treinar.

Para mim, eu ainda era um esportista. Continuava sendo aquele garoto que passava o dia todo jogando críquete ou correndo por aí com os amigos. Além disso, eu tinha algo que faltava à Lucja — um instinto competitivo arrasador. Eu havia competido tanto na minha adolescência e vencido tantos jogos, que estava convencido de que ainda conseguiria ganhar qualquer desafio que ela me lançasse. Peguei uma bermuda e um par de tênis, saltei por sobre o Curtly, que dormia na soleira da nossa entrada, e fui até a rua me juntar à Lucja.

— Tem certeza de que está preparado, Bubba? — ela perguntou.

Eu abri um sorriso amarelo e zombei:

— Está brincando? Não deixo você ganhar de jeito nenhum.

— Está certo. Então vamos.

Seguimos juntos — pelos primeiros quinze metros. Depois disso, a Lucja começou a se distanciar de mim. Meu cérebro me mandava acompanhá-la, mas era impossível. Eu não tinha condição alguma, e me senti como um rolo compressor a vapor cujo fogo apagou e foi perdendo a velocidade aos poucos.

Quando completei outros trinta metros, paralisei de vez. Mais adiante, a rua fazia uma leve curva e virava ladeira. A derrota foi dura para mim.

Parei e fiquei lá curvado, as mãos no joelho, sentindo ânsia, tossindo e sem fôlego. Quando levantei a cabeça, vi a Lucja muito à frente. Ela virou para trás e me olhou por um instante, daí subiu a ladeira correndo. Senti ódio por ter levado aquela surra. Dei meia volta e fui para casa, carregando não só a raiva, mas uma crescente sensação de pânico!

Quanto mais saudável ela se tornava e mais peso perdia, maior o risco de eu perdê-la. Naquela corrida entre a gente, eu sabia que ela não pararia, que aquela não era somente uma fase ou um entusiasmo passageiro. Ela estava determinada, e eu sabia que Lucja prosseguiria até atingir seu objetivo. E quando ficasse satisfeita, será que iria querer ficar com um gorducho feito eu?

• •

Tornei a acordar, mas desta vez por conta do barulho dos macauenses entrando na tenda. Eles estavam orgulhosos por terem completado a primeira etapa e fuçavam em suas mochilas em busca do jantar. Richard então tirou os fones de ouvido e começou a falar com eles fluentemente no que parecia mandarim.

A julgar pela reação dos rapazes, eles entenderam palavra por palavra do que ele disse e levaram a sério. Não sabiam para onde olhar, pareciam alunos sendo repreendidos pelo professor. Quando Richard estava terminando de falar, apontou para mim. Os três me olharam sem dizer nada, tiraram a comida da mochila e saíram.

— O que você disse a eles? — Allen, um dos ingleses da nossa tenda, perguntou.

— Eu disse para eles se organizarem melhor e fazerem menos barulho. Para arrumarem tudo antes de jantar e quando voltarem, descansar. E falei que aquele cara ali veio aqui para vencer.

Todos se viraram e olharam para mim.

— Sério? — Alan me perguntou. — Você vai buscar a vitória?

— Sim — respondi. — Não estou aqui por diversão, se é o que você quis dizer.

Richard caiu na risada:

— Foi a impressão que tivemos. Afinal, você não é dos mais sociáveis, não?

Dei risada também. Gostei deste cara.

— Sim, em parte porque estou com frio e também porque é assim que eu consigo me manter durante essas corridas — expliquei. — Agradeço por você ter falado isso para eles.

Lá pelas 18h30, saí do meu saco de dormir e fui dar uma volta fora da tenda, com um saquinho de sei lá o que desidratado, que seria o meu jantar. Em uma ultramaratona multietapas, temos de carregar toda a comida, roupa de cama e roupas que vamos usar, mas, pelo menos, a água é fornecida. Encontrei o lugar onde a água estava sendo fervida e preparei minha refeição sabor *chilli* de carne. Era meio sem gosto, como de costume, mas eu não estava mesmo ali por diversão. Ela tinha a quantidade mínima necessária de calorias para me manter, logo, não podia sobrar nada.

Estavam todos sentados ao redor da fogueira, conversando. Gostei da ideia de relaxar e aproveitar o calorzinho do fogo crepitante, mas como não havia lugar vago, agachei em uma pedra mesmo para comer. Eu não estava confortável e, depois de raspar o restinho de comida no fundo da embalagem, voltei para a tenda. Tinha sido um dia bom — excelente, na verdade —, e eu precisava de uma noite de sono constante e de um dia seguinte também excelente para manter a minha vaga entre os três melhores. Havia começado o dia como um desconhecido, mas a partir de agora acho que as pessoas passariam a me notar na corrida. E isso poderia dificultar as coisas.

Quando me levantei, vi um cachorro. Ele era pequeno, bege-claro e tinha uns 30 cm de altura, olhos castanho-escuros e uma barbicha e um bigodinho engraçados. Estava vagando entre as cadeiras e ficava de pé nas patas traseiras fazendo graça para todo mundo, para ganhar restos de comida. E olha que fazer um atleta abrir mão de um pedacinho de comida logo no início de uma prova não é tarefa fácil.

"Cachorro" inteligente, pensei comigo. Mas minha comida ele não vai comer, não.

Parte 2

5

A TENDA ESTAVA TÃO QUENTE QUE QUASE NÃO consegui dormir à noite, mas quando saí, de manhã cedinho, fazia um frio de arrepiar. O solo estava molhado, e a cordilheira Tian Shan, logo acima, estava encoberta com nuvens baixas, cinzas, que certamente trariam mais chuva.

Faltando alguns minutos para a largada, às oito horas, eu me alinhei para sair na primeira fileira do pelotão. Como havia chegado em terceiro no dia anterior, senti que aquele era o meu lugar.

As pessoas agora estavam bem menos ansiosas. Deu até para ouvir uma turma rindo, embora eu estivesse concentrado no desafio que me aguardava, tentando me preservar de distrações. Sabia que enfrentaria quilômetros e mais quilômetros de subida de montanha, seguidos por descidas perigosas. No momento, estávamos a uma altitude de dois mil metros, e creio que alguns atletas já estavam sofrendo com a falta de oxigênio. Hoje ficaria ainda pior, pois chegaríamos a mais de 2.700 metros.

As risadas e um murmurinho atrás de mim interromperam minha concentração.

— É o cachorro!

— Que bonitinho!

Olhei para baixo e vi o cachorro da noite anterior parado perto do meu pé, atraído pelas polainas de cor amarelo-vivo que cobriam meu tênis. Ele pareceu em transe por um tempo, balançando o rabo sem parar. Então fez algo inesperado: levantou o olhar, os olhos escuros foram observando primeiro as minhas pernas, depois a porção do meu torso com a camiseta amarela e, por fim, meu rosto. Ele me fitou longamente e fui incapaz de desviar o olhar.

—Você é mesmo bonitinho — sussurrei —, mas vai ter de ser ligeiro ou será atropelado por uma centena de corredores vindo atrás de você.

Olhei ao redor para ver se alguém o tiraria dali antes que os corredores largassem. Alguns dos atletas trocaram olhares comigo, sorriram e balançaram a cabeça, sinalizando para o cachorro, mas nenhum morador local, nem ninguém da organização parecia notá-lo.

— Alguém sabe de quem é este animal? — perguntei, mas ninguém respondeu. Estavam todos mais interessados na contagem regressiva de dez segundos para o início da corrida.

— Nove, oito, sete... — o locutor anunciou.

Olhei para baixo, ele continuava nos meus pés, só que, agora, em vez de ficar encantado, estava cheirando minhas polainas.

— Você precisa ir embora, cachorrinho, ou vai ser pisoteado — eu disse.

— Cinco, quatro...

— Vai — insisti, tentando fazê-lo se mexer, mas sem sucesso.

Ele, por fim, deu uma mordida inofensiva na polaina, depois pulou para trás e sentou no chão e recomeçou a cheirar e mastigar.

A prova começou e, quando eu larguei, o cão me seguiu. A brincadeira com as polainas tinha ficado mais interessante agora com o movimento, e ele dançava ao redor dos meus pés, como se fossem a coisa mais divertida do mundo.

Comecei a achar que a brincadeira poderia ficar irritante se durasse tempo demais. A última coisa que queria era tropeçar no tal cãozinho e me machucar. Novamente, eu sabia que se tratava de um percurso longo em uma trilha estreita na subida e que seria difícil ultrapassar corredores mais lentos, por isso, pretendia manter o ritmo e não perder minha posição, em relação ao corredor, na ponta.

Depois de uns quatrocentos metros, fiquei satisfeito ao olhar para trás e ver que o cachorro não estava mais lá. "Deve ter voltado para seu dono no acampamento", presumi.

A trilha foi estreitando, e entramos em um trecho de floresta rasteira que durou alguns quilômetros. Eu estava na segunda posição, a uns poucos metros de um chinês que eu não tinha visto antes. Vez ou, ele perdia uma das marcações que que indicavam o caminho — um papel cor-de-rosa, do tamanho de uma caixa de CD, preso a uma haste de metal fincada no solo. Estavam bem visíveis e, nos trechos de floresta, havia uma a cada três a cinco metros.

— Ei! — gritei algumas vezes, alertando quando ele virava para o lado errado e entrava na floresta. Então esperava ele retomar o trajeto e continuava atrás dele.

Eu poderia tê-lo deixado prosseguir, ou tê-lo avisado e continuado a minha corrida, mas os corredores de multietapas têm um modo peculiar de fazer as coisas. Se é para ganhar de alguém, que seja porque somos mais velozes e fortes, não porque trapaceamos ou nos recusamos a ajudar, dada a oportunidade. Afinal, o corpo é submetido a tamanho esforço, que todos nós cometemos um erro aqui e ali. Nunca se sabe quando será necessária a ajuda de alguém.

Fomos deixando a floresta para trás, conforme a trilha subia as montanhas. Mantive o ritmo de quatro minutos por quilômetro, concentrado em prosseguir com a passada curta e os pés rápidos. Meu corpo lembrava-se das gastas na esteira, com meu técnico ao lado, ditando a cadência rápida em que deveria correr. No começo, os gritos de "um-dois-três-um-dois-três" eram uma tortura, mas depois de passar uma hora correndo dessa maneira, três minutos em alta e um em baixa, minhas pernas finalmente entendiam a mensagem. Se eu quisesse correr rápido e não sentir uma dor paralisante, não havia outro jeito senão aprender a correr assim.

Vi algo se movendo pelo canto do olho e, quando olhei para baixo por uma fração de segundo, vi que era o cachorrinho outra vez. Ele não parecia mais interessado em minhas polainas; agora, estava feliz de trotar ao meu lado.

"Que estranho", pensei, "o que ele está fazendo aqui?"

Aumentei o ritmo e ataquei a inclinação. Zeng, o rapaz chinês que liderava, era um ultramaratonista consagrado e tinha se distanciado um pouco. E eu não estava ouvindo ninguém atrás de mim. Éramos só eu e o cachorro, lado a lado, correndo nesse sobe e desce. O trajeto era cortado por canaletas de uns trinta centímetros de largura, escavadas para escoar a água; mas eu as ignorava, ia saltando o fluxo intenso sem perder o ritmo.

Notei que o cão tinha ficado para trás. Ele começou a latir e depois choramingar. Não me virei para olhar. Nunca olho para trás. Continuei concentrado na corrida e segui firme. Para mim, o cachorro era de algum vizinho do acampamento. O coitadinho tinha feito um belo exercício hoje e persuadido alguns corredores a dividir sua comida rica em calorias. Agora era hora de voltar para casa.

●

Quando fiz quinze anos, contei para minha mãe que sairia do nosso porão mal iluminado para morar com um amigo. Ela mal respondeu. Pelo visto, não se importou. Acho que, como sempre que podia, eu ficava na casa de algum amigo — e quando eu estava por perto, minha mãe e eu brigávamos sem parar, trocando insultos feito dois boxeadores —, não foi surpresa alguma; na verdade, foi um alívio.

Fui morar com um garoto chamado Deon.

— Dion e Deon? — disse a gerente do albergue quando Deon me apresentou. — Vocês estão de brincadeira, né?

— Não — Deon respondeu —, é sério.

— Sei, entendi — ela balbuciou, rindo, já dando as costas.

Deon era um ano mais velho que eu, já tinha largado a escola e era aprendiz de pedreiro. Ele também tinha problemas com a família.

Mas, embora tivéssemos nos livrado das dificuldades em casa, nenhum dos dois estava satisfeito por viver no albergue. As paredes eram finas como papel, e todos os outros moradores eram mais velhos e intimidadores. O local vivia cheio de moradores de rua, viajantes e bêbados. Sempre sumia comida das áreas comuns, e eram raras as noites em que o albergue inteiro não acordava com o barulho de briga.

Eu ainda estava na escola e arrumei um trabalho de meio período em um posto de gasolina. Ganhava pouco, menos do que precisava, e tinha de contar com a ajuda do Deon toda semana.

Quase nunca fazia as lições de casa, mas nenhum dos meus professores parecia se importar com a vida que eu estava levando, nem com a maneira como eu estava lidando com o fato de ter saído de casa. Na verdade, creio que alguns deles sequer sabiam do meu novo endereço, e eu preferia que continuasse assim. Sentia vergonha de voltar para o albergue e escondia a verdade dos meus colegas de escola, que moravam bem e tinham famílias perfeitas.

Deon era o tipo de garoto descolado e cheio de charme. Nós íamos ao *pub* nas noites de sexta e sábado, tomávamos cerveja e puxávamos conversa com algumas garotas. Eu deixava o Deon fazer a abordagem, assim como convidá-las para dançar. Garotos australianos do interior não costumavam, naquela época, dançar, e, quase que invariavelmente, quando deixava a pista de dança, Deon ouvia uma porção de desaforos e levava alguns socos. Mas ele se limitava a dar risada de tudo.

Em uma tarde de domingo, estávamos deitados em nossas camas, matando o tempo, e ouvimos gritos no corredor. Alguém chamava por Deon, dizendo que iria matá-lo por ter dormido com sua namorada. Nós dois congelamos. Eu olhei para Deon, que, pela primeiríssima vez, pareceu temer por sua segurança. Costumávamos nos fazer de durões quando estávamos no albergue, mas éramos apenas dois moleques morrendo de medo de levar um chute na cabeça. Por sorte, os caras não sabiam em que quarto estávamos, então ficaram para lá e para cá no corredor e depois foram embora. Passado esse susto, tratamos de nos mudar do albergue o mais rápido possível.

O Grand Hotel, que não era bem um hotel, ficava um pouco adiante do albergue. Era, na verdade, um prédio com alguns quartos do andar superior alugados. Em vez de drogados, bêbados e moradores de rua, os moradores do Grand eram operários da ferrovia e do frigorífico da cidade. Um deles era um ex-jogador de bilhar que chegou a derrotar o campeão nacional, mas desperdiçou todo seu talento com a bebida. Outro era um viajante que havia ficado sem dinheiro e acabou resolvendo adotar Warwick como lar. Eu gostava de escutá-lo.

— Todo lugar é bom, contanto que a gente aceite seus defeitos — dizia ele.

Eu me sentia bem mais à vontade no Grand do que no albergue. Gostava da companhia de gente que havia escolhido seu destino e estava satisfeita com ele, ainda que isso significasse não ter uma vida, uma casa e uma família perfeitas. Sentia-me livre vivendo entre eles e, pela primeira vez em anos, passei a achar que todas as coisas que a minha mãe dizia, que me fizeram sentir desvalorizado e indesejado, um lesado desprezível e uma decepção, não eram necessariamente verdade. Talvez eu conseguisse achar um bom caminho, apesar de tudo.

• •

Os latidos e o choramingo continuaram até uns cinco metros depois das canaletas de água. Daí tudo ficou em silêncio. Por um instante, desejei que o cãozinho não tivesse caído na água, mas antes que eu pensasse algo mais, lá estava a bolinha marrom ao meu lado. O cachorrinho voltou a me acompanhar.

Você é bem determinado, hein?

Logo adiante, o trajeto ficou mais íngreme e a temperatura foi caindo. Por causa do ar gelado, eu não estava sentindo o rosto e nem os dedos, no entanto, estava suando. A altitude elevada dificultava a respiração e me deu tontura. Se eu quisesse correr sem parar até subir toda a montanha, precisaria fazer um esforço ainda maior.

Detesto correr em montanhas. Embora more em Edimburgo e esteja rodeado pelas Terras Altas da Escócia, eu evito, ao máximo, correr ao ar livre e subir as montanhas. Sobretudo com chuva, vento e frio. Mas é só me dar um deserto de 45 graus e me sinto feliz e satisfeito como qualquer outro corredor.

Sempre me perguntam por que gosto tanto de correr no calor. A resposta é simples: sinto-me mais livre quando corro sob o sol quente.

É assim desde criança. Depois da morte do Garry, busquei no esporte um refúgio para os problemas de casa. Passava horas jogando críquete ou hóquei. O tempo parava quando eu estava ao ar livre, e quanto mais eu corria e me esforçava, mais intensa a minha respiração se tornava, mais rápido o meu coração batia e menos agudos a dor e o pesar pareciam.

Alguém talvez diga que correr no calor intenso tenha virado uma espécie de fuga. O que eu sei, de fato, é que, ao correr no Deserto de Gobi, eu não estava mais fugindo do meu passado, mas, correndo em busca do futuro. Correndo com esperança, não pesar.

•

Meu ritmo foi caindo, pois cada passada representava uma batalha à parte. Havia neve ao redor, e, em alguns momentos, o trajeto passou ao lado de uma geleira, em outros, de um desfiladeiro. Eu fiquei imaginando que, em um ponto tão elevado, a paisagem deveria ser incrível em um mas agradeci pelas nuvens baixas e por ser impossível ver qualquer coisa além daquela barreira cinza de sereno. Uma experiência sem dúvida surreal, mas eu mal podia esperar que acabasse.

Finalmente, avistei o ponto de controle e ouvi as pessoas gritando as frases de encorajamento habituais. Quando viram o cachorro, foram ainda mais eloquentes:

— É aquele cachorro outra vez!

Eu quase tinha esquecido do cãozinho ao meu lado. O tempo todo em que tinha me esforçado para subir a montanha, ele havia acompanhado o ritmo, todo serelepe, saltitando como se subir 760 metros correndo fosse a coisa mais natural do mundo.

Quando cheguei ao posto de controle, tive de responder às perguntas de costume sobre como estava me sentindo e se havia tomado a minha água. Esses locais existem para que os atletas possam encher as garrafas de água e também para que a equipe de apoio da corrida verifique se temos condição de continuar a prova.

Desta vez, porém, o cachorro recebeu mais atenção do que eu. Um grupo de voluntários tirou algumas fotos quando ele foi farejar perto da tenda do posto de controle. Assim que minhas garrafas estavam cheias e eu estava prestes a partir, me afastei, achando que o cão ficaria ali e me trocaria pela garantia de uma boa refeição. Mas quando eu e minhas polainas amarelas começamos a correr, na mesma hora ele se juntou a mim.

• •

Se subir a montanha tinha sido duro, a descida também reservava alguns desafios penosos. Por mais de oito quilômetros, o trajeto me levou direto a uma trilha coberta de rochas e pedras soltas. Um castigo e tanto para as articulações, mas, como todo atleta, eu sabia que, se corresse abaixo dos meus 100%, seria alcançado por quem estivesse atrás de mim.

Foi o que aconteceu. Estava me sentindo lento e tive dificuldades para me manter próximo do meu melhor ritmo na descida, e não demorou para que Tommy e, na sequência, Julian me ultrapassassem.

Fiquei irritado comigo mesmo por ter facilitado demais na descida. Tinha cometido um erro primário, que poderia ter sido evitado.

Eu me contive. A irritação poderia me levar a cometer outro erro primário. No passado, costumava ficar obcecado por cada falha cometida. Durante alguns quilômetros, a frustração ia aumentando e aumentando, até eu perder o interesse pela corrida e desistir.

Então tentei me distrair, me concentrando na paisagem. Em determinado momento, lá embaixo, achei ter avistado um lago gigante, bem extenso e escuro, mais à frente, sob o céu acinzentado. Quando me aproximei um pouco mais, vi que não era um lago, mas uma área extensa de pedrisco e areia escura.

Conforme a trilha foi ficando plana, adotei um ritmo de quatro minutos por quilômetro, seguindo direto até o posto de controle final, sem parar para pegar água.

Vi Tommy, Zeng e Julian mais adiante, eles não haviam aberto uma distância tão grande como eu temia. Estavam velozes, disputando entre eles, a menos de dois quilômetros da chegada, e não havia como alcançá-los. Mas eu não me importei. Estava satisfeito por terminar me sentindo inteiro e sem um resquício sequer de dor na perna. Pude ouvir o rufar dos tambores cada vez que um deles cruzava a linha de chegada, e eu sabia que terminaria imediatamente atrás, em quarto, o que seria suficiente para me manter em terceiro no quadro geral.

Tal como nos postos de controle, o cachorro foi o centro das atenções na minha chegada. As pessoas filmaram, fotografaram e saudaram com entusiasmo quando ele cruzou a linha. Ele pareceu gostar da atenção e posso jurar que interagiu com a multidão, balançando o rabinho rápido como nunca.

Tommy, que havia chegado um ou dois minutos na minha frente, veio aplaudir também e disse espantado:

— Nossa, esse cachorro lhe seguiu o dia inteiro!

— Ele bebeu água? — perguntou um dos voluntários.

— Não faço ideia — respondi. — Ele deve ter bebido em alguns dos riachos pelo caminho.

Senti-me mal a respeito. Não me agradava pensar que ele estivesse com sede ou fome. Mas alguém logo providenciou um balde e deu água para ele, que, certamente morrendo de sede, bebeu tudo.

Eu me afastei enquanto o cão se mantinha ocupado, eu estava louco para sair da aglomeração. Mais uma vez, achei que ele iria para outro lado e acharia outra pessoa para seguir. Mas que nada! Assim que acabou de beber a água, levantou a cabeça, viu minhas polainas e veio correndo para o meu lado, tornando a me seguir.

Fazia calor no acampamento, e eu estava feliz por aquele frio alpino horrível ter ficado para trás, nas montanhas. De agora em diante, a corrida incluiria aguentar o calor e não sofrer com o frio. A partir da manhã seguinte, entraríamos no Deserto de Gobi. Eu mal podia esperar.

Assim que me sentei na tenda e o cão se aninhou perto de mim, comecei a me preocupar com a possibilidade de germes e doenças. Durante uma prova de uma semana, é vital manter o máximo de higiene, pois sem acesso a chuveiros ou qualquer tipo de banho, a exposição à sujeira pode provocar doenças. O cachorro estava a me fitar, como havia feito pela manhã. Ainda faltavam algumas horas para a minha refeição das 18h30, então peguei um pacotinho de castanhas e de carne curada. E o cão me olhava, impassível.

Mordi um pedaço de carne e lembrei-me de que não o tinha visto comer nada o dia todo. Ele tinha corrido uma boa parte de uma maratona, e, mesmo assim, não tinha pedido e nem tentado roubar a comida ali na minha frente.

— Tome, pegue — eu disse ao jogar metade da carne sobre a lona na frente dele, seguindo meu instinto de não alimentá-lo com a mão para evitar riscos.

Ele mastigou, engoliu, deu uns rodopios e se deitou. Segundos depois estava roncando, depois se torceu e choramingou um pouco, enquanto pegava no sono profundo.

●

Acordei com o murmurinho dos rapazes, parecendo criançada de escola.

— Ah, que belezinha!

— Não é a cadelinha da noite passada? Sabia que ela o seguiu o dia inteiro?

Ela. O animal tinha me acompanhado o dia todo, e sequer havia me ocorrido verificar seu sexo. Abri os olhos. O cão me fitava, seu olhar estava tão fixo no meu que fiquei desconcertado. Eu conferi. Eles tinham razão. Não era ele. Era ela.

— Isso mesmo — confirmei para Richard e os rapazes —, ela ficou comigo o dia todo. Pelo visto, tem um motorzinho embutido.

Alguns dos rapazes a alimentaram, novamente ela aceitou tudo o que lhe ofereceram, mas sem afoite. Quase como se soubesse que estava saindo no lucro aqui e que deveria se comportar muito bem.

Contei a eles que não sabia de onde ela havia saído e que ela provavelmente deveria ser do dono da tenda onde havíamos ficado na noite anterior.

— Eu acho que não — Richard falou. —Alguns corredores disseram que ela se juntou a eles na duna ontem.

Isso significava que ela havia percorrido quase 80 quilômetros em dois dias. Fiquei espantado.

Significava, também, que ela não pertencia nem ao pessoal do acampamento anterior e, nem aos organizadores da corrida.

—Você sabe o que deve fazer então, não sabe? — perguntou Richard.
— O quê? — repliquei.
—Você precisa dar um nome a ela.

6

EM MENOS DE DOIS QUILÔMETROS PAREI DE CORRER, irritado, lamentando minha estupidez.

As últimas 24 horas haviam exibido todo tipo de clima, de neve e chuva nas montanhas ao calor seco que nos recebeu quando descemos até o acampamento. Durante a noite toda, os ventos cortavam nas paredes da tenda, e, quando me levantei, a temperatura era a mais fria de todas as largadas até aqui.

O frio me incomodou. Eu estava ansioso pelo amanhecer, certo de que seria um trajeto mais plano e quente; no entanto, estava tremendo de frio na linha de largada. Enquanto os demais atletas faziam seu aquecimento habitual, tirei a mochila das costas e procurei a minha jaqueta mais leve, alterando por completo a minha largada planejada cuidadosamente para ser perfeita.

Pouco depois, eu já a estava tirando. Não demorou nada e o sol saiu, para o sol sair e a temperatura subir aos poucos. Isso deveria me agradar, mas eu estava com um calor daqueles com meu uniforme impermeável. Com cinco horas de prova extenuante pela frente, fui obrigado a parar.

Quando abri os zíperes e os fechos da mochila para enfiar a minha jaqueta, Tommy, Julian e outros dois atletas me ultrapassaram e assumiram a ponta.

Então, outra corredora se aproximou e me fez sorrir:

— Ei, Gobi — eu disse, usando o nome que havia escolhido para ela na noite anterior —, você mudou de ideia, hein?

Ela havia passado a noite encolhidinha ao meu lado, mas quando fui para a linha de largada pela manhã, ela desapareceu entre a multidão de atletas. Eu estava tão preocupado com o clima, que nem prestei atenção nela. Além disso, as últimas 24 horas tinham me mostrado que Gobi era uma cadelinha determinada. E se ela tivesse outros planos para o dia, quem era eu para impedir?

Mas lá estava a Gobi, me observando ajustar a mochila, e voltando, logo depois, a ficar vidrada pelas minhas polainas. Ela estava pronta para partir. E eu também.

Mantive um ritmo forte para alcançar os líderes e logo me aproximei deles. Sabia que boa parte do trajeto da corrida passaria por uma área com muita pedra e lembrava como Julian tinha sido ligeiro para cruzar um terreno semelhante no primeiro dia. Não me agradava pensar em vê-lo abrir a dianteira outra vez, então tratei de ultrapassar o quarto e o terceiro lugares e, em seguida, o Julian e o Tommy.

Voltar a estar na frente foi uma bela sensação. Minhas pernas estavam firmes, e a cabeça altiva. Pelo som das passadas, dava para perceber que a distância entre eu e os outros corredores aumentava minuto a minuto. Imprimi um ritmo forte e, sempre que começava a me cansar, bastava olhar para a Gobi de relance. Ela não sabia nada sobre estratégia, nem técnicas de corrida. Também não fazia ideia da distância que eu pretendia percorrer ao longo do dia. Estava correndo livremente, correndo porque tinha nascido para correr.

Segui os delimitadores de percurso cor-de-rosa até a área pedregosa. O trajeto plano por onde vinha correndo seguia à direita, mas os delimitadores continuavam em linha reta, por meio das pedras aparentemente grandes e instáveis, o que significava que seria impossível manter um ritmo estável. Como não havia alternativa, prossegui, sentindo as pedras mais miúdas rolando sob meus pés. Eu me preocupei em não torcer o tornozelo e invejei a habilidade da Gobi de passar com facilidade por elas.

Sabia que Julian seria mais veloz do que eu neste trecho, e, conforme nos aproximamos do pico, ouvi-o chegando mais perto de mim. E, quando finalmente alcancei o topo, em vez de seguir adiante e tentar segurá-lo ao máximo, eu congelei.

Dava para ver todo mundo lá de cima. O posto de controle ainda estava distante, atravessaríamos primeiro um vilarejo para depois chegar nele. Dava para ver o trecho acidentado diminuindo gradualmente uns trezentos metros adiante, os delimitadores cor-de-rosa definindo o trajeto de volta ao planalto que levava até a vila, o posto de controle e os arredores. Eu não estava olhando para nada disso.

Meu olhar, assim como o de Julian e dos dois outros atletas que agora ao meu lado, estavam grudados em uma figura solitária correndo um pouco mais à direita.

Era o Tommy.

— Ora — retrucou Julian —, isso não vale!

Tommy, de alguma forma, havia desviado do percurso acidentado e ganho um bocado de tempo. Pelos meus cálculos, uma vantagem de dez minutos sobre nós.

Ficamos furiosos, mas Tommy estava muito adiantado para ouvir nossos gritos. Então corremos em grupo com fôlego renovado, determinados a alcançá-lo.

●

Enxergamos o Tommy no posto de controle adiante, quando atravessamos o vilarejo, mas quando chegamos lá, ele já havia desaparecido ao subir um morro alguns metros adiante.

Resolvi parar, relatar o acontecido e me certificar de que a ocorrência fosse registrada. A pessoa da equipe de organização me olhou como se eu fosse um idiota quando tentei explicar.

— Pode repetir, por favor? — ela disse.

— Tommy Chen desviou por completo da parte acidentada mais atrás. Não sei se foi proposital, mas isso não é justo.

— Vamos verificar mais tarde — ela assegurou e me dispensou.

— O Tommy cortou caminho — Zeng, que estava correndo conosco e viu tudo, confirmou. — Isso não é justo.

Novamente, ela pareceu não dar a menor importância. Sem perder mais tempo, deixamos o posto de controle, tentando alcançar Tommy. Ele estava quase dois quilômetros à nossa frente, mas eu contava com a raiva para me impulsionar. Apertei o ritmo para quatro minutos por quilômetro, e dei tudo para diminuir a distância entre nós. Julian e os outros ficaram um pouco para trás, mas eu não me importei. Estava em uma missão.

O percurso era sinuoso, e só dava para avistar bem o Tommy de vez em quando. A certa altura, quando a distância entre nós chegou a menos de um quilômetro, ele se virou e viu que eu me aproximava, dando, então, um *sprint*, correndo o mais rápido que podia.

Eu não acreditei.

Existe uma etiqueta a ser seguida nessas corridas. Quando você percebe que se valeu de uma vantagem desleal sobre outros atletas, diminui o ritmo e deixa que se aproximem, para que a ordem natural seja retomada. Eu já cometi esse tipo de erro em outra corrida. É algo que acontece na disputa pela liderança, mas é melhor resolver durante a própria corrida do que depois de concluída a prova.

Eu apertei o ritmo também, mas depois de muito esforço para diminuir a distância e de deixar a raiva tomar conta, o cansaço foi se manifestando. Ouvi as passadas atrás de mim, e Julian me ultrapassou. O calor aumentou, e agora a corrida passava por uma longa estrada plana que se estendia por quilômetros. Comecei a ficar entediado, depois frustrado comigo mesmo.

Sabia, por eventos passados, que sentimentos como aqueles eram tóxicos. Mas, por sorte, a experiência havia mostrado como lidar com aquilo.

• •

Na minha primeira ultracorrida — uma maratona completa com mais uma volta de 10K no fim —, comecei a sentir cansaço perto dos 35K. Quando cheguei nessa marca, já estava acabado. Eu não estava apreciando a corrida e fiquei zangado por ser ultrapassado por homens e mulheres bem mais velhos do que eu. Eu só corri para acompanhar a Lucja e, ainda que estivesse para completar os 42K em 3h30, desisti por dentro. Saí da prova, fui para o carro e esperei a Lucja vir me encontrar. Levou horas.

Sentado no carro, observando o restante dos competidores dar um gás para o qual eu não estava preparado, fiquei desapontado.

O fluxo de competidores havia diminuído, e as únicas pessoas correndo eram do tipo que encaravam o evento como uma conquista única na vida. A Lucja estava mais bem preparada e era mais veloz e forte do que todos eles, e fiquei imaginando o que teria acontecido. Por fim, saí do carro e voltei os últimos dois quilômetros do percurso procurando por ela. Logo a avistei, correndo devagar ao lado de um atleta que tinha lesionado gravemente a perna. A Lucja tinha sentido fadiga no fim da prova, mas buscado forças lá no fundo.

Ela cruzou a linha de chegada, comigo assistindo emocionado. A força mental e a compaixão que ela havia demonstrado naquele dia ficaram gravadas na minha mente. Sempre tento seguir o exemplo dela quando estou correndo e, no meu melhor desempenho, consigo tirar lá do fundo a força para vencer todo tipo de dor e desconforto. Mas há dias em que as vozes me dizendo para desistir falam mais alto do que as para prosseguir. Esses são os dias mais difíceis..

•

Enquanto observava a distância o Julian desaparecendo, tentando não pensar na vantagem que o Tommy teria aberto, senti uma saudade grande da Lucja. Mas bastou olhar de relance para a Gobi para retomar o foco e esquecer-me do embate com o Tommy. Ela estava ali ao meu lado, firme, e a presença dela me deu ânimo para continuar.

O trajeto longo e plano deu lugar a um matagal. Eu havia notado, durante o início da etapa, que quando a Gobi via uma poça ou riacho, ela desviava do percurso e bebia água. Mas como eu não havia visto nada de água no trecho acidentado, de repente me ocorreu que deveria dar um pouco da minha própria água para ela. Não queria parar, mas começava a me sentir responsável pelo bem-estar da cadela. Ela não era grande, e suas pernas eram quase do tamanho do meu palmo. Correr naquelas condições devia ter sido sofrido.

Foi um alívio ver alguns riachos mais adiante. A Gobi desviou até um deles para matar a sede, mas se ela tivesse visto o que eu vi, não teria ficado nem um pouco contente.

Eu vi o Julian do outro lado do riacho, no leito mais distante de um rio que devia ter uns 45 metros de largura. Lembrei que os organizadores tinham falado sobre ele, enquanto eu batia os queixos na linha de largada, horas mais cedo. A água ia bater no meu joelho, mas daria para atravessar.

Ver o Julian foi um incentivo, e não hesitei em entrar na água, cuidando para que minha mochila estivesse bem alta e justa nas costas. A água estava mais fria do que eu imaginava, mas foi bom para refrescar um pouco.

Logo vi que a água poderia passar dos meus joelhos. A correnteza forte, somada às pedras escorregadias no fundo, me fez cambalear um pouco. Não seria problema continuar a corrida com o tênis molhado, pois logo secaria. Mas se eu escorregasse e molhasse a mochila, ela ficaria mais pesada e desconfortável, e boa parte da comida para o restante da semana estragaria. Um passo em falso, e a corrida poderia terminar para mim.

Eu estava tão concentrado na travessia, que nem pensei na Gobi. Imaginei que ela encontraria uma forma de atravessar o rio, do mesmo modo que tinha superado os escoadouros de água no dia anterior.

Desta vez, porém, os latidos e o choro dela não paravam. A cada passo que eu dava, ela parecia mais desesperada.

Eu já tinha atravessado um quarto do rio, quando fiz algo inusitado para mim em uma corrida: dei meia-volta.

Ela estava na margem, correndo pra lá e pra cá, olhando para mim. Eu sabia que o Julian estava alguns minutos à frente, mas não imaginava em quanto tempo algum corredor me alcançaria. Havia o risco de, além dos minutos preciosos, eu perder a minha posição.

Voltei correndo o mais rápido que pude, enfiei a cadela debaixo do braço e entrei na água fria novamente. Eu ainda não tinha segurado a Gobi no colo, e ela era mais leve do que eu pensava. Ainda assim, a travessia seria mais difícil com ela. Usei meu braço direito para manter o equilíbrio e avancei.

Escorreguei algumas vezes, cheguei até a afundar do lado esquerdo, e acabei molhando a Gobi e, talvez, o fundo da mochila. Mas a Gobi não reclamou, nem tentou se soltar. Ela manteve a calma, deixando que eu me incumbisse de sua segurança.

Coloquei-a no chão ao chegar a uma pequena ilha central, e ela caminhou por toda a extensão como se fosse uma aventura e tanto. Depois de me certificar de que a mochila não havia molhado muito e de colocá-la o mais alto possível, chamei a Gobi, que veio correndo. Eu a peguei no colo e continuamos.

Ela percorreu o leito do rio do outro lado mais depressa do que eu, e quando finalmente saí da lama e da vegetação rasteira, a Gobi já tinha se sacudido e estava me olhando, parecendo pronta para retomar a corrida.

A estrada de terra adiante logo nos levou a outra canaleta de água, desta vez, maior do que a anterior, que Gobi havia saltado. Eu sequer parei, apenas a apanhei e a passei por cima.

Em dado momento, quando a segurei na minha frente, a cara nivelada com meu rosto, posso jurar que o olhar dela era de puro amor e gratidão.

—Você está pronta, não é, menina? — eu disse, sem conseguir parar de sorrir ao colocá-la no chão e vê-la saltitar ao meu redor. — Então, vamos!

Quando me levantei, vi um senhor montado em um jumento. Ele estava nos observando com um ar impassível.

"O que será que eu dei a entender?", pensei comigo.

7

OS ORGANIZADORES GOSTAM DE ATORMENTAR OS ATLETAS, e o trecho final do dia durou quilômetros a fio. O GPS do meu relógio mostrou que estávamos próximos da chegada, mas eu não conseguia ver o acampamento. Tudo que eu enxergava era o caminho desaparecendo ao longe, cheio de cumes com subidas e descidas.

Pelos meus cálculos, faltavam ainda alguns quilômetros; eu havia perdido bastante tempo mais cedo, quando meu ritmo caiu, e depois ajudando a Gobi na travessia do rio, portanto, era possível que Tommy e talvez Julian já tivessem terminado. Por isso, a minha surpresa ao subir um dos cumes e avistar os dois a menos de dois quilômetros à frente. Nenhum deles parecia estar imprimindo um ritmo forte. Ao contrário, parecia que estavam andando. Imaginei que Tommy pudesse estar segurando para deixar que os demais o alcançassem, com o intuito de compensar o que havia acontecido mais cedo. Ou talvez estivesse sentindo o calor e não conseguisse andar mais rápido.

Seja o que for, concluí que havia uma chance para eu diminuir a distância entre nós, mas não queria que eles notassem. Não queria que percebessem que eu estava no encalço deles e aumentassem o ritmo. Eu só tinha energia suficiente para terminar a etapa. Ao chegar a uma descida, que me encobertaria, eu corri o mais rápido possível. Ao alcançar o topo, quando tornei a ficar à vista, diminuí o ritmo. A Gobi achou a maior graça e me acompanhou nos piques de velocidade.

Não consegui ver nem Tommy, nem Julian, em dois dos trechos altos, mas quando cheguei ao topo do terceiro, a distância entre nós havia reduzido à metade. Eles estavam de fato caminhando, eu desci em velocidade por outras duas vezes.

Sabia que estava me aproximando a cada *sprint* e, quando terminei a subida pela quinta vez, senti os pulmões queimando. Estava uns sessenta metros atrás deles. Os dois estavam prestes a ficar encobertos na descida final, e deu para ver a linha de chegada logo ali.

Eu tinha tempo para um último pique de velocidade, antes de mudar de tática e começar a correr com um pouco de cautela para não chamar a atenção. A última coisa que queria era alertá-los sobre a minha aproximação, por isso, passei de um ritmo veloz para um mais silencioso o possível. Correndo na ponta dos pés e cuidando para não pisar em pedras soltas, sessenta metros logo viraram trinta. E vinte e cinco. E vinte. Fiquei surpreso por nenhum dos dois me ouvir e, nem olhar para trás.

Quando a distância entre nós era de dez metros, e a chegada estava a trinta metros à frente deles, decidi que estava perto o bastante para dar um pique de velocidade extremo. Eu estava a poucos passos quando Julian se virou e me viu, e mesmo Tommy tendo começado a correr, abri uma vantagem suficiente para que não pudessem se recuperar.

Cruzei a linha de chegada na frente, com a Gobi no meu encalço em segundo.

O som do rufar dos tambores não abafou os gritos de entusiasmo da pequena multidão de organizadores e voluntários que nos saudaram.

Eu sabia que os poucos segundos de vantagem sobre o Tommy não impactariam muito ao final dos sete dias de corrida, mas foi uma boa resposta para o que havia se passado. Queria que ele soubesse que, embora o respeitasse e a suas conquistas nas corridas, não assistiria sentado ele tirar vantagem. Se quisesse vencer, teria de disputar comigo de modo leal e justo.

— Isso foi incrível! — exclamou uma das organizadores da corrida. —Você está fazendo uma prova e tanto!

Eu agradeci, evitando ficar com o ego inflado. Estava mais interessado em saber como ela reagiria com relação à conduta de Tommy, então falei:

— Posso procurá-la mais tarde para falar sobre Tommy Chen ter cortado caminho antes do primeiro posto de controle? Eu não estou em condições de falar sobre isso agora, mas vocês precisam saber o que aconteceu mais cedo.

Boa parte da raiva tinha passado, mas eu sabia que deveria ser cuidadoso ao falar. Afinal, Tommy era a estrela do *show*.

●

Contei a minha versão dos fatos e fui esperar na barraca com a Gobi enrolada ao meu lado, enquanto prosseguiam averiguando. A encarregada da investigação falou também com os outros corredores, com o pessoal do posto de controle e com Tommy. Sugeri que seria justo um acréscimo de quinze minutos, mas Tommy foi punido com cinco minutos a mais no tempo total do dia.

Fiquei meio decepcionado e com uma ponta de preocupação sobre como Tommy reagiria. Fui procurar por ele e o encontrei em sua barraca. Ele estava chorando.

— Podemos conversar rapidinho, Tommy?

— Eu não vi os delimitadores — ele disse, assim que saímos da barraca.

Achei pouco provável. Os pequenos marcadores cor-de-rosa eram bem visíveis, e todo corredor experiente que anda no pelotão da frente logo entendia a importância de conferir constantemente o percurso e se manter no trajeto. Além do mais, ele estava atrás de mim naquela hora, e uma camisa amarelo-vivo era difícil de perder.

— Certo — comentei —, não quero saber de inimizade. Está tudo resolvido. Não vamos guardar ressentimentos, pode ser?

Ele me olhou com uma expressão séria, agora sem lágrimas, e explicou:

— Eu não fiz de propósito. Não vi os delimitadores.

Deixei por isso mesmo. Não havia o que comentar.

De volta à minha barraca, Richard e Mike me cumprimentaram por terminar em primeiro, mas eles queriam mesmo era saber sobre

Tommy. Eu não estava muito interessado em falar, queria colocar uma pedra sobre o assunto.

— Tiro meu chapéu para você, Dion — disse Richard. — Você conseguiu algo notável.

— O quê?

— Nós, atletas do pelotão de trás, ficamos satisfeitos por você tomar uma posição firme a respeito. Todos estamos sujeitos às mesmas regras. Além disso, você agiu certo ao falar com Tommy e apaziguar as coisas.

— Bem, vamos ver o que Tommy fará amanhã. — comentei. — Pode ser que eu tenha mexido em um vespeiro.

• •

Não dormi muito bem naquela noite. Fez calor na barraca, e eu estava com a cabeça conturbada. Richard saiu para ir ao banheiro e, quando voltou, a Gobi rosnou para ele. Gosto de pensar que ela estava me protegendo.

No dia seguinte, seria a vez de um trecho de deserto, com um solo duro, compactado, sob o sol escaldante. Já havíamos concordado na noite anterior que seria esforço demais para Gobi, por isso ela iria até o próximo acampamento no carro de um voluntário. Eu acordei cedo, deixei a barraca bem antes da minha marca de quinze minutos, tentando encontrar quem iria levá-la e assegurando que essa pessoa a manteria ao abrigo do calor e hidratada o dia todo.

Na hora de me despedir, titubeei, preocupado com ela. Sem dúvida, Gobi tinha se apegado a mim, e será que passaria bem o dia na companhia de um bando de estranhos? Será que eu a veria de novo, ou ela embarcaria em outra aventura?

A corrida do dia incluía uma dura jornada desde a largada, em parte por conta da mudança de terreno. Se o dia anterior havia apresentado um misto de percursos sinuosos, rios e terrenos rochosos, que mantiveram os corredores alertas, o quarto dia incluiria uma série de planícies sem fim entre os postos de controle, escondidos sob o horizonte, com quilômetros e quilômetros de separação.

Sob os meus pés estavam as pedras de sempre, que já haviam cortado os pés de tantos corredores, mas em lugar de vegetação rasteira ou trilhas empoeiradas, agora estávamos correndo sobre o cascalho compactado que forma a porção negra do Deserto de Gobi.

Passei o dia todo correndo com o vento contrário, tomando cuidado com as pedras, tentando não me frustrar com o som constante de mastigar e engolir que vinha por sobre meus ombros.

Era o Tommy.

Praticamente desde o começo do dia, ele havia se colocado atrás de mim. Não a três metros de mim, nem um ou dois metros para o lado. Bem atrás de mim, suas passadas sincronizadas com as minhas. Com o corpo dele protegido da resistência do vento, ele estava aproveitando o vácuo, tal qual um ciclista na estrada ou uma ave migratória. Só que, neste caso, ele não pretendia me dar um descanso, nem assumir a liderança por um tempo.

Correndo atrás de mim, deixando que eu traçasse a rota e cortasse o vento forte, ele tratou de se alimentar.

Castanhas. Gel. Água.

Ele passou o dia inteiro comendo e bebendo e sem dizer uma palavra. Mesmo quando Zeng nos ultrapassou, Tommy continuou como estava. Ele foi a minha sombra, e não havia o que eu pudesse fazer.

Fiquei pensando nos motivos dele. O que ele pretendia? O propósito seria me segurar? Estava planejando disparar e me deixar comendo poeira? Sabia que ele queria anular a derrota de ontem e vencer a esta etapa, então por que ficar na minha cola? Pensei na Gobi. Senti falta dela mordendo as minhas polainas para me fazer correr mais. Durante boa parte do dia, me saí bem e me recusei a deixar que a presença de Tommy me abalasse. Na verdade, foi o incentivo extra que eu precisava para ignorar o vento contrário, quebrar a monotonia e conseguir imprimir um ritmo constante e firme.

Pelo menos, foi como me senti ao nos aproximarmos do posto de controle final. Eu sabia que faltavam menos de sete quilômetros para o fim, mas com o sol a pino e um calor de uns quarenta graus, comecei a sentir tontura.

Quando enfim cheguei à sombra do posto de controle, aproveitei o alívio do sol quente para me estabilizar. Tommy, por sua vez, não parou. Balançou a cabeça, falou qualquer coisa com alguém da organização e seguiu em frente. Acho que ele nem diminuiu as passadas.

Resolvi fazer uma pausa e enchi minhas duas garrafas de água até completar 1,5 litro. Quando finalmente parti, Tommy estava quase duzentos metros à minha frente. Ele parecia bem e em perfeito controle. Ficou claro que estava determinado, e logo percebi que não teria como alcançá-lo.

Julian e Zeng logo se aproximaram e não perderam tempo atrás de mim. Passaram correndo juntos e foram no encalço de Tommy, enquanto eu me sentia como se tivesse perdido as rodas.

Não conseguia continuar. Não adiantava o meu esforço, não fazia diferença tentar me encorajar para não diminuir o ritmo, minhas pernas pareciam de concreto.

Este não tinha sido como o dia anterior, em que a monotonia e o cansaço tiveram um peso igual. Agora era totalmente físico. Eu tinha passado três horas correndo sob o calor intenso contra o vento. Minha energia estava acabando.

●

Já tinha vivido isso.

Foi em 2013. Embora tivesse emagrecido, passado de 108 para 80 kg, eu continuava com um paladar apurado para comida e vinho. E, na hora de escolher a primeira maratona para competir, optei por uma na França, no coração da região dos vinhos. A cada dois quilômetros havia uma barraca com água e isotônicos que oferecia também vinho e guloseimas da região. Como o objetivo da prova era a confraternização e não o tempo marcado, todos os corredores se fantasiaram de animais.

Eu fui vestido de porco.

Alguns passaram direto pelas barraquinhas; eu não. Quando cheguei na metade do percurso, tinha consumido um bocado de carnes, queijos e ostras, além de umas seis taças de vinho. Lá pelos três quartos da prova, o atrito da pele começou a me incomodar, e pouco antes de completar os 32K, senti dores nas pernas e na base da coluna.

O sol foi intensificando e, embora a Lucja estivesse cheia de energia, parecendo um boxeador saltitando no fim do primeiro *round*, eu fui diminuindo o ritmo. Estava enjoado, não conseguia me concentrar nem enxergar direito, e a dor lancinante nas costas começou a me preocupar.

A Lucja me incentivou a terminar a corrida naquele dia, mas eu mal me lembro do quilômetro final. Ela me amparou na volta para o hotel, fez com que eu bebesse bastante água e garantiu que eu ficaria bem, enquanto eu tremia debaixo das cobertas. Faltavam apenas alguns meses para a nossa primeira ultramaratona multietapas de 250 quilômetros — uma prova que nos faria atravessar trechos do impiedoso e inóspito Deserto do Kalahari, na África do Sul. O treinamento da Lucja estava progredindo, e sabíamos que ela se sairia bem. Mas quanto a mim? Quem eu queria enganar?

— Não vou conseguir, Lucja. Não sou como você.

— Não pense nisso agora, Dion. Vamos nos preocupar com isso amanhã.

• •

Tommy tinha aberto uma boa distância, eu não podia mais vê-lo, e Julian e Zeng também estavam prestes a desaparecer. Eu estava acabado. Não havia sobrado nada. Minhas pernas não respondiam e meus pensamentos estavam conturbados, fora de controle.

Talvez essa fosse, de fato, minha última corrida.

Talvez eu estivesse liquidado de vez.

Talvez tivesse sido um erro vir aqui.

Ouvi o rufar dos tambores muito antes de avistar a linha de chegada. Fui ultrapassado por um quarto atleta no quilômetro final, mas já não estava ligando. Eu só queria que o dia acabasse e pusesse um fim em tudo. Imaginei a Lucja me dizendo para não pensar nisto agora e que eu me sentiria melhor depois de descansar e comer, mas outra voz interior me falava para desistir de vez.

Quando fiz a última curva e vi a linha de chegada, vi a Gobi lá. Ela estava sentada na sombra, sobre uma pedra, observando o horizonte.

Em um primeiro momento, ela permaneceu imóvel, e duvidei se me reconheceria.

Em seguida, só vi uma bolinha de pelo bege em movimento. Ela pulou da pedra e correu feito um furacão até mim, o rabo levantado e a língua balançando.

Pela primeira vez, naquele dia, eu sorri.

●

Tinha sido o dia mais quente de todos, e o sol estava forte demais. O acampamento ficava perto de um curral de ovelhas, e eu tentei descansar em um dos celeiros, mas as paredes de metal pareciam uma fornalha. Conformei-me com a tenda, mesmo com o ar parado e a temperatura passando dos quarenta graus lá dentro. Eu dormia e acordava, com a Gobi encolhida ao meu lado. Em parte, estava feliz com a chance de descansar e me recuperar, mas era nesses momentos na tenda em que eu mais sentia falta da minha mulher.

Mesmo antes de vir para a China, eu já sabia que seria duro sem ela. Lucja não pôde me acompanhar por causa do trabalho, e esta era a segunda competição que não participávamos juntos. Apesar de não corrermos mais lado a lado desde minha primeira maratona, na França, em que me fantasiei de porco — e ela de abelhinha —, eu contava com o apoio dela em muitos aspectos, principalmente no fim de cada dia.

Era ela que saía da tenda para socializar com outros atletas, e sempre que eu ficava frustrado ou aborrecido por algum motivo, ela me ajudava a superar. Em mais de uma corrida, a Lucja havia me convencido a não desistir de tudo. Eu precisava dela, sobretudo para os problemas inesperados, como o episódio com Tommy.

Mas o dia de hoje me ensinou algo além. Eu senti falta da Gobi. Ela era uma boa distração do tédio de passar horas a fio correndo por uma paisagem estática. O modo como corria — determinada, consistente, dedicada — também me inspirava. Ela se revelou uma lutadora que se recusava a se entregar. Não deixava que a sede e a fome atrapalhassem seu ritmo. Ela continuava firme.

Era um pouco triste, pois eu sabia o que me esperava no dia seguinte. O quinto dia seria a etapa mais longa. Quase 90K em temperaturas ainda mais altas. Eu já tinha combinado com os organizadores para que tomassem conta da Gobi outra vez, e sabia que ela seria bem cuidada.

Os dias mais longos eram a minha especialidade, sobretudo em temperaturas altíssimas. Mas depois de ter corrido dois dias com a Gobi ao meu lado, algo havia mudado. Eu tinha gostado de ter a companhia dela e de observar a potência de suas perninhas curtas. Sabia que ela faria falta outra vez.

Não dormi muito naquela noite. O ar estava desconfortável, muito quente e parado; e depois de quatro dias de competição sem tomar banho nem trocar de roupa, minha pele estava recoberta com uma camada de suor e sujeira. Gobi também não relaxou. Levantou algumas vezes, saiu da tenda e foi latir para as ovelhas. Eu não liguei, e ninguém ali reclamou. Acho que estávamos todos mais preocupados em preparar o espírito para o que nos aguardava.

8

POSSO TER CRESCIDO NA AUSTRÁLIA, mas ainda tenho que treinar para aguentar o calor. Morar em Edimburgo significa passar meses sob uma temperatura abaixo dos quinze graus, e se eu não tomasse uma atitude, não seria capaz de suportar o deserto.

A solução foi transformar o quarto de hóspedes lá de casa em uma minicâmara de calor. Comprei dois aquecedores industriais — do tipo usado para secar casas que foram inundadas — e outros dois portáteis. Adquiri, também, uma cortina grossa para a janela e constatei que, somente com a minha presença, o termômetro passava dos quarenta graus, mas, quando convencia a Lucja a se juntar a mim, a temperatura aumentava ainda mais.

As sessões eram brutais. Eu vestia uma calça de corrida de inverno, gorro e luvas e ajustava a esteira na inclinação máxima. A umidade era intensa, e mesmo quando não carregava a mochila com seis ou sete quilos de açúcar ou arroz, tinha dificuldades depois da segunda ou da terceira hora.

Eu tinha aumentado a frequência desses treinamentos para a prova do Deserto de Gobi como nunca antes. E quando queria intensificar ainda mais e correr sob um calor escaldante, pagava cem dólares por uma sessão de uma hora de duração na câmara de calor da universidade. A Lucja comentou que nunca tinha me visto assim tão determinado e concentrado, e eu sabia que não tinha outra opção. Eu havia corrido duas vezes a maratona das Areias, em que o calor chegava, às vezes, a atingir 54 graus, mas nunca havia me sentido tão pressionando a ter um bom desempenho. Em Gobi, sabia que seria diferente. Os atletas no pódio são sempre os que suportam melhor o calor.

●

O quinto dia começou uma hora mais cedo, às sete da manhã. E quando me posicionei na linha de largada, revi meu plano de corrida pela centésima vez. Seguir veloz no início pelo trecho de estrada, imprimir um ritmo constante e forte no trecho de deserto e depois — dependendo do calor — dar uma disparada até a chegada.

Eu continuava na terceira posição geral, mas a distância separando o primeiro do quarto colocado era de apenas vinte minutos. Eu precisava de um dia bom. Não podia nem pensar em cometer qualquer erro.

Desde o início do dia eu corri do jeito que queria. Larguei na frente, liderei o grupo algumas vezes e, em alguns momentos, fui para trás e deixei o fardo para outro. Eu estava concentrado em manter a passada constante e não notei os marcadores em determinado ponto. Liderei o grupo na direção errada por um minuto, até que alguém nos chamou de volta. Nós retornamos, mantendo a formação, até o ponto onde o corredor estava nos esperando para assumir a liderança. Não havia necessidade de ninguém tentar conseguir uma vantagem desleal. O trajeto e o calor já eram suficientemente desafiadores.

O terreno não ajudava nada. Nos primeiros dez quilômetros, atravessamos tufos espessos de capim-cidrão, vez ou outra interrompidos por trechos curtos de asfalto irregular. Depois disso, passamos para as areias negras de Gobi. Ainda era cedo, mas parecia que a temperatura já atingia uns 40 graus. Estava na cara que o calor seria brutal, e eu diminuí um pouco o ritmo para me preservar. Uns poucos atletas me passaram, mas não me importei. Eu ia seguir meu plano e imaginei que, em poucas horas, quando o sol se tornasse excruciante, passaria todos que tinham forçado demais na porção intermediária.

Eu me permiti divagar, imaginando o que a Gobi estaria fazendo enquanto eu corria. Também procurei observar a paisagem ao nosso redor, certo de que dificilmente voltaria ali e na esperança de não me sentir entediado. Assim que chegamos à areia escura, os sinais de vida humana foram desaparecendo. Nos dias anteriores, tínhamos corrido por vilarejos remotos, cujos moradores curiosos paravam para nos assistir, abrigados pela sombra dos casebres. Em outros momentos, o trajeto nos levou por leitos secos de rio amplos como um campo de futebol, onde as pessoas ficavam para nos assistir, e por planícies descampadas, onde a areia tinha cor vermelho-fogo. Mas, curiosamente, quanto mais adentrávamos o Deserto de Gobi, mais os sinais de vida humana se tornavam raros. Afinal, ninguém poderia tirar o sustento de um solo tão brutal.

Quando cheguei ao quarto posto de controle, cumpri minha rotina de encher as garrafinhas, pegar um tablete de sal e perguntar sobre a temperatura.

— Está fazendo 43 graus — o médico respondeu —, mas vai chegar aos 45 logo, logo. Quer uma desta?— ele perguntou, oferecendo uma Pepsi sem gelo. Foi a única vez que nos deram algo além de água para beber. E mesmo sentindo queimar a garganta, bebi tudo de uma vez.

— Obrigado! — agradeci. —Você tem algum soro reidratante?

Eu tinha pegado tabletes de sal o dia todo, mas como ainda faltava metade da corrida, queria me certificar de que tinha o suficiente. Ele pegou uma das minhas garrafas e preparou um soro caseiro com sal e açúcar.

— Está se sentindo bem? — perguntou, me olhando com atenção ao entregar o soro.

— Estou, sim. É só por precaução.

Antes de partir, verifiquei os tempos dos corredores à minha frente. Tommy, Zeng e Julian estavam entre eles, com apenas 15 minutos de dianteira. Eu me surpreendi por eles não estarem mais distantes e decidi apertar um pouco a passada. Afinal, eu estava hidratado, tinha acabado de ingerir 150 calorias a mais, da Pepsi, e iria esquentar. Estava pronto para atacar e sabia que, se me mantivesse rápido, os alcançaria em um dos dois próximos postos de controle.

Alcancei o Julian no posto seguinte, o quinto. Ele demonstrava cansaço, mas não parecia acabado. O que me agradou saber foi que Tommy e Zeng tinham partido poucos minutos antes de eu chegar ali. Mexi na mochila rapidamente e peguei a minha arma secreta, que vinha reservando durante a corrida toda. Meu iPod Shuffle.

Eu o prendi, coloquei os fones de ouvido, apertei o *play* e voltei para o calor. Sabia que a bateria só duraria umas poucas horas, e foi por isso que não o tinha ligado nas longas tardes que passei na tenda ou em qualquer outro ponto na corrida. Economizei para um momento em que precisaria de reforço, e esta era a ocasião perfeita.

Ouvi a *playlist* que tinha selecionado especialmente, nos meses anteriores. A lista incluía algumas músicas consagradas e outras bem agitadas, que me animariam a correr. Mas o combustível infalível era Johnny Cash. Quando aquele barítono inundou meus ouvidos com letras sobre forasteiros e o tipo de homem menosprezado por todos, meu moral subiu. Ele estava cantando só para mim, dizendo para eu me esforçar, ser mais veloz e provar aos incrédulos que estavam errados.

• •

Quando finalmente cruzei com Tommy no sétimo posto de controle, ele estava péssimo, jogado em uma cadeira, e dois ou três voluntários faziam o possível para refrescá-lo, borrifando água e abanando com suas pranchetas. Ele me olhou e deu para ver que eu ia batê-lo.

Virei-me para dar privacidade a ele, enchi minhas garrafinhas e peguei outro tablete de sal. Zeng havia acabado de deixar o posto de controle, e à frente dele estava um rapaz chamado Brett, um esportista neozelandês que estava tendo um excelente dia, e uma corredora americana chamada Jax. Eu sabia que ainda tinha chance de vencer a etapa, mas também sabia que não seria preciso. Não estava preocupado com o fato de Brett e Jax terminarem na minha frente, pois o tempo geral dos dois estava horas atrás de mim.

O mais importante era ultrapassar Zeng, que devia ter uns cinco minutos de dianteira nesta etapa; se eu conseguisse, a vantagem de vinte minutos do dia anterior permaneceria. Como no último dia a corrida era de apenas 10K, seria impossível eu perder no tempo geral, e a medalha de campeão seria minha. Havia apenas mais dois postos de controle para passar, e uns quinze a vinte quilômetros de corrida no total. Se eu mantivesse o desempenho, conseguiria.

Enquanto bebia um pouco de água, ouvi o médico falando com Tommy.

— Você está muito quente, Tommy, prefiro que você siga com o Dion, do que sozinho. — Você faria isso?

Eu dei uma ajeitada nos meus fones, como se não tivesse ouvido. Não queria deixar o rapaz ao léu, mas eu estava disputando para vencer. Se ele não me acompanhasse, não iria carregá-lo.

Quando ajustei as alças da mochila e me preparei para retomar a prova, Tommy fez força para se levantar e se colocou ao meu lado.

— Tem certeza de que está bem, Tommy?

— Sim — ele assegurou, com a voz rouca e fraca. — É só o calor que está me prejudicando.

Partimos. Nos poucos minutos em que eu havia passado sob a sombra no posto de controle, alguém deveria ter aumentado a temperatura em mais uns graus. Era como correr dentro de um forno de convecção, e os raios de sol pareciam dar agulhadas na carne dos braços. Eu estava adorando. Mesmo em dúvida se deveria ter reaplicado protetor solar passado pela manhã, nada conseguiria tirar o sorriso do meu rosto.

Não havia brisa, nem sombra. Tudo era quente — o ar, as pedras, até a borda plástica e os zíperes de metal da minha mochila. Tudo lá se resumia ao calor.

De uma coisa estava certo: eu queria pegar o Zeng. Não sabia se ele estava firme ou se estava tendo dificuldades, mas eu estava me sentindo bem demais, naquelas condições. Aquela era a minha chance. Eu não podia deixar escapar.

Nos distanciamos apenas uns trinta metros do posto de controle e o Tommy já não estava aguentando se manter. Mas ele era um corredor durão, e não ia desistir da prova tão cedo. Estávamos cruzando um trecho plano de cascalho, em que os marcadores cor-de-rosa foram colocados a cada 150 metros.

—Vamos, Tommy! — eu disse, tentando fazê-lo aumentar o ritmo.
—Vamos correr as bandeiras.

Corremos até o primeiro marcador, depois andamos até o seguinte e tornamos a correr novamente. Fizemos isso por quase um quilômetro, e logo o percurso se tornou arenoso e se abriu em uma área ainda mais ampla. Por toda nossa volta, havia cânions de areia, paredões de areia e terra compactada de seis metros de altura, até onde a vista alcançava. Parecia a superfície de Marte, e como se fosse possível, eu poderia jurar que o ar estava mais escasso e mais quente.

Tommy não estava mais ao meu lado. Eu sabia que ele acabaria desistindo. "Agora sim", pensei. "Hora de avançar."

Corri por quatro ou cinco marcadores, com o fôlego intacto e o ritmo constante. Era ótima a sensação de correr livre outra vez, e saber que, a cada passo, eu me aproximava do atleta à minha frente. Mas algo estava me incomodando. Eu não parava de pensar no Tommy. Será que ele estava bem? Será que estava me acompanhando? Será que daria conta de prosseguir sozinho?

Reduzi o ritmo.

Parei.

Então olhei para trás.

Tommy estava cambaleando feito bêbado. Os braços balançavam, e ele estava sem equilíbrio algum. Parecia em um terremoto e, a cada passo adiante, era uma batalha contra as forças invisíveis. Eu o observei, torcendo para que se aprumasse e corresse na minha direção.

Vamos, Tommy. Não vai me deixar na mão.

Era um desejo inútil. Segundos depois, eu corri os trinta metros até onde ele estava cambaleando e tropeçando sem sair do lugar.

— Tommy, me fala o que está acontecendo.

— Quente demais.

A voz dele saía com dificuldade e precisei segurá-lo para não cair. Passava um pouco da uma da tarde e o sol estava a pino. Eu sabia que esquentaria ainda mais, procurei por uma sombra, mas não havia nada, apenas uma série de rochas desgastadas pelo vento mais ao lado. Olhei meu relógio. Faltavam uns dois quilômetros daquele trecho e mais uns cinco quilômetros até o próximo posto de controle. Pensei em dizer para ele voltar, mas Tommy não estava em condições de ir sozinho a lugar algum. A parada era comigo.

"Será que volto, ou sigo adiante?", pensei.

Tommy tentou pegar seus cantis. Um estava completamente vazio, e ele esvaziou o outro em poucos goles. Pelos meus cálculos, havíamos deixado o posto vinte ou trinta minutos atrás, e ele devia ter saído com cantis cheios, o que significava que tinha bebido dois litros de uma vez.

— Preciso urinar — ele disse, abaixando as calças. Seu xixi parecia melaço.

Ele se jogou na areia, com o sol ardente.

— Preciso me sentar um pouco — falou. — Preciso me sentar. Você pode esperar?

— Nada de sentar aqui, Tommy. Você precisa ir para a sombra.

Olhei para trás querendo me certificar de que não havia nada mesmo que nos abrigasse do sol. E esperava ver outros corredores também, mas não havia ninguém.

Procurei adiante. Parecia haver uma faixa de sombra ao lado de uma formação rochosa a menos de dois quilômetros. Dava a impressão de ser grande o suficiente para proteger o Tommy do sol, e achei que seria a melhor aposta.

Levamos mais vinte minutos para chegar até lá. Precisei carregar o Tommy com um braço, enquanto segurava a mochila dele e lhe oferecia da minha água à vontade. Tentei fazer com que ele andasse, mas não sabia o que dizer além de:

—Vamos, cara. Estamos quase lá. — Mas ele mal conseguia responder.

Eu entendia a gravidade do estado de Tommy. Ele estava tonto, desorientado e ensopado de suor. Era um caso óbvio de exaustão por calor, e eu sabia que, se não o resfriasse logo, poderia sofrer uma insolação. Daquele ponto em diante, haveria o risco de ele entrar em coma em apenas meia hora, e só se manteria vivo depois disso com a ajuda de aparelhos.

Finalmente consegui levá-lo até a rocha e colocá-lo em um pequeno retângulo de sombra atrás dela. Abri o zíper da camisa dele, para deixar o corpo esfriar ao máximo. Fiquei impressionado com sua palidez. Ele parecia já meio morto.

Tommy vergou de lado e urinou outra vez. A urina estava ainda mais escura.

"O que eu faço agora?", pensei. Senti uma ponta de pânico, mas me esforcei para manter a cabeça fria. Achava que estávamos na metade da etapa. Subi correndo em um monte para procurar algum sinal de vida, mas não havia nada nem ninguém por perto.

— Escute, Tommy — eu disse, agachando perto dele —, você precisa de ajuda. Eu vou continuar até o próximo posto de controle e fazer com que venham te buscar de carro, certo?

— Eu não quero correr mais — ele disse.

— Eu sei, amigo. E você não vai precisar. Fique aqui quietinho e eles virão te buscar. Não saia daqui.

Eu dei a ele o restante da minha água, ajeitei os pés dele na sombra e corri.

●

Minha mente estava cheia de números. Calculei que teria apenas 45 minutos. Havia dado a ele meu último litro de água, e tinha quase cinco quilômetros para correr antes de conseguir mais. Fazia quase cinquenta graus de calor, e ia esquentar mais na próxima hora. Se eu não tivesse olhado para trás naquele momento, Tommy já estaria com insolação há meia hora. Se eu não tivesse olhado para trás, ele já poderia estar em coma.

Conforme eu corria, procurava pelos marcadores adiante, mas também tinha esperança de ver algum veículo ou alguém que pudesse ajudar. Mas nada.

Depois dos cálculos, vieram as indagações. Por que eu olhei, afinal? Será que foi intuição? Havia algo ou alguém me guiando para eu ajudar o Tommy? E será que acertei ao decidir correr adiante? Será que ele não receberia ajuda mais rápido se eu tivesse voltado?

Para economizar tempo, cortei caminho. Por um momento, perdi os marcadores e entrei em pânico. Eu estava em um córrego, me sentindo encurralado. Meu coração estava disparado e, pela primeira vez, tive medo de ter cometido um erro enorme.

Passei por um cume e vi que estava de volta ao trajeto. A distância, dava para ver o posto de controle a cerca de dois quilômetros. Ele reluzia feito uma miragem, e não importa o quanto eu corresse, não parecia chegar nunca.

Menos de um quilômetro adiante, um veículo da organização se aproximou. Eu acenei e avisei a eles sobre o Tommy e onde ele estava.

—Vocês precisam chegar lá depressa — insisti —, ele está passando muito mal. E eu também não tenho água, vocês teriam um pouco?

A quantidade que me deram foi suficiente para eu alcançar o posto de controle e, assim que cheguei, sentei-me e contei toda a história do Tommy outra vez. Bebi o máximo de água que pude e enumerei meus sintomas. Ao correr com um mínimo de hidratação e com a enorme pressão de avisar alguém sobre o estado dele, eu tinha passado dos meus limites. Estava me sentindo enjoado e fraco. Mas, pelos menos, eu reconhecia meus sintomas, o que significava que meu raciocínio continuava bom. Eu não estava com insolação, ainda.

Perguntei sobre Zeng e fiquei surpreso ao saber que ele estava apenas vinte minutos à frente. Vinte minutos? Isso significava que o resultado geral estava equilibrado. Zeng tinha anulado minha vantagem sobre ele, mas eu ainda tinha chance.

Foi difícil não pensar na morte enquanto eu corria, e me ocorreu se estávamos perto do local onde um atleta havia morrido de insolação, em 2010. Também pensei no Tommy. Era triste imaginar que ele podia estar em coma nesse momento. Eu torcia muito para que não.

Torcia para ter feito o bastante. De repente, ter ficado bravo por ele ter ganho cinco minutos sobre a gente no trecho acidentado virou bobagem.

• •

    Menos de um quilômetro depois de deixar o posto de controle, meu peito ficou estranho. O coração parecia não estar bombeando da maneira certa, e era como se eu tivesse uma tira apertada ao redor dos pulmões.
    Sempre que eu bebia um gole d'água, parecia estar fervendo. Fui diminuindo o ritmo gradualmente. Estava me sentindo mal. Logo comecei a me arrastar, movendo os pés com dificuldade e cambaleando como se estivesse meio adormecido.
    Estava assustado com apenas um dos sintomas: as palpitações. Eu já tinha sentido isso duas ou três vezes antes. Meu peito pareceria que iria explodir, o suor escorreria, teria náuseas e desmaiaria. Os médicos tinham relacionando isso ao excesso de café e, desde então, passei a cortar a cafeína durante a preparação para as corridas. Mas aquelas lembranças ainda me assustavam, e ali, no meio do Deserto de Gobi, eu estava vendo os sintomas se formarem. Se meu coração entrasse em colapso outra vez, eu sabia que não seria culpa do café. Comecei a sentir palpitações, uma indicação de que algo grave estava acontecendo.
    Avistei um veículo da organização parado um pouco adiante. Eu sabia que eles estavam lá para dar assistência, e sem dúvida eu era um bom candidato, do jeito que fui cambaleando. Quando cheguei perto o suficiente para ouvir o motor ligado, os voluntários saltaram do carro.
    —Você está bem? Precisa de água?
    — Eu preciso sentar no carro — respondi —, não estou bem.
    Eu não sabia se estava nas regras ou não, mas não me importei. Precisava muito me resfriar.
    Abri rapidamente a porta traseira e me joguei no banco junto com minha mochila. O ar-condicionado estava no máximo, e foi como entrar em uma geladeira. Que sensação incrível. Fechei os olhos e deixei o ar gelado me refrescar.
    Quando tornei a abrir, tive de piscar e esfregar os olhos para ver se estava enxergando direito.
    — Está marcando 55 graus mesmo? — perguntei.

— Sim — respondeu o motorista. Ele e o outro voluntário não disseram mais nada, mas eu percebi que o motorista me observava atentamente pelo retrovisor.

— Posso beber essa água? — perguntei, apontando para a garrafa com um cilindro de gelo dentro. Com certeza aquela foi a melhor coisa que bebi na minha vida.

Peguei um gel na bolsinha que carregava. Foi difícil manuseá-lo, e acabei derrubando parte da substância grudenta no meu queixo, no peito e no banco do carro. Calculei que aguardaria os dez minutos que o gel costuma levar para fazer efeito, e então partiria. Mas o tempo foi passando; e eu, me sentindo cada vez pior.

A cabeça girava e não conseguia fixar o olhar em nada por mais de alguns segundos. A tira que eu sentia ao redor do meu peito parecia ficar mais justa cada vez que eu inspirava, e os pulmões foram ficando pesados.

"Vamos lá", eu disse a mim mesmo, bem antes de o gel fazer efeito. Tentei reunir energia o bastante para pegar a minha mochila e agir, quis me incentivar a sair e prosseguir, mas fiquei na mesma.

O ar frio não estava surtindo efeito como eu imaginava, mas a ideia de abrir a porta e sair do carro de volta àquele calor me apavorava. E se eu conseguisse fazer meu corpo me obedecer e sair do carro, será que conseguiria chegar até o próximo posto de controle e até a linha de chegada?

Foi neste momento que senti o peito explodir. Meu coração disparou, e passei a respirar com dificuldade, desesperado para inspirar o tanto que fosse possível.

Olhei para cima e vi o motorista me observando pelo espelho. Vi o medo nos olhos dele. Medo e pânico. Outra explosão aconteceu dentro de mim. Mas desta vez não foi o coração que disparou, foi a minha mente. Pela primeira vez na vida, temi, de fato, por minha segurança. Pela primeira vez, eu pensei que estava morrendo.

9

VAMOS LÁ! VAI, DION, VAI!

Não adiantou. Era inútil fechar os olhos com força, ou apertar os dentes, eu não conseguia me convencer a sair do banco traseiro do carro.

Limitei-me a inalar o ar gelado e torcer para que as coisas mudassem.

Passaram-se alguns minutos. Experimentei outro gel. Experimentei me alongar para aliviar a pressão no peito. Tantei pensar no plano de corrida. Nada adiantou.

Fiquei pensando no que teria acontecido com Tommy. Torcia para que o carro tivesse chegado até ele a tempo e que os voluntários tivessem o ajudado da melhor forma. Na melhor das hipóteses, a corrida tinha acabado para ele. Fiquei olhando para fora do carro por uns instantes e me ocorreu que fazia muito tempo que eu não via outros atletas passando. Pensei na distância que precisava recuperar.

— Como estava o Zeng, quando passou por aqui?

— Não estava inteiro. Ele também estava sofrendo e passou andando.

Era tudo o que precisava ouvir. Eu tinha perdido quinze minutos no carro, logo teria 35 minutos a recuperar. Se ele ainda estivesse com dificuldades, eu tinha uma chance de conseguir. E, neste caso, eu assumiria a liderança geral.

Saí do carro sentindo uma trepidação, mas ansioso por recuperar o tempo perdido. O calor continuava a prejudicar, e levei um tempo para recobrar o fôlego e desenvolver um ritmo constante. Mas, com o tempo, comecei a correr de novo. Não com velocidade, mas com constância. Contudo o ritmo não durou muito. Eu tive energia suficiente para correr apenas uns trinta metros, depois tornei a caminhar. Pelo menos, meu coração havia, parado de bater descompassado, e eu conseguia pensar com mais clareza.

Consegui acompanhar os marcadores alternando corrida e caminhada pelos quilômetros restantes, fui meio cambaleando, sem tirar os olhos dos marcadores cor-de-rosa, concentrado apenas em dar uma passada depois da outra.

Em certos momentos, tive de enfrentar uma série de topos elevados de areia. Quando subi uma duna que estava atravessada no trajeto, consegui finalmente avistar a linha de chegada.

Tal qual no dia anterior, a Gobi estava me esperando à sobra. Ela veio correndo ao meu encontro e me acompanhou pelos últimos sessenta metros, mas assim que cruzamos a chegada, voltou rápido para a sombra, sem fôlego, e se largou no chão.

— Alguma notícia do Tommy? — perguntei a um dos voluntários.

Ele sorriu e arqueou as sobrancelhas:

— Incrível! — ele respondeu. — Eles o resfriaram, e Tommy conseguiu voltar a andar. Filippo está com ele, e está tudo bem.

Eu conhecia o Filippo Rossi, um corredor suíço que estava em um dia excelente. Fiquei contente e aliviado por saber que ele e o Tommy estavam juntos.

Os dois outros atletas que terminaram a prova — Brett e Zeng — tinham chegado a algum tempo, e quando vi que a distância entre Zeng e eu era de quarenta minutos, soube que ele tinha levado a melhor. Faltava apenas uma etapa para correr, e como era bem mais curta, de 10K, eu não conseguiria recuperar aquele tempo.

Quando Tommy finalmente cruzou a linha de chegada com Filippo, o acampamento inteiro vibrou. Àquela altura, todos sabiam o que havia acontecido, e a recuperação admirável e a capacidade de resiliência do Tommy foram devidamente celebradas. Ninguém demonstrou saber que eu o havia ajudado no início, mas não me importei. O que realmente teve significado foi o abraço que ele deu ao me ver. Ele estava em prantos, e eu, com os olhos marejados. Não foi preciso dizer nada.

●

Fiquei fazendo hora na minha barraca, como havia feito a tarde toda, dormindo e acordando, com a Gobi aninhada ao meu lado. Eu torcia para que nenhum outro atleta que ainda estivesse correndo chegasse perto do estado crítico de Tommy, e fiquei pensando em como estariam Richard, Mike, Allen e os garotos macauenses. Apesar de um começo nada perfeito, eu acabei gostando dos três macauenses. Eles de fato zelavam um pelo outro, e todas as noites faziam massagem entre si. Eram bons rapazes, e, de certa forma, eu sentiria falta deles.

De repente me ocorreu que eu poderia ter vencido a corrida se não tivesse parado para ajudar o Tommy. Mas aquele seria um preço alto demais a pagar, apenas para terminar no lugar mais alto do pódio. Mesmo sendo a primeira vitória geral em uma prova multietapas e um incentivo enorme para o futuro da minha carreira de corredor. Parar para ajudar o Tommy havia me custado caro, mas eu estava feliz com o desfecho. Se tudo corresse de acordo nos últimos 10K da etapa, meu lugar no segundo posto do pódio estaria garantido. Ainda não dava para celebrar, mas estava bem satisfeito. Eu tinha provado a mim mesmo que minha carreira de corredor ainda permanecia viva.

Já tinha escurecido quando Richard, Mike e Allen chegaram. Eles tinham passado o dia inteiro no sol e estavam sentindo as consequências. Pareciam uns mortos-vivos, cambaleando pela barraca, os rostos exibindo o contraste das queimaduras de sol intercaladas com a palidez da exaustão. Mas tudo havia ficado para trás, e quando o último corredor retornou, o clima na barraca mudou. Todos estavam mais relaxados do que o normal, aliviados com a proximidade do fim da corrida.

● ●

Acordei com o barulho da barraca desabando. Nem sinal dos macauenses, e Mike estava gritando para todo mundo acordar. Eu peguei a Gobi e saí de lá engatinhando. O vento forte começou do nada e trouxe muita areia com ele. Doía na pele, mas eu e a Gobi nos juntamos aos outros e ficamos em pé sobre a barraca para impedir que ela voasse, enquanto Richard foi buscar ajuda.

A noite foi tomada pelo ruído dos rádios comunicadores, o som das barracas sendo esticadas e as vozes dos chineses berrando para lá e para cá. Com a ajuda da luz de dezenas de lanternas, dava para ver os voluntários correndo pelo acampamento, em uma tentativa desesperada de reerguer todas as barracas. O vento intensificou e se transformou em uma forte tempestade de areia. Não dava para ver nada além de cinquenta a cem metros de distância, e ouvimos que os últimos corredores ainda no circuito tinham sido parados nos posto de controle e voltariam para o acampamento de carro.

Depois de uma hora esperando alguém viesse nos ajudar com a barraca, chamei a Gobi e fui procurar uma mulher chamada Nurali. Tínhamos sido apresentados a ela assim que chegamos ao acampamento no primeiro dia. Eu a tinha visto dar ordens expressas e ficar cada vez mais frustrada com sua equipe conforme o vento se intensificava.

— Por favor, poderia pedir aos seus rapazes para levantar a nossa barraca? — perguntei a ela.

— Sim, mas tenho muitas outras barracas para erguer antes da sua.

— Eu sei, mas já fizemos o pedido faz uma hora, e ainda estamos esperando — retruquei.

— Não é problema meu — ela disse, ríspida.

Eu sabia que ela estava sob grande pressão e enfrentando bravamente o clima, mas não deveria me ignorar dessa forma.

— Engano seu — contestei —, nós todos pagamos três mil e setecentos dólares para estar aqui. É problema seu, sim.

Ela resmungou qualquer coisa que não entendi, virou-se e foi-se embora.

O vento ficou mais forte, e as pessoas começaram a entrar em pânico. Ele era parecido com o que enfrentamos nas terras altas na Escócia, por isso não me preocupei. A areia também não me pertubava. Só me restava imitar o que a Gobi havia feito, sentar e encolher bem o corpo e manter a cabeça protegida do vento, e tudo ficaria bem.

Depois da meia-noite, ouvimos que a tempestade de areia ia se intensificar. Ninguém conseguia dormir e, depois de noventa quilômetros de uma corrida exaustiva, todos precisavam descansar; os organizadores, então, decidiram que abandonaríamos o acampamento para pernoitar em outro lugar. aos outros corredores que estavam encolhidos contra um dos rochedos e esperamos pela chegada dos ônibus. O grau de temor só aumentava enquanto ficávamos parados ali, e não demorou para que a poeira e a areia tomassem conta de tudo, incluindo bocas, ouvidos e olhos. Mas eu sabia que o desconforto era apenas mais um desafio que deveríamos enfrentar. Todos tínhamos sido submetidos a uma experiência mais extrema nas últimas 24 horas, mas o desconhecido é sempre pior do que o familiar.

●

Já era madrugada quando o ônibus nos levou para um prédio pequeno na entrada de um parque nacional, a vinte minutos do acampamento. Tratava-se de um museu estranho, com dioramas e fósseis de milhões de anos expostos, mostrando uma vasta e diversa seleção de habitats naturais. Naturalmente, a Gobi parecia estar em casa, sobretudo na parte dedicada à floresta tropical, repleta de árvores e plantas artificiais. Não pude evitar uma gargalhada quando ela urinou em uma delas.

Em minutos, bagunçamos o lugar inteiro e o transformamos em um abrigo de refugiados para 101 corredores suados e fedidos — e para uma cadela meio mal-educada. Os funcionários não se importaram, já que a lojinha do museu na outra extremidade estava batendo o recorde de vendas de bebidas e lanchinhos.

Aquele já constava como um dia de descanso, pelo esforço sobre--humano da longa etapa no dia anterior; então, passamos o dia dormindo, comendo guloseimas, tomando refrigerante e batendo papo. Não me enfiei no meu saco de dormir, nem o levei para outro local. Em vez disso, fiquei conversando com Richard, Mike e Allen.

— O que você vai fazer com a pequena, aí? — Mark perguntou naquela tarde, apontando para a Gobi.

Era uma boa pergunta, a mesma que eu vinha me fazendo desde a etapa mais longa. Sabia que os dois dias que eu corri sem a companhia da Gobi tinham sido os mais difíceis e que eu havia me apegado a ela. Não queria ir embora e deixá-la à própria sorte.

E não era só isso. A Gobi tinha me escolhido. Eu não sabia por que, mas sabia que era fato. Ela tinha outros cem atletas e dezenas de voluntários e de funcionários da organização para adotar, mas desde a primeira vez em que a vi, e ela começou a mordiscar as minhas polainas, não saiu mais do meu lado.

A Gobi era resistente e leal. Ela tinha corrido mais de cem quilômetros em três etapas da corrida, sem comer nada o dia todo, e sei que, se tivesse dado chance, ela teria percorrido um trecho ainda maior. Ela com certeza tinha ficado com medo da água, mas foi adiante e confiou na minha proteção. E deu seu máximo para continuar ao meu lado. Como eu ia deixá-la para trás quando a corrida terminasse?

Para cada motivo que me impelia a ajudar a Gobi, havia um argumento igualmente forte para eu me afastar. Eu não fazia ideia de que tipos de doença ela poderia ter, se pertencia a alguém, ou como eu faria para ajudá-la. Afinal, se tratava da China. Com certeza não haveria uma fila de pessoas ansiosas para me auxiliar a encontrar um lar para uma cadela sem dono de origem desconhecida. E se o que contam for verdade, ela poderia mesmo ser sacrificada e virar comida de alguém?

Por isso, eu não fiz nenhum esforço para encontrar uma casa para ela na China. Não pedi ajuda a nenhum dos funcionários da organização que acabaram se encantando pela Gobi, nem comentei sobre isso com meus companheiros de barraca.

Não disse nada, pois sequer considerei essa opção. Eu tinha um plano melhor.

— Quer saber, Mike? Já me decidi. Vou dar um jeito de levar ela para casa comigo.

Foi a primeira vez em que disse aquilo em voz alta, mas, assim que falei, tive certeza de que era a coisa certa a fazer. Nem imaginava se seria possível, mas estava determinado a tentar.

— Que bom — disse o Mike. — Eu vou te dar uns trocados para ajudar, se você aceitar.

— Verdade?

— Eu também — Richard falou.

Fiquei surpreso e emocionado. Que eu saiba, tudo o que a Gobi tinha feito para o pessoal da barraca era rosnar quando eles voltavam para lá durante a noite, mantê-los acordados enquanto ela perseguia as ovelhas e pedir sobras de comida toda vez que ela os via comer. Mas eu havia me enganado. A Gobi os inspirou um pouquinho também, da mesma forma que fez comigo.

— Qualquer cachorro forte como ela merece um final feliz — Richard comentou.

• •

Quando nos alinhamos para a largada final, a tempestade tinha passado por completo. Como em outras ultramaratonas multietapas, o último dia consistia em uma corrida curta de 10K a 15K. E como em todas as multietapas das quais eu tinha participado, a ideia de estar a uma ou duas horas da linha de chegada final estimulava o melhor desempenho dos atletas. E embora tivessem ficado vagando como mortos-vivos durante o dia de descanso no museu, todos se alinharam na largada da última etapa, como se fossem correr no parque num sábado de manhã.

A Gobi estava ao meu lado e parecia saber que havia algo de especial acontecendo. Ela não mordiscou minhas polainas enquanto corríamos. Em vez disso, manteve o mesmo ritmo que eu e me olhava, ora ou outra, com os olhos grandes e castanhos.

Caiu uma chuva leve durante a prova, e estava frio, então fiquei feliz por a Gobi não passar calor. Como a etapa era curta e não havia posto de controle, parei algumas vezes a cada dois quilômetros e dei água para ela na minha mão. Gobi não recusou nenhuma vez, e fiquei admirado por ela ter aprendido a confiar em mim em tão tão rápido.

Passei bastante tempo analisando as posições na corrida, enquanto estava no museu. Como suspeitava, eu não tinha chance de superar o Zeng, e a quase desistência do Tommy tinha saído bem caro para ele, que foi ultrapassado por Brett, o neozelandês que tinha vencido com folga a etapa longa. Eu ainda tinha vinte minutos de vantagem sobre Brett, e se me mantivesse à frente dele, meu segundo lugar estaria garantido.

E era o que eu estava fazendo, mas quando parei na metade da etapa, no topo de uma duna, para dar água para Gobi, vi o Brett se aproximar. Ele parou perto de mim. Eu devo ter olhado para ele com perplexidade, pois ele sorriu e deu de ombros.

— Como eu ia te ultrapassar com você parando para dar água a ela?

Eu retribuí o sorriso e agradeci:

— Obrigado!

Coloquei a garrafinha de volta no suporte da alça da minha mochila, acenei com a cabeça para o Brett e continuei a correr como se nada tivesse acontecido.

Permanecemos daquele jeito até completar a etapa. Eu terminei em quinto, o Brett em sexto, e a Gobi entre nós dois. Logo depois houve a entrega das medalhas e a sessão de fotos e, na sequência, um banquete de celebração que incluiu cerveja e um churrasco tradicional, *kebabs* e pães enormes, do tamanho de uma pizza, recheados com ervas, carnes e outras coisas deliciosas. Eu saboreei um cabrito apetitoso e deixei a Gobi lamber a gordura dos meus dedos. Foi uma profusão de gargalhadas, abraços e o tipo de sorriso que se recebe apenas na companhia de boas pessoas, reunidas para desfrutar um momento que será lembrado por anos a fio.

Havia começado a prova como sempre fazia, reservado, concentrado na corrida e nada mais. Terminei como acabam todas as outras provas, cercado de amigos.

No entanto, a corrida pelo Deserto de Gobi havia sido diferente. Os momentos difíceis tinham sido piores, e os pontos altos bem melhores. Uma experiência que mudou a minha vida. Portanto, era mais que justo eu retribuir fazendo o possível para ajudar a mudar a vida da Gobi.

Parte 3

10

OBSERVEI A GOBI PELA JANELA do ônibus. Ela estava ocupada comendo as sobras dos *kebabs* que tinham restado do churrasco. A Nurali estava organizando os voluntários restantes, que tinham acabado de embarcar os últimos atletas em outro ônibus. A Gobi parou e levantou a cabeça, em alerta. Era só eu ou ela também havia percebido que algo estava errado? O motor do ônibus foi acionado. A Gobi se assustou um pouco e começou a correr para lá e para cá. Ela fez igual ao que tinha feito quando me virei aquele dia no rio. Ela estava procurando algo. Alguém. A mim. O rabinho dela estava abaixado, e as orelhas viradas para trás. Senti um ímpeto irresistível de arrancar o meu corpo dolorido do assento, descer do ônibus e correr para pegá--la nos braços, outra vez.

"Isso é ridículo", pensei comigo. Eu me sinto como um pai observando o filho atravessar o portão da escola no primeiro dia de aula.

O ônibus começava a dar ré quando vi a Nurali chamar a Gobi para perto dela, dar um pedaço de carne e fazer carinho no tufo de pelo marrom no alto da cabecinha, que lembrava um ninho de passarinho.

Eu me recostei e tentei pensar em outra coisa. Qualquer coisa.

●

A viagem de ônibus no retorno para Hami não podia ter sido mais diferente do que a da nossa ida, uma semana antes. Naquela oportunidade, eu me sentei e troquei umas poucas palavras com a pessoa ao meu lado. Fiquei muito incomodado com a barulheira dos macauenses atrás de mim e mais de uma vez virei para olhar, esperando que eles entendessem a indireta e fizessem silêncio.

Na volta para Hami, eu teria pagado caro para sentar perto daqueles garotos e ouvi-los dar risada e conversar. Eu teria gostado da distração. Mas, infelizmente, os três estavam em outro ônibus, e os passageiros de agora, depois da corrida, do churrasco e da cerveja, tinham sucumbido ao sono e ao silêncio e me deixado abandonado com meus pensamentos.

Por que estava sendo tão difícil assim? Eu não fazia ideia de que me sentiria daquela forma. E isto não era um adeus. Eu veria a Gobi novamente em algumas horas.

O plano era bastante simples. Nurali, a mulher que tinha agido com negligência durante a tempestade de areia, levaria a Gobi de carro até Hami, onde aconteceria o jantar de premiação, e lá eu poderia me despedir adequadamente da cadela. Depois, a Nurali levaria a Gobi para a casa dela, em Urumqi, e eu pegaria o voo para Edimburgo. Daí então, eu tomaria todas as providências para que a Gobi pudesse ir para o Reino Unido, começar uma nova vida comigo, com a Lucja e a nossa gata, Lara.

Quanto tempo levaria isso? Impossível dizer.

E quanto custaria? Não fazia ideia.

A Nurali ia cuidar bem dela? Com certeza. Disso eu não duvidava. A Nurali pode ter sido um pouco displicente comigo quando o acampamento estava indo pelos ares, mas observei bem como ela comandava os outros e conseguia assegurar que as coisas funcionassem. Ela dava jeito em tudo, e posso afirmar que, sem ela, a corrida de Gobi não teria se realizado. Nurali era o tipo certo de pessoa de que eu precisaria para botar tudo em prática. Além do mais, eu a vi dar uma porção de guloseimas para Gobi durante toda a semana, o que comprovava que ela gostava de cachorros. A Gobi ficaria bem, eu tinha certeza disso — assim como tinha certeza de que a levaria para casa, ainda que me custasse umas mil libras e levasse um mês ou dois.

• •

Reúna um grupo de corredores que não tomam banho, nem se lavam, nem trocam de roupa há uma semana, depois de terem suado sem parar ao atravessar um deserto, e verá o que é feder de verdade. Agora, coloque todos juntos em um ônibus quente, por duas horas, e o fedor podre lá dentro será inimaginável.

Não sem motivos, quando chegamos à Hami, eu estava desesperado por um banho. Lavei-me e descansei um pouco, imaginando que encontraria com a Nurali e a Gobi no jantar, à noite.

Quando cheguei ao restaurante, já estava com saudades da Gobi, embora tivéssemos nos separado havia poucas horas. Além disso, eu só tinha ficado com ela ao ar livre ou dentro da barraca. Como será que ela se comportaria na cidade, com ruas e tráfego, restaurantes e hotéis?

Só então me dei conta de que não sabia muito a seu respeito. Onde ela vivia antes de se juntar a mim na corrida? Será que tinha estado em uma casa antes? Como ela reagiria ao ficar confinada em um lugar fechado de tempos em tempos? Quantos anos ela tinha? E talvez o mais importante, será que gostava de gatos?

Muita coisa havia se passado na semana da corrida, mas os meses, anos até, da vida da Gobi antes da ultramaratona permaneceriam um mistério para mim. Sem que ela percebesse, havia a observado brincar, e tinha certeza de que tinha ao menos um ou dois anos. Com relação ao seu passado, não haveria jeito. Não poderia dizer se ela alguma vez tinha sido maltratada, afinal, não tinha cicatrizes nem lesões que a impedissem de correr bem mais de 115 quilômetros. Mas então, por que ela teria fugido? Será que havia perdido? Haveria um dono por aí, agora mesmo, perto das dunas de areia em um extremo do Deserto de Gobi preocupado com sua cadelinha perdida?

Todos com quem falei acharam isso improvável. A Gobi não era o único animal que eles tinham visto durante a corrida, e mesmo as poucas horas que passei em Urumqi e em Hami deixaram claro que havia milhares de cachorros vagando pelas ruas de ambas as cidades. Havia cães sem dono por toda parte, e todos os chineses que consultei confirmaram que a Gobi deveria ser um deles.

Procurei por Nurali e Gobi no restaurante, mas nem sinal delas. E também não havia ninguém da equipe de Nurali lá, somente os organizadores da corrida. Ao conversar com uma das organizadoras, quis saber:

— Achei que Nurali viria para cá e traria a Gobi.

Ela estranhou meu comentário e explicou:

— Não, ela não vai vir. Ainda tem muito trabalho lá na linha de chegada.

— Mas Nurali virá para cá antes de eu partir amanhã, né? — insisti.

— Não sei por que viria.

Saí dali muito desapontado. Fiquei chateado porque não veria a Gobi para me despedir direito e porque o plano que havíamos traçado não estava sendo seguido. Será que houve um mal-entendido na tradução? Será que já tinha dado errado? Será que a Gobi estava bem?

O que mais me chateou foi o meu nível de estresse por conta dessa situação. Parte de mim queria fazer o que eu sempre faço depois de uma corrida, por algumas semanas nada de dietas, de treinar, nada de me forçar a manter o foco só no meu objetivo. Eu queria relaxar e ficar despreocupado.

Mas esta não era uma opção. Eu estava preocupado. A vontade de proteger a Gobi não era um interruptor que você simplesmente desliga.

Fiquei distraído durante boa parte da celebração, mas ouvi com atenção quando Brett foi receber sua medalha de terceiro colocado e fez um discurso que, apesar de curto, foi bem impactante:

— Gostaria de dizer a todos que sacrificaram sua própria corrida para ajudar outra pessoa, que tiro meu chapéu para vocês. Isso prova que ainda há gente boa no mundo.

Eu não poderia ter expressado de maneira melhor. Contribuí para ajudar o Tommy, mas certamente não fui o único. Filippo também parou, e houve outros exemplos de pessoas que se colocaram em segundo lugar e escolheram dar prioridade ao próximo. Desde o modo como os rapazes de Macau cuidaram uns dos outros à maneira como pessoas que eram meros estranhos no início da semana se incentivaram o tempo todo. Uma das coisas que mais me agradam nesses eventos é que, quando aceitamos o desafio de ultrapassar os limites da resistência física, criamos as amizades mais sinceras e leais.

●

Claro que eu não sabia disso quando me inscrevi para a minha primeira ultramaratona multietapas. Na verdade, eu sequer sabia se chegaria a largar, quem dirá completar a prova toda.

Nossa jornada rumo às ultramaratonas começou no Natal de 2012. A Lucja faz aniversário no dia 23 de dezembro e, nos meses anteriores, ela vinha falando sobre trocar as maratonas por algo que exigisse mais. Então, comprei um livro de presente para ela chamado *Os desafios de endurance mais extremos do mundo*. Dei uma folheada nele, antes de embrulhá-lo, e fiquei impressionado com eventos como a Maratona das Areias, o Yukon Arctic Ultra e o Yak Attack, no Nepal, considerado a corrida de bicicleta na maior altitude (e a mais perigosa, creio eu) do mundo.

Isso aconteceu antes de eu participar da meia maratona em que quase me acabei, para ganhar um jantar de um amigo, portanto eu estava convicto de que aqueles eventos descritos no livro não eram para mim. Ainda assim, achei que seria divertido sonhar em participar de algum deles um dia, em uma década quem sabe. E, em clima de festa, com uma garrafa de champanhe aberta ao lado, me sentindo realizado ao ver a Lucja abrir o livro, tracei o meu destino:

— Abra em uma página qualquer e prometo que iremos juntos — eu disse. E então me recostei, tomei um gole do champanhe e fiquei observando os olhos da Lucja brilharem quando ela viu o livro.

— Uau! — ela exclamou, admirando a capa e a contracapa. — Que fantástico!

Ela então fechou os olhos, abriu o livro em uma página qualquer e ficou estática.

Silêncio. Fiquei admirando ela percorrer a página, absorvendo cada detalhe.

— Bem, Dion, parece que vamos para a África, correr a Ka-la-har--ree Extreme Marathon.

— Que raio é isso? — perguntei.

Ela continuou, sem sequer levantar os olhos, o olhar fixo na página, descrevendo os fatos brutais:

— É no Noroeste da África do Sul, perto da fronteira com a Namíbia... Vamos correr 250 quilômetros... Serão seis etapas em sete dias... Temperatura por volta de cinquenta graus... Teremos que carregar a própria comida... Só reabastecer a água em pontos determinados... E é pelo deserto.

Eu levei um tempo elaborando minha resposta. Afinal, era aniversário dela, e eu queria que o presente fosse especial.

— Sem chance.

— Como? — ela retrucou, olhando pra mim. — Parece tentador.

— Mas veja, Lucja, não tem como eu participar disso. E se acontecer algo com um de nós? E como assim, carregar a própria comida? Eles não fornecem nada pra gente? Como pode ser isso?

Ela tornou a fitar o livro, folheou algumas páginas e depois o passou para mim e pegou seu Ipad. Eu olhei algumas páginas, e o pavor foi crescendo.

— Tem uma porção de *blogs* sobre a corrida do verão passado listados aqui no *website* — ela comentou. —E tem uma página do Facebook... e um formulário de contato.

Eu a interrompi:

— Olha, Lucja, diz aqui que custa alguns milhares de libras para cada um. E sem contar os voos.

— E?

— E que a gente poderia passar umas férias legais em algum lugar ensolarado. Então, por que a gente ia querer cometer a estupidez de correr no deserto?

Ela olhou séria para mim. Era o mesmo olhar que ela me dava quando eu ficava jogado no sofá na Nova Zelândia e ela me desafiava a correr. Eu senti que aquele era um momento crucial na nossa vida.

— Foi você quem disse que a gente iria, Dion. Portanto, nós vamos.

Eu recuei, imaginei que, se dissesse não, ela ficaria ainda mais determinada. Parei de falar a respeito e presumi que até o fim das festas de Natal, ela já teria se esquecido de tudo.

Eu me enganei. Passado o Natal, a Lucja parecia mais determinada do que nunca, e faltando apenas dez meses para a corrida, achou que precisava agir rápido. Ela entrou em contato com o representante da maratona, baixou o formulário de inscrição e me disse que estava pronta para o desafio.

Era a minha última chance de detê-la, e eu falei com ela usando o melhor argumento que me ocorreu:

— Como você vai fazer sem tomar banho? E o seu cabelo? As unhas?

— Eu não ligo pra isso. Não me preocupa. O rio Orange atravessa um dos estágios, e posso lavar o cabelo neste dia.

Tentei uma estratégia diferente:

— Joanesburgo é uma das capitais com a taxa de assassinatos mais alta do mundo. Você quer mesmo passar por uma cidade assim?

— Dion, eu vou. Você vem comigo?

Pensei um pouco.

— Precisamos perder toda a gordura que ganhamos no Natal.

Ela ficou me encarando.

Era como estar na Nova Zelândia de novo. Eu sabia que não conseguiria detê-la, e nem queria. Sempre amei a coragem e o entusiasmo da Lucja, e minha vida ficou muito melhor desde que a conheci. E também queria garantir o bem-estar dela lá, mesmo se isso significasse fazer a loucura de correr pelo Deserto do Kalahari.

— Certo — eu disse —, estou dentro.

• •

Eu não tinha falado com a Lucja desde a noite que havia passado em Urumqi. Alguns corredores tinham pagado cinquenta dólares para poder enviar e-mails e blogar durante a corrida; eu, não. Não queria nenhuma distração, e sabia que a Lucja conseguiria acompanhar as novidades sobre os meus tempos e a colocação na corrida pelas atualizações diárias no *website* da organização. Então foi só em Hami, depois do jantar de premiação, que finalmente liguei para ela, depois de uma semana separados.

Na verdade, eu estava meio nervoso. Tinha que arrumar um modo de contar a ela que queria levar uma cadela sem dono chinesa para morar conosco. Não tivemos outro cachorro depois do Curtly, nosso são-bernardo. Ambos sentimos muito a morte dele, e tínhamos um acordo silencioso de que nenhum de nós queria passar por aquele tipo de sofrimento de novo.

Antes de fazer a ligação, repassei a minha fala mais uma vez. "Não é incrível que eu tenha terminado em segundo? Sabia que me aconteceu algo estranho? Uma cadelinha resolveu me seguir, e fiquei pensando na possibilidade de levá-la para casa para morar com a gente."

Se a Lucja ficasse do meu lado, eu tinha certeza de que daria certo. Se ela não colaborasse, levar a Gobi para casa seria bem mais difícil para mim.

O telefone chamou, e eu respirei fundo.

Mal tive tempo de dizer "oi", e a Lucja desandou a falar:

— E a Gobi, como está?

— Você já sabe sobre a Gobi? — eu disse surpreso.

— Claro! Uma porção de corredores falou sobre ela em seus *blogs*, e a mencionaram também em alguns *posts* oficiais da corrida. Também, ela é uma gracinha, não é?

— Sim, é sim. E eu queria te contar uma coisa

— Você vai trazê-la pra casa? Assim que li sobre ela, eu sabia que você ia querer.

Depois de ficar longe dos centros urbanos e da civilização por uma semana, minha cabeça parecia querer girar no trajeto da estação de trem de Urumqi até o aeroporto. Eu havia me esquecido do quanto a cidade era populosa e de como era difícil me comunicar. Mesmo algo simples como fazer o *check-in* do meu voo de retorno com duas conexões levou três vezes mais tempo do que o esperado. Todo lugar aonde eu fui estava lotado de gente, e todos os seguranças olhavam para mim com leve ar de desconfiança.

Eu me recordo de ter jurado que nunca mais voltaria à China.

Será que o fato de ter conhecido a Gobi havia mudado isso? Talvez. Eu tinha repetido o meu melhor desempenho na corrida — segundo lugar na maratona Kalahari Augrabies Extreme, em 2014 — e tinha colocado a Gobi na vida. Mas ainda achava difícil querer voltar. Não conhecer nada do idioma tornava tudo muito penoso.

Estava me aproximando do portão do voo até Pequim, quando vi os organizadores da corrida esperando para embarcar.

Sabia que a coordenadora tinha ficado interessada no caso da Gobi e queria me certificar de que ela não se esqueceria quando voltasse pra casa. Eu a agradeci por conseguir que a Nurali tomasse conta da Gobi enquanto eu voltava para Escócia e cuidava dos preparativos.

Ela me deu seu cartão e disse:

—Foi incrível assistir o desenrolar da sua história com a Gobi. Se pudermos ajudá-lo a levá-la, conte conosco.

Quando entrei no avião, me ocorreu que poderia ter perguntado à coordenadora por que a Nurali não tinha ido ao jantar de premiação em Hami. Acho que não quis parecer estar forçando a barra e nem ser difícil de lidar. Mas quando o avião taxiou e decolou, me perguntei se teria algo a mais nisso tudo. Eu estava confiante de que a Nurali zelaria pelo bem da Gobi, mas, na verdade, não a conhecia tão bem assim. Por que ela não foi à Hami, afinal? Teria sido um problema de comunicação, ou um sinal de que as coisas talvez não corressem tão bem como planejado?

"Não seja paranoico", ralhei comigo mesmo. "Dê tempo ao tempo. Essas coisas sempre melhoram na manhã seguinte."

11

A LUCJA FOI ME BUSCAR NO AEROPORTO DE EDIMBURGO trazendo más notícias. Enquanto eu voava, ela pesquisou sobre o processo para trazer um cachorro para o Reino Unido.

— Não vai ser fácil — ela comentou. — Você achou que a pior parte era fazer a Gobi sair da China, mas pelo que eu vi, vai ser mais difícil fazê-la entrar no Reino Unido. A burocracia é bem maior do que você imaginava.

Dividido entre sentir falta da Gobi e estar ansioso para rever a Lucja, minha imaginação não teve descanso. Eu imaginei a Gobi ficando de quarentena, as contas enormes de veterinário que teríamos que pagar, e a coisa toda se arrastando por meses.

No fim das contas, eu acertei na mosca.

Ela precisava ficar quatro meses de quarentena, e isso não ia sair barato. Mas a pior notícia de todas era o local onde ficaria confinada.

— No aeroporto de Heathrow — contou Lucja. — É a única opção.

Para os padrões chinês e britânico, os 650 quilômetros que separam a nossa casa em Edimburgo do aeroporto principal de Londres não são nada. Mas no Reino Unido, é uma viagem épica que custa centenas de dólares em gasolina ou passagens aéreas, sem contar as despesas de táxi e de hotel. O custo de vida em Londres não é barato, nem para cachorros.

Quanto mais pesquisávamos, mas nos convencíamos de que a Lucja tinha razão sobre os custos e as dificuldades para trazer um cachorro para o Reino Unido, mas nós também subestimamos o quanto seria difícil tirar a Gobi da China. Na batalha para saber qual país ganharia o título de mais burocrático para resolver o problema, a China estava com a vantagem.

Todas as empresas de transporte de animais de estimação que consultamos por *e-mail* deram a mesma resposta: não. Algumas não deram detalhes, mas as que tentaram explicar passaram uma ideia da complexidade da questão.

Para que a Gobi deixasse a China, precisaria fazer um exame de sangue, e depois aguardar trinta dias antes de receber a permissão para viajar saindo do aeroporto de Pequim ou de Shanghai. Parecia simples, mas, para colocá-la em um voo em Urumqi, ela teria que, antes, passar por um *check-up* feito por um veterinário, receber um *microchip* e ter aprovação de um funcionário de algum departamento estatal chinês. Ah, e tinha mais uma coisa; para voar de Urumqi a Pequim ou Shanghai, a Gobi deveria ser acompanhada pela pessoa que a levaria para outro país.

— Alguma chance de a Nurali aceitar fazer isso? — Lucja perguntou.

— Veja, eu não consegui nem que ela erguesse a nossa barraca durante uma tempestade de areia. Sem chance.

— Não podemos pedir para alguém levá-la de carro até Pequim?

Depois de alguns minutos no Google, a resposta era evidente. Uma viagem de 35 horas de carro cruzando montanhas, desertos e sabe-se lá mais o quê, não era, de fato, um plano B.

●

Depois de uma semana recebendo e-mails com negativas de serviços de transporte animal, apareceu um fio de esperança. Uma mulher chamada Kiki enviou um *e-mail* para a Lucja dizendo que a empresa dela, a WorldCare Pet, talvez pudesse ajudar; mas somente se conseguíssemos convencer a Nurali a se encarregar de parte do procedimento clínico exigido. Eu me enchi de esperança, fui adiante e perguntei.

Para minha total surpresa e gratidão eterna, a Nurali respondeu minha mensagem na hora. Sim, ela poderia levar a Gobi até um veterinário, e sim, ela ia assegurar que a Gobi fizesse todos os exames solicitados pela empresa da Kiki. E faria até mais, se encarregaria de comprar uma caixa de transporte para que a Gobi viajasse contida.

Este era o cenário mais promissor.

Mas esses procedimentos todos não sairiam barato. A Kiki estimou que custaria no mínimo US$ 6.500 para que ela pudesse trazer a Gobi para o Reino Unido, e concluímos que gastaríamos outros dois mil dólares com a quarentena e mais boa quantia para ir e voltar de Londres com o intuito de visitar a Gobi.

Trazer a Gobi para viver conosco ia custar bastante caro, e precisávamos refletir se estávamos preparados. Parte de mim queria pagar tudo sozinho, não por orgulho ou coisa do tipo, mas somente porque trazer a Gobi para perto de nós era algo que eu — e agora a Lucja — queria pelo bem-estar dela e pelo nosso também. Não estávamos trazendo a Gobi para cá por caridade e nem por um ato de grande generosidade. Queríamos trazê-la porque, por estranho que pareça, ela havia se tornando parte da família. E quando se trata de família, o custo é irrelevante.

E por mais que isso fosse verdade, eu queria ser realista. Se algo desse errado em algum momento, ambos sabíamos que o total poderia passar dos dez mil. Quando contei para as pessoas, depois de a corrida terminar, que eu pretendia levar a Gobi para minha casa, o Allen, o Richard e um bom número de atletas disseram que queriam ajudar com doações. Nos dias depois da minha volta, eu recebi diversos *e-mails* dos competidores, perguntando para onde enviar o dinheiro. Eu sabia que a coragem e a determinação da Gobi tinham comovido muita gente, por isso não me surpreendeu que eles quisessem doar alguns dólares para assegurar que ela tivesse uma vida segura e confortável.

Então, a Lucja e eu nos sentamos na frente do computador e criamos uma página de financiamento coletivo. Na hora de estipular a quantia desejada, ambos fizemos uma pausa.

— O que você acha? — ela perguntou.

— Que tal isto? — falei, ao digitar US$ 6.200 no formulário.

— Nunca vamos conseguir tanto assim, mas esta provavelmente é uma estimativa bem realista do quanto vai custar trazê-la para cá.

— E se arrecadarmos somente algumas centenas de dólares, já vai ajudar.

• •

Nas 24 horas seguintes, meu telefone soou algumas vezes alertando que havia entrado algumas doações. Eu me senti agradecido por cada oferta dos meus companheiros atletas e por saber que qualquer quantia seria bem útil e facilitaria nossa missão. E, mais que o dinheiro, eu adorava ler os comentários deixados. Ajudar a Gobi os fazia felizes. Eu não tinha imaginado aquilo.

E também não esperava a ligação que a Lucja recebeu no segundo dia depois de a página da campanha ir ao ar. O rapaz se apresentou como jornalista, disse ter visto a nossa campanha e querer falar comigo. Ele explicou que havia descoberto o telefone da Lucja, no *site* dela, que a divulga como treinadora de corrida. Eu me senti desconfortável por saber que um estranho tinha nos rastreado com tamanha facilidade, mas ele me deixou curioso ao explicar por que havia ligado.

Ele queria me entrevistar e escrever um artigo exclusivo sobre a Gobi para o jornal dele, um tabloide britânico de circulação nacional chamado Daily Mirror.

Contudo, profissionais de jornais como este nem sempre têm boa reputação. Poucos anos antes, o Daily Mirror, junto de diversos outros jornais, havia sido flagrado em um escândalo de grampeamento de telefone, e a confiança ainda estava abalada. Mas o interesse do rapaz parecia genuíno, e resolvi concordar e ver o que aconteceria. No mínimo, renderia um *post* divertido no Facebook e ajudaria a conquistar mais doações.

Antes de encerrar a ligação, o jornalista lembrou-me de que ele queria exclusividade, portanto, eu não poderia falar com outros jornalistas ou passar o furo para eles antes de publicada a história.

— Meu amigo — eu disse, dando risada —, você pode fazer o que quiser com a história, ninguém mais está interessado no assunto.

Fizemos a entrevista por telefone no dia seguinte. Ele quis saber tudo sobre a corrida e como eu tinha encontrado a Gobi, que distância ela tinha corrido comigo e como eu pretendia trazê-la para cá. Respondi a todas as perguntas e, embora tivesse ficado meio nervoso no princípio, fiquei satisfeito com o andamento da história.

Senti um misto de ansiedade e excitação quando fui comprar um exemplar do jornal, no dia seguinte. Percorri rapidamente as páginas, imaginando onde estaria a reportagem. Fiquei surpreso ao encontrar uma página inteira com ótimas fotos da corrida e um artigo muito bem escrito. E o que mais me chamou a atenção, logo abaixo da manchete em destaque, "Não vou desertar a minha companheira de ultramaratona", foi que o jornalista relatou todos os fatos corretamente e até colocou uma citação do fundador da corrida: "A Gobi acabou se tornando a mascote da prova — ela incorpora o mesmo espírito guerreiro dos atletas". Gostei muito.

Eu já havia saído no jornal antes, quando terminei em sexto na minha primeira ultra, e em alguns *posts* em *blogs* de corrida, além de algumas revistas especializadas, mas este artigo aqui era de outro calibre. Era estranho, mas de um jeito bom, e logo postei umas mensagens no site da campanha de arrecadação, no Facebook e em todo lugar em que pude pensar. Achei que serviria de encorajamento para todas as pessoas que já tinham feito uma doação.

●

Eu tinha conferido a página da campanha pela manhã antes de ir comprar o jornal. Já havia seis ou sete doadores, e um total arrecadado de mil dólares. Mas uma hora depois de ter lido o jornal e ter feito o meu terceiro café daquela manhã, algo incrível aconteceu.

Meu telefone não parou de tocar.

Começou com uma notificação. Alguém de quem eu nunca tinha ouvido falar tinha acabado de doar 25 dólares. Poucos minutos depois, entrou outra mensagem dizendo que outro estranho tinha doado a mesma quantia. Depois de mais alguns minutos, teve outro. E mais um. E então alguém me deu cem dólares.

Eu não acreditei, não conseguia entender. Será que era mesmo de verdade?

Depois de mais alguns bipes e minutos, cheguei de novo a Internet para ver se o artigo do jornal também aparecia no site do Daily Mirror. Lá estava ele. Nas poucas horas desde que havia sido colocado no ar, centenas de pessoas já tinham dado o "curtir" e compartilhado a história.

Eu não podia imaginar que algo assim pudesse acontecer.

A versão *online* do artigo descrevia a história como "A ligação tocante entre o atleta de ultramaratona e a cadela sem dono que ele se recusava a deixar para trás".* Algo aconteceu comigo quando li aquelas palavras. Eu sabia que a Gobi tinha acalentado o meu coração e que eu me recusava a deixá-la para trás, mas eu não havia usado aqueles termos com o jornalista. A descrição que ele fez — o fato de ele ter compreendido o significado do meu encontro com ela do mesmo jeito que eu — era encorajadora.

"Talvez por isso as pessoas estão fazendo doações", pensei comigo. Talvez eles tenham enxergado o mesmo que ele.

Vinte e quatro horas depois de o artigo ter saído no jornal, a página da campanha de financiamento coletivo já mostrava que a meta de US$ 6.200 tinha sido atingida. Mas não parou aí. As pessoas continuaram doando, pessoas que a Lucja e eu não conhecíamos, todas comovidas pela história da cadelinha que, por alguma razão desconhecida, havia me escolhido e não desistido.

---

* Jonathan Brown, "Heartwarming Bond Between Ultra-Marathon Man and the Stray Dog He Refuses to Leave Behind" [A ligação tocante entre o atleta de ultramaratona e a cadela sem dono que ele se recusava a deixar para trás], Mirror, 27 de julho de 2016, atualizado em 28 de julho, 2016, https://www.mirror.co.uk/news/real-life-stories/heartwarming-bond-between-ultra-marathon-8507261.

• •

Além de atualizações frequentes sobre as doações, meu telefone começou a vibrar com mensagens de outros jornalistas. Alguns deles me contataram por meio da página da campanha, outros pelas redes sociais ou pelo Linkedin. Estava difícil de acompanhar tudo, mas eu queria responder a todos eles.

Os jornais do Reino Unido me procuraram primeiro — começou com outro tabloide, depois alguns da grande mídia. Eu suspeitei que a abordagem pudesse variar segundo cada jornal, que eles talvez quisessem saber de outros lados da história. Mas eles ficavam satisfeitos em repetir as mesmas perguntas: "Por que você foi correr na China? Como você conheceu a Gobi? Que distância a Gobi correu? Quando você resolveu trazê-la para sua casa? Você vai correr junto com ela novamente?".

Na primeira vez que perguntaram se eu correria com ela novamente, fiz uma pausa para pensar. E me dei conta de que, com todo planejamento e providências, eu nunca tinha refletido sobre como seria quando a Gobi chegasse aqui em Edimburgo. Será que ia querer fazer caminhadas de quarenta quilômetros todos os dias? Como ela se adaptaria à vida urbana? E se eu voltasse a correr com ela, será que ela correria do meu lado como antes, ou ia preferir explorar sozinha este mundo novo e estranho com todas as distrações que ele oferece?

Eu não sabia de quase nada do passado da Gobi, e sabia muito pouco sobre o nosso futuro juntos. Acho que é isso que dá colorido a todo início de relacionamento — até mesmo aqueles com cadelinhas peludas sem dono.

Depois de ter dado entrevista para diversos jornais, recebi uma mensagem de alguém da BBC. Phil Williams queria me entrevistar ao vivo em seu programa Radio 5 Live, naquela noite; e embora já estivesse meio cansado de toda a falação, eu jamais deixaria esta oportunidade passar.

E a entrevista acabou sendo a melhor coisa que eu poderia fazer naquela ocasião. Os produtores sincronizaram o áudio da minha entrevista com uma gravação que conseguiram da corrida. Acho que o vídeo curto de um minuto se tornou mais popular do que eles tinham imaginado. Em pouco tempo, obteve 14 milhões de visualizações, e se tornou o segundo vídeo mais assistido do site da BBC.

Depois disso, as coisas deslancharam.

Dei entrevistas em outros programas e estações da BBC; e daí os canais de televisão começaram a me ligar. Falei com outras emissoras do Reino Unido, e depois com algumas da Alemanha, Rússia e Austrália. Dei entrevista por Skype para a CNN, a ESPN (lá a história da Gobi ficou entre os *top* 10 mais assistidos do dia), para a Fox News, a ABC, o Washington Post, o USA Today, o The Huffington Post, a Reuters, o New York Times, e vários *podcasts*, incluindo o Eric Zane Show, que, por sua vez, divulgou a história em um nível totalmente novo.

Durante todo o tempo, o total arrecadado pela campanha de financiamento coletivo continuava crescendo. Pessoas do mundo todo — Austrália, Índia, Venezuela, Brasil, Tailândia, África do Sul, Gana, Cambodja e até Coreia do Norte — se comprometeram a oferecer o que fosse possível para a causa. A generosidade deles foi ao mesmo tempo humilde e excitante. Havia visitado alguns desses lugares, e eu conhecia o tipo de vida que a população levava.

●

Em um intervalo de poucos dias, a vida deu uma guinada para mim e para a Lucja. Estávamos meio indecisos sobre fazer ou não o financiamento coletivo, e ficamos aturdidos com a dimensão da empreitada para trazer a Gobi para casa. Em cerca de 24 horas, quase toda aquela preocupação se esvaiu. Contar com o apoio da Kiki e receber doações de tantas pessoas com certeza significou que os maiores obstáculos tinham sido resolvidos — nós contávamos agora com a experiência para trazer a Gobi para cá e com os recursos para botar em prática. Tudo parecia estar se encaixando.

Quase tudo.

A Nurali não estava respondendo os nossos *e-mails*.

12

— ESTOU DESCRENTE, LUCJA. NÃO VEJO COMO POSSA DAR CERTO.

Estávamos deitados, esperando o alarme tocar. Era nosso primeiro diálogo do dia, mas as palavras guardavam uma familiaridade estranha. Eu repeti as mesmas coisas diversas vezes na semana que havia passado, desde que o artigo do Daily Mirror tinha saído. Embora a página do financiamento coletivo estivesse perto de vinte mil dólares, a Nurali continuava em silêncio.

Toda vez que Lucja e eu tocávamos nesse assunto, eu tentava explicar a ela todas as minhas impressões sobre a Nurali e sobre Urumqi. Tinha contado que a cidade é alucinante, movimentada, e que todos andavam para lá e para cá com seus afazeres.

— A Nurali adora estar ocupada, não consigo imaginá-la ficando em casa, sentada de pernas para o ar. Ela deve ter milhares de projetos em andamento, e não há chance de ela parar tudo para ajudar a gente. Cuidar de uma cadelinha deve estar no fim da lista de prioridades dela.

— Então precisamos dizer a ela o quanto isso é significante. Lembrá-la da importância disso, concorda? — Lucja observou.

Lembrei-me da noite da tempestade de areia.

— A Nurali é do tipo que não ajuda se achar que a pessoa está sendo inconveniente. Se estiver estressada, acho que ela fará tudo devagar só para provocar a gente.

Ficamos sentados em silêncio por um instante.

—Você acha que ela viu os *posts* no Facebook?

Ela não teria como ver. Na China, o acesso ao Facebook e ao Twitter é bloqueado, e as emissoras de televisão não divulgam quase nenhuma notícia do Ocidente; não seria possível o frisson que estávamos vivendo chegar até lá.

— Então o que a gente faz?

O quarto tornou a ficar em silêncio. A conversa sempre se interrompia nessa passagem. Ficamos presos, sem a capacidade de sair. Nós estávamos impotentes para garantir que aconteceria. Não havia nada a fazer senão esperar.

●

Embora a Nurali estivesse em silêncio, o restante do mundo não. Junto com os *e-mails* da Kiki perguntando se ainda queríamos a ajuda dela, começamos a ver um número de comentários no Facebook cada vez maior clamando por atualizações. As pessoas, com toda razão, estavam curiosas com o que estaria acontecendo. Queriam saber em que pé as providências para a viagem da Gobi estavam, e quando ela viria para casa. Eles queriam fotos, vídeos e notícias.

Eu não os culpava. Se tivesse dado dinheiro para uma causa como esta, eu me sentiria como eles. E iria gostar de saber que o cachorro está sendo bem cuidado, e que os donos estão agindo com diligência e responsabilidade. Iria querer provas de que tudo estava nos eixos. Ter certeza de que a coisa toda não era um embuste.

Embora Lucja e eu estivéssemos desesperados para transmitir a segurança que eles queriam, não havia o que fazer. Só nos restava postar mensagens vagas contando que tudo estava pronto para o pontapé inicial, e que o processo seria longo. Racionávamos as fotos e as novidades como se raciona a comida em uma etapa longa no deserto.

Mais alguns dias se passaram, e eu continuava sem notícias da Nurali. Eu sabia que a Kiki estava se sentindo frustrada com essa espera toda, mas ela entendia bem o caráter inusitado do desafio que enfrentaríamos. Então se ofereceu para mandar uma mensagem para Nurali, e nós concordamos satisfeitos. Afinal, pelo fato de a Kiki ser chinesa, os problemas culturais e com o idioma estariam resolvidos.

Os apoiadores, por outro lado, estavam se fazendo ouvir, e cada vez mais chegavam pedidos de informações. Comecei a temer que se nada de concreto acontecesse logo, a enorme onda de apoio pudesse retroceder. Ou, muito pior, que pudesse se virar contra nós. Então, resolvi ligar para umas das organizadoras da corrida.

— Isso acabou ganhando muita importância — contei a ela. Não sou só eu que me preocupo em trazer a Gobi para cá, isso ganhou uma dimensão global. É como se milhares e milhares de pessoas estivessem acompanhando e querendo saber o que está acontecendo. Os doadores agora são como acionistas e eles querem respostas.

Ela ouviu tudo atentamente, disse-me que entendia e prometeu ajudar.

Senti um peso saindo das costas, ao desligar o telefone. Se a organização da corrida se envolvesse, tudo ficaria bem. Como eles idealizavam uma série de corridas a em quatro continentes, com certeza poderiam ajudar uma cachorrinha a se reencontrar com o dono.

Como esperado, a Kiki recebeu um *e-mail* da Nurali na semana seguinte. Ela dizia que estava tudo bem, embora tivesse descoberto que havia muito mais a se fazer do que ela havia pensado. Combinou com a Kiki que continuaria a cuidar da Gobi, e que a Kiki enviaria alguém a Urumqi para tomar as providências necessárias para mandar a Gobi de avião até Pequim.

Essa era uma boa notícia. Mas o processo era muito mais demorado do que a Lucja e eu esperávamos. O mais importante é que a Gobi estava em segurança, a Nurali estava tomando conta dela, e a Kiki logo enviaria alguém a Urumqi para colocar o plano em andamento.

A Nurali inclusive nos enviou algumas fotos, o que nos permitiu atualizar com detalhes os apoiadores sobre o progresso da situação. Eu fiquei inspirado e respondi a maioria das dúvidas do pessoal. As solicitações por parte da imprensa continuavam — eu estreei atendendo repórteres de revista, além de responder a mais algumas emissoras de rádio.

Pela primeira vez desde que tinha voltado da China, tive a certeza de que tudo daria certo.

Mas na semana seguinte me bateu aquela preocupação. A Nurali tinha voltado a ficar em silêncio. Foi uma frustração só. Já havia passado duas semanas desde o lançamento da campanha de financiamento coletivo, e não estávamos nem perto de conseguir que a Gobi fizesse os exames exigidos para dar início ao processo da transferência.

Enviei um *e-mail* à coordenadora da corrida, para confirmar se ela poderia ajudar, mas em vez de receber uma resposta dela, recebi uma mensagem do seu escritório.

Eles disseram que ela e a Nurali estavam nos Estados Unidos. Contaram que a Gobi estava sendo cuidada, que tudo estava bem, e que a Nurali voltaria para China em alguns dias. Disseram ainda que a coordenadora pretendia conversar detalhadamente com a Nurali quando as duas se encontrassem.

Lucja e eu não sabíamos o que pensar. Ficamos desgostosos, pois levaria mais uma semana para que a Kiki pudesse enviar alguém para encontrar com a Nurali e dar andamento às coisas; no entanto, esse tipo de empecilho já era esperado. E, quem sabe, com sorte, a Nurali tivesse acesso à cobertura da história durante a viagem aos Estados Unidos e compreendesse a dimensão da atenção que a Gobi havia despertado.

• •

A Nurali era uma pessoa de palavra. Assim que voltou à China, dias depois, enviou um e-mail à Kiki e prometeu dar mais velocidade a tudo.

"Maravilha", pensei com meus botões, quando a Kiki me deu a notícia. Agora falta pouco.

Um dia depois escrevi à Kiki:

"A Nurali já disse quando você pode enviar seu funcionário à Urumqi?"
A resposta dela foi imediata:
"Dion, não recebi nenhum contato da Nurali. Kiki."
Esperei mais um dia:
"Alguma novidade hoje, Kiki?"

A Kiki novamente respondeu na hora:
Não."

Enviei outro e-mail para a coordenadora da corrida:

Por que tanta demora com isto? Não me diga que aconteceu algo.

No dia seguinte, a Kiki não tinha notícia alguma para repassar, e minha caixa de entrada também não havia recebido nada da coordenadora da corrida.

Mais um dia se passou, e eu já acordei suspeitando de que havia algo de errado. Fiquei sentado na cama, esperando o despertador tocar de novo; estava energético como se estivesse no meu terceiro café, mas não consegui explicar à Lucja qual era exatamente a minha desconfiança.

—Tem algum problema — disse —, eu sinto que tem.

Levantei e fui olhar meu telefone, sabendo que era meio da tarde na China. Entre um punhado de *e-mails* de jornalistas e um número enorme de notificações da campanha de financiamento coletivo, um se destacou:

Para: Dion Leonard
De: ★★★★ ★★★★
Data: 15 de agosto de 2016
Assunto: Gobi
Dion, preciso te ligar.

Quando a coordenadora da corrida e eu nos falamos mais tarde, naquela manhã, parte de mim não se surpreendeu com o que ouviu. Ela me contou que, enquanto a Nurali esteve fora, nos Estados Unidos, o sogro dela ficou tomando conta da Gobi. Ela tinha fugido por um dia ou dois, mas tinha voltado para comer. Mas então saiu uma terceira vez e não voltou mais. A Gobi estava desaparecida fazia dias.

—Você só pode estar brincando — eu disse.

Eu me esforcei para manter a calma e não explodir com uma chuva de palavrões, estava louco da vida.

— O que eles estão fazendo para encontrá-la?

— A Nurali tem um grupo de pessoas procurando. Eles estão fazendo o possível.

Fazendo o possível? Eu duvidava muito e estava chateado por terem deixado a Gobi escapar. Eu passei um bom tempo pensando nela e imaginado todo tipo de possibilidade. Estava paranoico. A versão dos fatos em que a coordenadora estava se baseando não fazia sentido para mim. A Nurali tinha ficado quieta por um bom tempo, então eu temia que a Gobi tivesse desaparecido muito antes e que eles não me contaram porque tinham esperança de encontrá-la logo. Se eu estivesse certo, isso significava que a Gobi já estava desaparecida há uns dez dias ou mais.

Imaginei todos os panoramas possíveis. Nenhum deles era positivo, e fiz o que pude para apagar todos eles da mente. Não era hora para entrar em pânico. Eu precisava agir.

— Então o que a gente faz? — perguntei, sem fazer ideia do que poderia acontecer em seguida.

— A Nurali está fazendo o que pode — a mulher insistiu.

Isso parecia muito pouco.

Liguei para a Lucja no trabalho e contei a ela que a Gobi havia sumido e que eu duvidava muito de que a Nurali estivesse procurando por ela, como tinham dito. Depois, liguei para a Kiki e contei toda a história outra vez.

— Me deixa falar com a Nurali — ela disse. Esta foi a primeira coisa que ouvi, naquela manhã, que fazia sentido.

Quando voltei a ligar para ela, a Kiki me contou que não tinha acreditado na história toda. Os fatos não batiam.

— Sei — eu disse, tentando deixar a emoção de lado, por um instante —, mas e agora?

— Precisamos de mais pessoas engajadas na busca.

— E como conseguimos isso? A Nurali é a única pessoa que conheço em Urumqi.

— Eu conheço uma pessoa aqui em Pequim especialista em encontrar cachorros. Ele administra um abrigo para adoção de animais em Pequim. Talvez possa ajudar.

Não foi preciso esperar muito para a Kiki ligar pela segunda vez. Ela havia falado com o amigo dela, Chris Barden, do centro de adoção em Pequim, e quando me contou sobre os conselhos que recebeu dele, eu soube que era a pessoa certa para o trabalho. A Kiki disse:

— Primeiro, precisamos preparar um folheto que inclua fotos recentes da Gobi, uma descrição completa dela e o local onde ela desapareceu. Temos de incluir um número de contato, e o mais importante, uma recompensa.

— De quanto? — perguntei.

— Ele sugeriu começar oferecendo cinco mil renmimbis.

Fiz a conversão. Setecentos dólares. Eu pagaria o dobro com satisfação caso necessário. Depois de pensar um pouco, me decidi por oferecer mil e quinhentos dólares de recompensa.

— Precisamos espalhar os pôsteres por toda parte, sobretudo digitalmente. Você tem o WeChat? — Kiki perguntou.

Eu nunca tinha ouvido falar, mas ela me explicou tudo sobre o aplicativo de bate-papo que as autoridades não bloquearam, que é uma mistura de WhatsApp com Twitter.

— Alguém precisa criar um grupo no WeChat e começar a compartilhar as notícias. E precisamos também de pessoas nas ruas distribuindo os folhetos. Segundo o Chris, a maioria dos cães é encontrada em um raio de três a cinco quilômetros do ponto onde desapareceu. É aí que precisamos concentrar as nossas buscas.

Minha cabeça entrou em parafuso só de imaginar colocar este plano em ação, na esperança de que ele funcionasse. Eu sabia, por experiência própria, que a Gobi podia facilmente percorrer de três a cinco quilômetros em vinte minutos; logo, era possível que estivesse fora da área delimitada. Mas mesmo se deixasse isso de lado, eu não fazia ideia de onde a Gobi poderia estar, já que não sabia o ponto da cidade em que a Nurali morava. Tudo que eu sabia é que Urumqi era tão populosa quanto qualquer outra cidade asiática. Um raio de três a cinco quilômetros poderia concentrar dezenas, senão milhares, de pessoas. A Nurali era minha única esperança para divulgar o sumiço em toda parte, mas eu não tinha certeza se ela cooperaria.

Felizmente, a Kiki guardou a boa notícia por último.

Ela me contou que o Chris conhecia uma moradora de Urumqi, chamada Lu Xin. O cachorro dela também ficou desaparecido e o Chris ajudou nas buscas. Ele já tinha entrado em contato com ela, que concordou em ajudar, ainda que nunca tenha coordenado uma busca antes.

Eu dei um suspiro de gratidão.

— Isso é fantástico, Kiki. Muito obrigado!

Fiquei encantado com a gentileza dessas pessoas, completos desconhecidos que se prontificaram a ajudar de imediato. Eu não rezava desde quando era garoto, mas com certeza fiz algumas preces de agradecimento vez ou outra.

Voltei a ficar na expectativa por novidades. Era horário do almoço na Escócia, portanto, fim do expediente na China. Eu sabia que não falaria mais com a Kiki, a não ser na manhã seguinte.

●

Eu tinha voltado da China havia quase quatro semanas, e retornado ao trabalho praticamente direto, conciliando as respostas a entrevistas e *e-mails* no início das manhãs, no fim das noites e nos fins de semana. Eu trabalho parte da semana em casa, e nos outros dias vou ao escritório que fica mais ao sul, na Inglaterra. No dia em que descobri sobre o desparecimento da Gobi, estava no nosso apartamento, mas com a tarde se arrastando, minha vontade era de estar em qualquer lugar, exceto lá. Ficar em casa, sozinho, era horrível. Pior do que atravessar o trecho negro do Deserto de Gobi. Eu não parava de pensar na Gobi.

Conversei com a Lucja só depois do fim do expediente, quando ela voltou para casa. A gente sabia que deveria contar para as pessoas sobre o desparecimento da Gobi, mas elaborar a frase certa deu trabalho. Nós sabíamos muito pouco, e não queríamos alimentar a imaginação de ninguém.

Depois de umas tentativas em vão, finalmente postei algumas palavras que eu esperava alertar as pessoas e ajudar a fazer a Gobi retornar em segurança:

> Ontem recebemos um telefonema informando que a Gobi desapareceu em Urumqi, na China, faz alguns dias, e ela ainda não foi encontrada. Estamos arrasados e atônitos por saber que, neste momento, ela está vagando pelas ruas da cidade, e nossos planos para trazê-la para o Reino Unido estão em suspenso. Essas têm sido literalmente as minhas piores 24 horas, e sei que a minha dor e o meu pesar serão divididos entre todos vocês. Por favor, compreendam que a Gobi foi muito bem cuidada em Urumqi, e este foi um incidente lastimável.
>
> A recompensa e a informação a seguir foram divulgadas no Chine-se WeChat. O abrigo de animais também cooperou conosco organizando um grupo de busca pela Gobi, e moradores locais estão procurando por ela nas ruas e e nos parques da cidade.
>
> Se alguém puder informar onde anda a Gobi, por favor, entre em contato o quanto antes. Esperamos e pedimos a Deus para que ela seja encontrada logo e em segurança, e vamos mantê-los informados sobre os acontecimentos.
>
> Queremos reforçar que valorizamos todas as contribuições e o apoio oferecido à Gobi, até o momento. Aproveito para reforçar que ainda faltam 33 dias para o fim da campanha de financiamento coletivo, e, se a Gobi não for encontrada nesse prazo, o dinheiro das doações não será debitado.
>
> Dion

Minutos depois, o meu telefone começou a apitar com os comentários que estavam chegando. Começou meio devagar e, depois foi ficando mais veloz, tal qual uma corrida leve em um *sprint* com força total.

Por algum tempo, não abri nenhum. Não queria ler o que as pessoas estavam escrevendo. Não que eu não me importasse com o que achavam. Eu me importava. Eu me importava muito. Mas eu não tinha novidades para passar a elas, e eu não podia fazer nada.

Minha única opção era esperar. Eu torcia para que a Gobi estivesse bem. Torcia para que essa mulher, a Lu Xin — de quem eu não tinha ouvido falar antes daquela manhã — pudesse fazer milagres e organizar um grupo de resgate grande o bastante para inundar a região com folhetos, para que todos que tivessem visto a Gobi e se importassem o suficiente para agir, telefonassem e solicitassem a recompensa.

Quem eu estaria enganando? Não havia esperança de sermos bem-sucedidos.

Conforme os últimos raios de luz do verão desapareciam no céu, meus pensamentos foram ficando mais obscuros. Eu me lembrava de algo mais que a Kiki havia me falado durante a nossa última ligação do dia. Ela contou que o Chris conheceu Lu Xin quando o cachorro dela se perdeu também. Foi ele quem a orientou na busca.

O cachorro da Lu Xin nunca foi encontrado.

Parte 4

13

PRATICAMENTE NÃO EXISTE UM AUSTRALIANO QUE não conheça o ultracorredor Cliff Young. Ele é uma fonte de inspiração, e não apenas para os atletas de enduro. A história do Cliff serve de esperança para todas as pessoas que já enfrentaram um desafio intransponível que ninguém acreditava poder ser superado.

Em uma quarta-feira, dia 27 de abril de 1983, Cliff Young foi ao *shopping center* Westfield, em um bairro de Sydney, para se posicionar na linha de largada de uma corrida inesquecível. O trajeto o levou até outro *shopping* da cadeia Westfield, a 875 quilômetros de distância, em Melbourne.

A corrida foi considerada pela maioria como a prova mais extrema da categoria, e o grupo de atletas reuniu os melhores do mundo, homens no auge da forma, que tinham treinado por meses a fio para atingir o pico do vigor físico para o evento.

O Cliff se destacou dentre o grupo de corredores que se reuniram para a corrida brutal. Ele tinha 61 anos de idade, usava macacão e botas de trabalho e tinha retirado as dentaduras, pois não gostava do som que faziam quando ele corria.

E embora muita gente tenha achado que ele era um expectador ou um encarregado da manutenção meio perdido, Cliff pegou seu número para a corrida e se alinhou junto aos demais atletas.

— Amigo, você acha que tem alguma chance de completar a corrida? — perguntou um jornalista ao vê-lo na linha de largada.

— Sim, e vou — disse o Cliff. — Eu cresci em uma fazenda, e não havia dinheiro nem para cavalos, nem para tratores, e durante toda a minha infância e adolescência sempre que chovia eu tinha de percorrer os pastos e recolher as ovelhas. Nós tínhamos duas mil ovelhas, em 810 hectares. Às vezes, eu passava dois a três dias recolhendo os animais. Demorava bastante, mas eu recolhia todas as ovelhas. Por isso, acredito que posso correr esta prova, sim.

A corrida largou e Cliff ficou para trás. Ele sequer corria direito, sua passada era estranha, arrastada, mal levantava os pés do chão. Ao findar o primeiro dia, quando todos os atletas resolveram parar para dormir, Cliff ainda estava a muitos quilômetros de distância atrás deles.

Os profissionais sabiam como dosar as passadas em uma prova, e todos seguiam o mesmo planejamento — correr por dezoito horas e dormir por seis. Dessa forma, o mais veloz dentre eles esperava concluir a prova em sete dias.

Mas Cliff tinha um plano diferente. Quando eles retomaram a corrida na manhã seguinte, ficaram surpresos ao ver que Cliff continuava no páreo. Ele não tinha dormido e havia atravessado a noite com sua passada arrastada. E continuou com a mesma estratégia na segunda e na terceira noites. A cada manhã vinha a notícia de como o Cliff havia passado a noite correndo e recuperando a vantagem que os corredores da metade da idade dele lutavam para abrir durante o dia.

Em dado momento, ele ultrapassou a todos e, no fim de cinco dias, quinze horas e quatro minutos, cruzou a linha de chegada. Ele quebrou o recorde com praticamente dois dias de diferença, derrotando os outros cinco atletas que terminaram a corrida.

Para a surpresa do Cliff, ele recebeu um cheque de 10 mil dólares pela vitória. Ele contou que não sabia do prêmio e insistiu que não havia entrado na corrida por causa do dinheiro. Então, se recusou a ficar com um centavo sequer e dividiu o valor igualmente entre os outros cinco participantes.

E foi assim que o Cliff se tornou uma lenda. Difícil dizer de que parte da filmagem as pessoas gostavam mais: as tomadas dele andando arrastado pelas estradas de calça casual e camiseta, ou correndo atrás das ovelhas pelo pasto, usando botas de borracha e com um olhar genuíno de determinação.

Eu era garoto quando as emissoras cobriram a história. Ele se tornou uma celebridade, uma pessoa de fato singular, que teve um feito incrível, capaz de despertar o interesse de um país inteiro. Mas foi só quando me tornei atleta que eu passei realmente a apreciar o feito admirável dele. E foi só quando a Gobi sumiu e eu estava outra vez a bordo de um voo para a China, que fui buscar inspiração na história dele.

●

No dia seguinte em que publiquei que a Gobi havia desaparecido, recebemos uma avalanche de mensagens de gente do mundo todo. Algumas eram positivas e cheias de compaixão, preces e boas vibrações. Outras revelavam o temor de que a Gobi acabasse sendo comida. Foi a primeira vez que cogitei essa possibilidade, mas no fundo eu achava improvável. Embora eu tivesse passado apenas dez dias na China, tive a impressão de que o rumor sobre o hábito dos chineses de comer carne de cachorro era exagero. É verdade que vi muitos cachorros sem dono vagando por lá, mas também os vi no Marrocos, na Índia e, até mesmo, na Espanha. Em vez de crueldade, todos os chineses que demonstraram interesse pela Gobi a trataram com o máximo de cuidado e afeição.

Embora os votos positivos tenham me agradado e a preocupação geral fosse contornável, havia um terceiro tipo de mensagem que me deixou perplexo:

Como isso pôde acontecer?! Sério, cara????

Eu sabia que algo assim poderia ocorrer... Que lugar horroroso para uma cadela se perder. A forma como lidaram com a situação me dá repulsa.

Como assim, a cadela conseguiu escapar????

Esses "tratadores" tinham a única função de proteger essa cadelinha preciosa, mas esses guardiões de araque a deixaram na mão! Como alguém perde uma cadela que deveria estar bem protegida esperando para ser ADOTADA?!

Eu me senti péssimo. Na verdade, eu me senti um lixo. Tantas pessoas tinham me dado um bocado de dinheiro — mais de vinte mil dólares, até o desaparecimento da Gobi — e agora ela estava sumida. Sabia que aos olhos do público, era totalmente responsável pela Gobi. Eu concordava com isso, e sabia que levaria a culpa.

Se eu tivesse conduzido as coisas de outra maneira, a Gobi não teria desaparecido. Mas o que mais eu poderia ter feito? Quando completei a corrida e a deixei com Nurali, achei que em poucas semanas eu receberia a Gobi no Reino Unido, e ela poderia começar o processo de quarentena. Se eu soubesse o quanto seria complicado fazê-la atravessar a China e deixar o país, eu teria contratado um motorista para levá-la de carro até Pequim. Mas tudo o que eu sabia ao terminar a corrida era que a Nurali — que me parecia a pessoa mais indicada para a missão — havia ficado satisfeita em ajudar. Naquele momento isso me bastou.

Fiquei tentado a responder cada uma daquelas mensagens, mas elas estavam chegando bem mais depressa do que aquelas que seguiram o artigo do Daily Mirror. De instante em instante, havia um novo comentário, e eu sabia que seria melhor dar espaço para as pessoas descarregarem sua raiva. Não havia sentido em iniciar discussões.

Além do mais, outro tipo de comentário estava despertando a minha atenção:

Eu fiquei imaginando se poderia ser um sequestro, por conta de toda a publicidade que a história dela rendeu.

Embora eu me irritasse facilmente quando as pessoas cometiam erros, via de regra eu costumava confiar nelas. Não me ocorreu que a fuga da Gobi não fosse acidental. Mas, quanto mais eu lia mensagens desse tipo, mais intrigado ficava.

Estou torcendo para que não seja intencional e não haja ninguém por trás disso. Perdoe a minha desconfiança, mas não consigo entender como isso foi acontecer! A história da Gobi teve alcance global, e eu espero que ninguém a tenha subtraído (não me refiro ao Dion), tentando ganhar dinheiro. Ela sumiu há dias, e você recebeu só uma mera notificação?

O argumento naqueles comentários era válido. Milhares de pessoas ao redor do mundo estavam acompanhando o desenrolar da história, e a quantia arrecadada com o financiamento coletivo estava lá para quem quisesse ver. Não seria difícil imaginar que alguém pudesse ter sequestrado a Gobi e esperado eu oferecer uma recompensa para ganhar um dinheiro fácil.

• •

Eu deveria estar no trabalho, e fiz o possível para dar andamento aos relatórios que tinha de redigir, mas estava impossível começar. Devo ter passado boa parte do dia distraído com todos esses pensamentos e dúvidas. Estava me sentindo como uma pluma em uma tempestade: impotente e à mercê de forças muito, muito superiores a mim. Quando a Lucja voltou do trabalho, eu estava exausto.

Ela vinha acompanhando os *feedbacks* o dia todo, e enquanto eu tinha me distraído com os *posts* que tentavam culpar alguém, ela tinha se concentrado naqueles que buscavam uma solução.

Você não pode pegar um avião e ir lá para procurar? Ela vai pressentir e encontrá-lo. Use a verba para mantê-la em segurança até ela poder vir para casa com você, por favor! Isso é terrível.

Ela está procurando por você. É de cortar o coração. Vou rezar para que seja encontrada em segurança. Creio que ninguém vai se importar se você usar um pouco da verba do financiamento coletivo para oferecer uma recompensa por ela. Você já divulgou isso na mídia para chamar a atenção?

Eu estava em casa havia seis semanas e tinha um intervalo de tempo igual até partir para outra corrida de 250K no Deserto do Atacama, no Chile, em outubro. Eu tinha voltado sem lesões da China, e consegui retomar meu treinamento tão logo cheguei em casa. Estava convencido de que me encontrava na minha melhor forma para vencer no Atacama, ainda mais agora que eu já conhecia alguns dos atletas com os quais iria competir, como o Tommy e o Julian. E uma vez vencendo o Atacama, eu correria a Maratona das Areias em 2017, apto a terminar entre os vinte melhores. Em toda história da corrida, nenhum australiano terminou na frente.

Viajar de repente para a China para procurar um cachorro perdido não fazia parte do meu treinamento. Faltando seis semanas para o Atacama, eu deveria estar cronometrando 150 quilômetros por semana na esteira, na minha sauna caseira improvisada. Em vez disso, eu não estava fazendo nada. Todo o meu treinamento tinha ficado em suspenso, pois a busca pela Gobi monopolizou a minha vida. Fora a questão do Atacama, eu tinha outras boas razões para não voltar à China. Nas últimas semanas, eu não estive na minha melhor fase no trabalho. E pedir mais uma licença assim, em cima da hora, seria abusar da boa vontade dos meus chefes. Se eu estivesse no lugar deles, saberia bem que resposta dar.

E se eu fosse, qual seria, de fato, o meu objetivo? Eu não falava o idioma, não sabia ler em mandarim, ou seja lá qual for a versão de árabe que eu tinha visto em Urumqi, e tinha ainda menos experiência ainda em procurar cachorros perdidos do que a mulher que estava conduzindo a busca. Se eu fosse, estaria desperdiçando o tempo deles e o meu.

Mas não demorou muito para eu mudar de opinião. Não que todas as minhas dúvidas tivessem sido solucionadas de uma vez, nem que eu pressentisse que estar lá me faria encontrá-la. Decidi ir por conta de um fato simples, porém inegável. No segundo dia depois de saber que ela havia sumido, já tarde da noite, eu expliquei o motivo para a Lucja:

— Se eu não for, e ela nunca mais for encontrada, não sei se poderei viver com a minha consciência.

●

E foi assim que vim parar aqui, sentado perto do portão de embarque no aeroporto de Edimburgo, pronto para embarcar no primeiro voo e fazer duas conexões, em uma jornada de trinta e tantas horas até Urumqi. Eu tirei uma foto do meu itinerário de voo e postei on-line. Com tantas pessoas sendo gentis e generosas nos dias anteriores, queria que eles soubessem que eu estava fazendo o máximo para ajudar.

Somente quatro dias tinham se passado desde a ligação, mas eu voei ciente de que as pessoas que haviam feito generosamente um donativo para trazer a Gobi para casa queriam que eu fosse lá e a encontrasse. Nós havíamos criado um projeto de financiamento coletivo chamado 'Encontrando Gobi" para bancar as minhas despesas de viagem, além dos custos nos quais o grupo de buscas já estava incorrendo — impressão gráfica, combustível, motoristas, *staff* e comida. Tal qual com a campanha "Traga Gobi para casa", a generosidade das pessoas deixou a mim e a Lucja sem palavras. Atingimos nossa meta de US$ 6.200 nos primeiros dois ou três dias.

E eu parti com a benção do meu chefe também. Eu mal comecei a contar a ele que a Gobi havia sumido, e sequer me deixou terminar:

—Vá até lá — ele disse —, encontre ela logo. Resolva isso de vez e demore o tempo que precisar.

O único problema que não tinha solução era a prova no Atacama. Eu sabia que ir para China agora significava usar toda a minha licença do trabalho e cancelar meus planos de correr no Chile, claro. Mas decidi que não adiantava pensar nisso. Se ficasse sem o Atacama, mas encontrasse a Gobi, então valeria a pena.

Embarquei e dei uma última olhada no Facebook. Havia dezenas de novas mensagens, todas com palavras de estímulo, pensamento positivo e fé. Muitos dos comentários diziam a mesma coisa: essas pessoas estão rezando por um milagre.

Eu concordava. Era exatamente do que precisávamos. Nada mais serviria.

• •

A história de Cliff Young me ocorreu, de novo, em meio aos pensamentos nebulosos causados pela privação de sono no longo voo noturno. Tal como eu, ele não imaginava que causaria tamanho alvoroço quando se alinhou a passos lentos naquela linha de largada em 1983. E creio também que ele não fazia ideia de que iria vencer. Sabia apenas que estava apto a cobrir a distância. Experiência, autoconfiança e uma pequena dose de ignorância sobre o que enfrentaria, somadas, concederam a ele a confiança necessária.

Se encontraria ou não a Gobi, eu não sabia dizer. Será que, como tantas pessoas tinham sugerido, eu conseguiria a cobertura da mídia local para a história? Também não sabia. Se eu tinha alguma experiência com algo do tipo? Absolutamente nenhuma.

As únicas coisas que eu sabia era que tenho um coração de guerreiro e que o meu desejo de encontrar a Gobi era tão intenso quanto qualquer outro que já tive. Acontecesse o que fosse, eu não conseguiria descansar enquanto não tivesse procurado por toda parte.

14

DEZ MINUTOS DEPOIS DE O CARRO SE AFASTAR DO aeroporto, finalmente compreendi o que me desagradava sobre Urumqi. Eu tinha ficado muito distraído quando passei pela cidade na ida e na volta da corrida, mas quando me sentei no banco traseiro do carro da Lu Xin, a tradutora, ao meu lado, começou a me explicar por que todo farol de trânsito era coberto de câmeras de circuito fechado. Por fim, entendi. Urumqi era opressiva. Eu me sentia em perigo. Por algum motivo, ela me lembrava da época que vivi no albergue em Warwick, quando tinha quinze anos. A ameaça era uma presença constante em todo lugar, e eu me sentia indefeso.

Segundo a tradutora, Urumqi é um exemplo de como o Estado chinês lida com a agitação política e as tensões étnicas. Existe um histórico de violência entre o povo da etnia Uigur, praticante do Sunismo, e que se considera à parte da China comum, e o povo da etnia han, que recebeu incentivo fiscal do governo chinês para migrar a esta área.

Em 2009, os uigures e os hans tomaram as ruas em um embate e se enfrentaram com barras de ferro e cutelos. Mais de cem pessoas morreram e mais de duas mil ficaram feridas.

— Está vendo aquele lugar? — a tradutora, cujo nome no diminutivo é Lil, me perguntou. Ela era uma moradora local, que estudava inglês na universidade em Shanghai e tinha se voluntariado ao ouvir falar da Gobi.

Logo de início, estabeleci uma ligação com ela. Estávamos presos no trânsito e passamos vagarosamente por um terreno amplo, fechado com cerca de arame farpado, cuja entrada era vigiada por soldados com armas automáticas. Da mesma forma que os soldados observavam atentamente as pessoas na fila do aeroporto para passar pelo escâner, feito um quartel militar para mim.

— Este é um parque — a Lil me contou. — Você já esteve em alguma estação de trem por aqui?

— Ah, sim — respondi com um sorriso. — É uma experiência curiosa conseguir transitar por ela. Mas ali, deve ter dois níveis de segurança a transpor?

— Três — corrigiu Lil. — Dois anos atrás os separatistas uigures orquestraram um ataque. Eles usaram facas e dispararam bombas. Mataram três e feriram 79. E, semanas depois, mataram outros 31 e feriram noventa em um supermercado.

Por conta da violência em 2009, as autoridades chinesas instalaram milhares de câmeras de circuito fechado de alta definição. E quando houve novos ataques com faca, bombas e revoltas alguns anos mais tarde, eles instalaram outras tantas, além de escâneres e quilômetros de cerca de arame farpado, e encheram as ruas de soldados com armamento pesado.

A Lil gesticulou para uma nova unidade policial que estava sendo construída em um terreno minúsculo, e outra unidade igual em obras, mais adiante na estrada, e explicou:

— Este mês temos um novo Secretário do Partido Comunista. Ele era o oficial maior no Tibete, portanto sabe bem como administrar as tensões étnicas. Todas essas delegacias novas e as barreiras policiais se devem a ele.

Não acho que a Lil estivesse sendo sarcástica, mas não tinha como saber. Conforme ela seguiu falando, tive a impressão de que mostrava desprezo pelos uigures:

— Quando as forças comunistas chegaram à região de Xinjiang, sessenta anos atrás, o líder Mao adiantou o relógio permanentemente. Ele queria que todas as regiões estivessem no mesmo horário de Pequim. Mas os uigures resistiram e seus restaurantes e mesquitas ainda operam com duas horas de atraso. Quando o povo han acorda para trabalhar, a maioria dos uigures ainda está dormindo. Somos como duas famílias distintas morando na mesma casa.

Era tudo muito interessante, mas eu não tinha dormido nos voos. Tudo o que mais queria era ir para o hotel e hibernar por algumas horas.

Mas, segundo a Lil, não havia tempo para isso:

— A Lu Xin quer que você conheça a equipe. Eles passam as tardes vasculhando as ruas próximas de onde a Gobi sumiu e entregando folhetos. Levamos você para o hotel mais tarde.

Desde que eu tinha sabido do desaparecimento da Gobi, me senti frustrado com a falta de ação, então, não podia reclamar agora.

— Certo — concordei, ao pararmos no farol vermelho, ao lado de um veículo blindado carregado com armamento suficiente para invadir um banco. — Vamos lá!

●

Quando estacionamos no fim de uma rua residencial e finalmente conheci a área de onde a Gobi tinha fugido, senti um aperto no coração. O local era repleto de prédios de apartamentos de oito ou dez andares. Havia tráfego na rua principal atrás de nós, e um pouco a distância dava para ver um matagal que parecia levar ao caminho para as montanhas ao longe. Além de a região ser extremamente populosa e o trânsito ser perigoso, se a Gobi tivesse resolvido voltar para a área a qual estava mais acostumada e corrido em direção às montanhas, ela poderia estar a quilômetros e quilômetros de distância. Já se tivesse permanecido no raio de cinco a oito quilômetros como Chris havia sugerido, então teríamos de bater em milhares de portas.

Eu não tinha conversado muito com a Lu Xin no carro, mas enquanto eu observava ao redor, ela parou ao meu lado e sorriu. Então começou a falar, e eu recorri ao auxílio da Lil para interpretá-la.

— Ela está lhe contando sobre quando perdeu o cachorro dela. Diz que se sentiu exatamente como você. Mas tem certeza de que a Gobi está por aí e que juntos vamos encontrá-la.

Eu a agradeci pela gentileza, embora estivesse bem menos otimista do que ela. A cidade parecia ainda maior do que me lembrava, e bastava olhar para saber que a região onde Nurali morava estava repleta de lugares para um cachorro se perder. Se a Gobi estivesse ferida ou tivesse achado um lugar seguro para se esconder, ou tivesse sido presa por alguém, jamais iríamos encontrá-la.

Lu Xin e Lil conduziram o grupo pela rua, conversando sem parar. Eu segui atrás com o restante da equipe de busca: um grupo de pessoas da minha idade, na maioria mulheres, segurando folhetos e me olhando com um sorriso aberto. Eu acenava com a cabeça e cheguei a dizer *nee-how* algumas vezes, mas o diálogo foi bem limitado. Porém não liguei muito. De algum modo a perspectiva de finalmente poder andar pelas ruas e pregar alguns folhetos — fazer algo efetivo — foi um alento.

Viramos uma esquina, e vi o primeiro cachorro sem dono do dia. Uma cadela maior que a Gobi e que mais parecia labrador do que um *terrier*, com as tetas arrastando no chão, como uma porca.

— Gobi? — perguntou uma das mulheres ao meu lado. Ela estava usando um avental branco de laboratório e segurando um calhamaço de folhetos; quando olhei para ela, a mulher sorriu, balançou a cabeça toda animada e repetiu — Gobi?

— Como? Ah, não. Gobi, não — respondi. Então apontei para a foto da Gobi no folheto. — A Gobi é pequena. Não grande.

A mulher sorriu novamente e balançou a cabeça com entusiasmo redobrado.

E eu senti o último fio de esperança evaporar.

• •

Passamos o resto da tarde andando, pregando folhetos e tentando acalmar a tal mulher de avental branco — que, segundo Lil me contou, era médica — sempre que ela via qualquer cachorro.

Provavelmente parecíamos um punhado de loucos andando atrás da Lu Xin e da Lil — mas daqueles com aparência normal. E lá estava eu, o único estrangeiro que eu vi desde o aeroporto, uns trinta centímetros mais alto do que todo mundo, tristonho e com ar de preocupado. Ao meu lado estava Mae-Lin, uma mulher extremamente glamourosa (cabeleireira, creio eu), que se portava como uma estrela de cinema dos anos 1950, acompanhada de um *poodle* com as orelhas pintadas de azul e usando uma sainha ao redor da cintura. Então, havia a mulher que apelidei de "doutora", com o sorriso perene e repetindo animada "Gobi?" "Gobi?" aos gritos, percorrendo algumas vielas e os fundos dos prédios de apartamento. Quando os cachorros chegavam perto, a doutora enfiava a mão no bolso e tirava alguns biscoitinhos.

Estava claro que todos ali gostavam de cachorro, e quando conversei com a Lil enquanto andávamos, entendi o porquê.

— Os cachorros sem dono são um problema na China — ela disse, interpretando a Lu Xin. — Algumas cidades os recolhem e matam. Foi assim que começou o comércio de carne. Mas isso não acontece por aqui, ao menos não abertamente. A maioria dos uigures acha que cachorros são sujos e jamais os teriam como animal de estimação, quem dirá comê-los. Então, os animais ficam vagando pelas ruas. Às vezes, são perigosos, daí as pessoas os matam. É o que estamos tentando mudar. Queremos tomar conta dos cães abandonados, mas também mostrar que não é preciso ter medo, e que todos precisam cuidar deles.

Eu estava convencido de que a Nurali era uma uigur, e não sabia como devia interpretar o que a Lu Xin estava me contando.

— Você acha que a Nurali tomou conta da Gobi direito? — perguntei.

Lu Xin me olhou atravessado.

— Qual o problema? — eu quis saber.

— Conversamos com algumas pessoas e achamos que a Gobi deve ter sumido bem antes do que a Nurali pensa. Provavelmente a Gobi escapou muito antes.

— Muito antes quanto? — Ela deu de ombros. —Talvez uma semana. Talvez dez dias.

Eu suspeitava disso fazia tempo, mas ouvir aquilo era doloroso. Se a Gobi estava de fato desaparecida há tanto tempo, ela podia ter percorrido uma distância enorme. Podia estar longe, muito longe da cidade já. E se este fosse o caso, eu nunca mais a encontraria.

Vimos cachorros abandonados a tarde toda, mas estavam sempre sozinhos. Eles evitavam as vias principais e vagavam pelas ruas laterais, mais sossegadas. Era como se estivessem se preservando de serem vistos.

Só depois de algumas horas avistamos uma matilha deles pela primeira vez. Estavam farejando um terreno baldio, a uns bons cem metros adiante, e como eu estava enjoado de andar e queria me soltar e correr um pouco, disse ao pessoal que iria até lá dar uma olhada naqueles cachorros.

Foi bom demais correr.

Quando cheguei ao local onde tinha visto o grupo de cachorros, eles já haviam se espalhado. O terreno estava completamente vazio, e em um canto havia uma construção de alvenaria pela metade. Em vez de dar meia volta e ir me juntar aos demais, decidi olhar ao redor.

●

Fazia muito mais calor em agosto do que eu tinha sentido no fim de junho, e o sol brilhava forte naquela tarde. Acho que por isso éramos as únicas pessoas ali, e o trânsito tinha diminuído bastante. Parei à sombra de uma construção por acabar, apreciando a calmaria.

Algo chamou minha atenção. Era um som conhecido, um que me fez lembrar o dia em que a Lucja e eu fomos buscar o Curtly, o nosso são-bernardo.

Fui até os fundos do prédio para ver de onde vinha o som, e achei logo. Filhotes. Uma ninhada de duas ou, talvez, quatro ou cinco semanas. Fiquei admirando um pouquinho. Não havia sinal da mãe, mas eles pareciam bem. Embora Urumqi estivesse longe de ser um paraíso para animais de estimação, a alta densidade demográfica significava que a oferta de restos de comida deveria ser grande.

Os filhotes não eram bonitinhos; eram lindos, com olhos grandes e patas gordinhas. Mas como todo mamífero, a fase engraçadinha logo passaria. E fiquei pensando em quanto tempo eles já teriam que cuidar de si mesmos. Será que iriam durar?

Escutei o pessoal me chamando quando me aproximei. Eles pareciam agitados, e a médica se adiantou e agarrou a minha mão me puxando na direção da Lil.

— Alguém viu uma cadela que acredita ser a Gobi. Vamos até lá.

Eu não sabia o que pensar, mas havia um murmurinho no ar. Mesmo Lu Xin parecia esperançosa, e fomos de carro até o local a quase um quilômetro, todos conversando animados.

Quando chegamos, eu também estava começando a acreditar. Mas, na verdade, eu teria acreditado em qualquer coisa, pois não dormia havia 36 horas e sequer lembrava a última vez que tinha comido.

Um homem segurando um dos nossos folhetos se apresentou à Lil quando estacionamos. Os dois conversaram por um instante, o velho apontou para a imagem da Gobi no folheto e indicou que a tinha visto mais adiante por um caminho que levava aos fundos de um prédio de apartamentos.

Fomos até onde ele indicou. Eu tentei convencer as pessoas de que era inútil chamar "Gobi! Gobi!", enquanto andávamos, pois ela só tinha ouvido esse nome por uns poucos dias. Ela era inteligente, mas não tanto assim. Contudo, ninguém me deu ouvidos, e continuaram gritando: "Go-bi! Gooooo-bi!" Depois de trinta minutos andando para lá e para cá, me senti exausto. O fluxo de adrenalina que havia sentido quando soube que ela tinha sido vista já tinha passado há tempos, e eu estava pronto para encerrar o dia e ir para o hotel.

De repente todos paramos ao ver de relance um tufo de pelos bege. Todo mundo fez silêncio. Mas daí, o caos tomou conta.

Eu corri até o cão, deixando os gritos para trás. Será mesmo que era a Gobi? A cor era igual, e parecia ter o mesmo tamanho também. Mas não podia ser ela? Podia? Com certeza não seria tão fácil assim, não é?

Quando cheguei lá, o cachorro tinha desaparecido. Eu continuei procurando, correndo pelas vielas e ruas de terra que ligavam os prédios de apartamento.

Gobi? Gobi! Dion! Dion!

Os gritos vieram de trás, de algum lugar perto do acesso principal.

Eu voltei correndo.

Meu grupo estava todo juntinho, reunido. Eles se separaram quando eu me aproximei, e vi o terrier cor de caramelo. Olhos negros. Rabo peludo. Tudo coincidia. Mas não era a Gobi. Deu para ver mesmo a três metros de distância. As pernas eram mais compridas, e o rabo curtinho; além do mais, faltava ao animal o espírito animado da Gobi. A cadela estava farejando as pessoas, como se seus pés fossem troncos de árvore. A Gobi estaria olhando para o alto, olhando fundo nos olhos de qualquer ser humano que estivesse à disposição.

Tive dificuldade para convencer a todos, mas eles acabaram aceitando.

A busca continuaria.

● ●

Já no hotel, antes de o meu corpo sucumbir à exaustão que vinha se acumulando o dia inteiro, refleti sobre aquela tarde.

Os membros da equipe de busca eram pessoas maravilhosas — dedicados e entusiasmados, que doavam seu tempo livre sem nenhuma recompensa em troca —, mas não tinham a menor ideia de como a Gobi era. Eles estavam vasculhando a cidade toda, repleta de cães abandonados, em busca de uma única cadelinha, e tudo com o que contavam era um folheto de impressão caseira com algumas imagens de baixa qualidade.

Eles nunca a tinham visto ao vivo, nem sequer a ouvido latir, ou visto o modo como o rabinho dela balançava enquanto ela corria. Que chance teriam de reconhecê-la em uma cidade destas?

Encontrar a Gobi seria como buscar uma agulha no palheiro — talvez um desafio ainda maior do que este. Eu fui ingênuo ao acreditar que conseguiria.

15

PODE-SE DIZER QUE SOU UM VICIADO. A SENSAÇÃO QUE tenho quando estou em uma prova, quando estou na linha de frente, é uma droga poderosa. Em algumas corridas, como na Maratona das Areias, quando se está liderando o primeiro pelotão, há um carro à nossa frente, helicópteros nos acompanhando pelo ar, e uma porção de drones e equipes de filmagem registrando nosso momento de glória em alta definição. É divertido, mas o mais excitante não vem de todos aqueles cavalos de potência, nem da tecnologia. O que me energiza é saber que atrás de mim existe uma horda de mil atletas — todos correndo um pouco mais devagar do que eu.

Passei alguns dias correndo assim no Marrocos e tive sorte o bastante para competir na frente em algumas outras corridas também. Toda vez que estou entre os líderes da prova, seja com helicópteros sobrevoando ou com nada além de voluntários com um olhar vago tentando se proteger do clima escocês, aquela sensação única persiste por dias.

Na verdade, nem preciso estar na liderança para saciar minha sede de ganhar. Também sou realista e sei que nunca vou vencer uma corrida como a Maratona das Areias. Aqueles dez primeiros lugares estão reservados para os atletas de enduro mais talentosos do planeta. Eu sou apenas um corredor que começou a praticar o esporte tarde na vida, depois de passar uma década gordo, largado no sofá. Ao disputar contra atletas profissionais que passaram a maior parte da vida correndo, a probabilidade não joga a meu favor.

Isso significa que preciso definir meus objetivos com calma. Em um evento em que correm os melhores do mundo, para mim, terminar entre os vinte primeiros é vencer. A alegria que vou experimentar se conseguir terminar a Maratona das Areias em uma posição tão boa assim seria equivalente a conquistar a medalha de ouro no Atacama.

Fico satisfeito que, nos poucos anos em que corro, passei a conhecer bem os pontos altos do esporte. Também conheço os pontos negativos, e não tem nada que eu deteste mais do que não poder competir. Apresentar uma lesão que não me permita correr na velocidade que eu gostaria acaba comigo. Ser ultrapassado por gente que corre mais devagar do que eu é como levar uma facada no peito. E me sentir tão mal a ponto de preferir parar e desistir de uma prova, como fiz na minha primeira ultramaratona, é pior do que se pode imaginar.

Essas experiências me deixam deprimido e sem energia. Sinto raiva de mim e fico tão frustrado que tenho vontade de jogar tudo para o alto. Nessas ocasiões, não é nada agradável conviver comigo.

Procurar a Gobi pelas ruas de Urumqi no calor do verão despertou uma crise em mim. E posso assegurar que era uma das grandes.

Eu estava na pilha desde que terminei em segundo na prova do Deserto de Gobi. Parte disso se deve ao sucesso da corrida, outra parte, ao sucesso contínuo do meu treinamento, mas o principal era a alegria de poder levar a Gobi para viver lá em casa. Assim que ela sumiu, entrei em clima de ação — primeiro tentando descobrir como encontrá-la; depois, como contar aos apoiadores; e então, como vir para Urumqi ajudar nas buscas. A vida entrou em um ritmo alucinante desde o momento em que recebi aquela bendita ligação, e não teve mais parada.

Tudo mudou quando cheguei a Urumqi. Quando acordei pela primeira vez no hotel, a realidade da situação finalmente bateu. Eu tinha certeza de que tudo estava perdido.

Eu sabia que precisava fazer cara de contente diante da equipe de buscas, então, quando a Lu Xin veio me apanhar, logo depois do café da manhã, coloquei meus óculos escuros e abriu um sorriso largo, fazendo de conta que estava tudo bem.

●

Passamos a manhã dedicados a distribuir panfletos, percorrendo as ruas sistematicamente e colocando um em cada carro estacionado que encontrávamos. Na maioria das vezes, ao passar pela mesma rua, duas ou três horas depois, encontrávamos uma pilha de folhetos no cesto de lixo.

Tivemos alguns atritos com os varredores, responsáveis por manter as ruas limpas. Na primeira vez, um velhinho não quis saber dos argumentos da Lu Xin, que tentou explicar o caso. Na segunda vez, foi a doutora que tomou a palavra. Ela confrontou outro senhor que não poupou veemência na gritaria que se sucedeu. Ele cuspia para todo lado enquanto rasgava uma porção de folhetos que tinha arrancado dos primeiros carros. A doutora o encarou, berrando no mesmo tom. Ambos falavam tão depressa que sequer pedi para a Lil interpretar, mas deu para ver que a doutora não ia desistir.

Por fim, ela ganhou. O senhor olhou feio para mim, colocou as mãos para o alto e se afastou. A atuação da doutora surpreendeu os outros e a mim, e quando ela se virou para nós, estávamos todos parados, boquiabertos.

Aquele foi o único momento de alento do dia. O restante do tempo, eu passei tentando não deixar que meu moral entrasse em parafuso. Era praticamente impossível. Bastava olhar de relance para as montanhas ao longe, e eu sentia medo que a Gobi tivesse voltado para o tipo de ambiente que ela conhecia bem.

No meio da tarde, houve outro momento de agitação quando uma suspeita de que ela tinha sido vista chegou até nós. Desta vez, alguém tinha enviado uma foto, mas deu para ver que o animal não se parecia em nada com a Gobi. Eu quis logo dispensar a informação, mas o restante do grupo insistiu para verificarmos. Depois da decepção anterior, fiquei surpreso ao ver o otimismo deles.

O cachorro não se parecia em nada com a Gobi, e eu fui me sentar no carro na primeira oportunidade. Devo ter parecido desesperado para continuar e, de certa forma, estava. Mas tudo o que eu queria era descansar um pouco. Fabricar um sorriso falso estava me matando.

• •

Quando a Lu Xin me deixou no hotel, já era tarde da noite. Nós tínhamos nos livrado de milhares de panfletos por quilômetros e quilômetros de carros estacionados. Discutimos com garis, imploramos aos lojistas e vimos inúmeros motoristas voltarem ao carro e jogarem o folheto no chão, sem sequer ler. Eu não tinha comido nada desde o café da manhã, ainda estava sentindo o *jet lag* e fui informado de que o restaurante do hotel já tinha fechado.

Pedi o serviço de quarto, bebi algo do minibar e tentei ligar para a Lucja. Ela não atendeu. Então, esperei mais um pouco e tomei outro drinque. E depois mais um.

Quando a Lucja retornou a ligação, senti uma onda de tristeza tão grande, como a água do banho que sai pelo ralo de uma vez. Por um instante, não consegui falar nada. Tudo o que fiz foi chorar.

Quando consegui respirar e secar as lágrimas, a Lucja me contou que tinha novidades. Ela e a Kiki vinham trocando *e-mails* desde que eu havia deixado Edimburgo, e as duas concordavam que, como eu estava em Urumqi, nós precisávamos fazer agora a imprensa local cobrir a história. Ela tinha passado boa parte do dia tentando contato com emissoras, e depois de muita dificuldade de comunicação, havia conseguido que uma viesse me entrevistar no dia seguinte.

— É apenas um programa regional — ela explicou. — Não é muito, mas é um começo. Talvez agite um pouco as coisas, como aconteceu com o Daily Mirror.

— Espero que sim — respondi. Ambos sabíamos que eu não estava animado.

— Ah — ela acrescentou —, alguém no Facebook comentou que os panfletos precisam estar escrito não só em mandarim, mas também no idioma que os uigures falam. Você cuidou disso, não?

— Não — suspirei, de olho em outro drinque. — Lucja, isso tudo é impossível. Se ela se embrenhou na cidade, há trânsito para todo lado e matilhas de cães abandonados que provavelmente acabariam com ela. E se foi para as montanhas, pode estar a centenas de quilômetros daqui, e ainda que eu soubesse em que direção ela foi, não há estradas por onde seguir. Tudo o que fizemos foi distribuir folhetos, e agora nos demos conta de que talvez os moradores sequer entendam o que está escrito neles. Nós estamos acabados sem nem ter começado.

A Lucja me conhece muito bem, então me deixou desabafar mais um pouco. Só quando eu não sabia mais o que dizer, ela voltou a falar:

— Você já sabe o que vou dizer, não sabe?

Eu sabia. Mas queria ouvir da boca dela.

— Dê tempo ao tempo. Vai dormir. Tudo vai parecer melhor amanhã cedo.

Pela primeira vez, a Lucja estava errada. Eu não acordei me sentindo otimista, e não fizemos nenhum avanço durante a retomada das buscas pela manhã. Seguimos o mesmo roteiro de distribuir folhetos, entrar em alguma discussão e superar os pensamentos deprimentes com a vista das montanhas ao longe.

No entanto, houve uma alteração: o tamanho da equipe de busca aumentou consideravelmente. Muito outros se somaram à Lu Xin, à Lil, à cabeleireira, à doutora e ao restante da equipe. Em um dado momento, mais tarde, durante as buscas, cheguei a contar cinquenta pessoas, e vinte delas tinham procurado por toda a noite, enquanto eu dormia. Eram pessoas incríveis, e eu jamais conseguiria agradecer a todas como mereciam.

●

Marcar a entrevista de TV no hotel mais tarde foi uma boa ideia. Ela me fez lembrar do despertar de interesse que tivemos antes, na ocasião do lançamento do financiamento coletivo. Eu não tinha dado nenhuma entrevista depois que a Gobi desapareceu, mas por decisão minha. Como eu não tinha notícias a dar, não me parecia fazer sentido.

Com a emissora de televisão regional era diferente. O repórter queria saber por que alguém viajaria da Escócia até esta cidade para procurar por uma cadela, e ele pareceu gostar do fato de as buscas serem conduzidas por moradores.

Seja qual for a emissora que divulgou a história, funcionou. No dia seguinte, dois novos voluntários se juntaram às buscas e recebi mais de uma dezena de solicitações de entrevista de jornais e emissoras de TV chinesas. Assim como com a cobertura do Daily Mirror e da BBC, aquela primeira entrevista para a TV chinesa tinha viralizado, despertando o interesse do país inteiro. Uma emissora de TV, inclusive, enviou uma equipe para me acompanhar e transmitir as buscas na rua ao vivo, por duas horas.

Mas nem toda atenção foi positiva. A Lu Xin recebeu uma ligação de uma mulher que alegava ter tido uma visão sobre a Gobi, e que ela estaria correndo por montanhas cobertas de neve. Eu não dei importância logo de cara, mas vi que alguns na equipe de busca ficaram interessados.

Então eu respondi que, se ela continuasse a ter essas visões, precisava coletar o máximo de detalhes possíveis, pois precisávamos saber com exatidão em qual dessas montanhas a Gobi estava.

Eu sabia que ninguém entenderia a piada.

No dia seguinte, os novos folhetos chegaram, com o texto tanto em mandarim como na versão árabe usada pelos uigures. Nós tivemos a mesma reação indiferente das pessoas, mas ao menos o interesse da imprensa continuou a aumentar.

As pessoas na rua começaram a me pedir para tirar uma foto com elas. Como eu não falava chinês nem elas inglês, dificilmente trocávamos mais que umas poucas palavras, mas todos pareciam ter ouvido sobre a Gobi e pediam para levar alguns folhetos. Toda vez que isso acontecia, eu dizia a mim mesmo que se tudo saísse como deveria, um único folheto poderia fazer a diferença.

Junto com a imprensa chinesa, as emissoras internacionais também ficaram interessadas. A Lucja tinha feito diversas ligações de casa, e ao voltar para o hotel depois de um dia de buscas nas ruas, falei com jornalistas e produtores britânicos e americanos. Isso significava ficar acordado até tarde e dormir pouco, mas era bem melhor do que não fazer nada, me sentindo impotente e deprimido.

Desde que tinha chegado a Urumqi, eu estava me apoiando em Lu Xin e na equipe dela. Não contávamos com a ajuda das autoridades e nem de outras organizações. Estávamos por conta própria — sem sombra de dúvida.

• •

Ao longo dos anos, muita gente tinha me dito — considerando a minha infância arruinada — que era uma surpresa eu ser equilibrado. Eu sempre respondia que a minha infância teve alguns martírios, mas que isso me ofereceu as ferramentas necessárias para eu amadurecer. Toda aquela mágoa e a perda me possibilitaram adquirir resiliência, e tirei bom proveito disso correndo. Mágoa, dúvida, medo. Descobri que sou bom em neutralizar tudo quando corro. É como se eu tivesse um interruptor que ligo e desligo quando quero.

Uso essa capacidade de bloqueio no trabalho também. Não desisto nem quando tudo parece perdido e não aceito resposta negativa. Essa tenacidade mental, desenvolvida ainda garoto, tem me ajudado de muitas formas. Sou grato por ela. Mas perder a Gobi foi um choque. E me mostrou que não sou tão durão quanto eu pensava.

Depois de tudo o que ela tinha feito para ficar comigo, não dava para simplesmente esquecê-la. Eu não podia desligar o interruptor e seguir adiante. Era impossível evitar o medo do pior, não questionar as nossas chances e não sentir uma dor profunda por saber que, dia após dia, eu a estava perdendo.

16

O QUARTO DIA EM URUMQI FOI QUASE IDÊNTICO aos demais. Eu me levantei às seis da manhã e comi guioza com o restante da equipe de buscas em um container convertido em café. Estávamos discutindo sobre há quanto tempo a Gobi estaria desaparecida: oficialmente fazia dez dias, mas nenhum dos voluntários acreditava naquilo. Todos concordavam que ela estava, no mínimo, o dobro de tempo sumida..

Uma garota nova, Malan, tinha se juntado a nós — elevando nosso número para dez — naquela manhã. Ela me contou que, na noite anterior, tinha me visto na TV e ficado tão comovida com a história que entrou em contato com a Lu Xin perguntando se podia se juntar a nós e ajudar. E ela logo provou seu valor, sugerindo que distribuíssemos os folhetos no idioma uigur em uma comunidade de uigures próxima dali.

As casas eram quase todas térreas, como uma colcha de retalhos de tijolos soltos e telhados de zinco enferrujados. A maioria das ruas por onde passamos era larga e limpa, com carros estacionados dos dois lados. Este bairro uigur tinha vielas estreitas, poucos carros e muitos bodes confinados em cercados não muito maiores do que o banheiro de um hotel.

Fiquei imaginando se esta não seria a primeira vez que os membros han da nossa equipe pisavam em uma comunidade uigur nesta parte da cidade. Se era, não demonstraram. Eles trataram de distribuir os folhetos entre o maior número de pessoas possível.

A única coisa extraordinária no dia aconteceu à tarde, quando a Lu Xin me deixou no hotel para eu dar outra entrevista, a caminho do aeroporto para buscar o Richard, meu companheiro de barraca na maratona de Gobi. Ele morava em Hong Kong e viajava a trabalho por toda a

China. Mantivemos contato depois da maratona, e ele foi um dos apoiadores que contribuiu para a campanha de arrecadação "Traga a Gobi para casa". Quando ele soube que estaria a um voo curto de distância de mim em Urumqi, se ofereceu para ajudar nas buscas por alguns dias.

Foi excitante saber que um amigo se juntaria a mim, e o fato de ele ser fluente em mandarim era uma vantagem extra. Eu também estava ansioso para voltar a correr. Desde que cheguei a Urumqi, eu havia percorrido as ruas no mesmo ritmo de tartaruga do restante da equipe de buscas. Eu tentei fazer com que apertassem o passo, mas foi em vão.

Richard e eu fomos correr no parque perto do hotel assim que ele chegou do aeroporto. Eu estava de olho nas montanhas o tempo todo, e tinha avistado diversos vilarejos nas matas que separavam a cidade das colinas. Eu esperava que o Richard cobrisse alguns quilômetros comigo e me ajudasse a entregar os folhetos entre os moradores lá do alto.

Contudo o Richard planejara outra coisa. Eu ainda não sabia, mas a Lucja tinha entrado em contato com ele para pedir que cuidasse de mim, pois ela sabia que eu andava estressado e me alimentando muito mal.

Depois da corrida, nos encontramos com a equipe de buscas. A Lu Xin parecia ansiosa quando a Lil me contou sobre algumas ligações que havia recebido. Era o de sempre. Quanto mais folhetos distribuíamos, mais ligações recebíamos. A maioria delas era alarme falso, mas às vezes eram pessoas perguntando se aumentaríamos a recompensa caso trouxessem a Gobi. Era perda de tempo, e, aos poucos, Lu Xin deixou de me contar sobre elas.

Mas as ligações de agora pareciam diferentes. Deu para notar que ela estava escondendo alguma coisa. Eu a pressionei a falar.

— É só alguém mau — ela disse.

Mas eu não fiquei satisfeito:

— Pode contar, eu quero saber.

— A Lu Xin recebeu uma ligação esta tarde. Eles disseram que vão matar a Gobi.

No princípio, não entendi. Mas assim que digeri a notícia, meu estômago virou. Se isso era uma piada, era desprezível. Se fosse real, era de apavorar.

Quando cheguei ao hotel, eu já tinha me acalmado um pouco, mas a entrevista para a rádio BBC naquela noite foi um desastre. Eu estava especialmente deprimido e desiludido com as buscas, e mesmo sabendo da importância de parecer otimista e animado, para mostrar que este não era um caso perdido, eu falhei. Eu estava exausto, preocupado e não conseguia ver de onde tiraríamos esperança de achar a Gobi. Não foi o meu melhor desempenho com a imprensa.

Embora estivesse desanimado, insisti em dar a entrevista por conta de um artigo que tinha aparecido no jornal The Huffington Post dois dias antes. A manchete dizia: "Gobi, cachorinha que correu a maratona, pode ter sido sequestrada por ladrões de carne.", e trazia uma citação de alguém da Humane Society International, dizendo que era preocupante Gobi ter desaparecido na China, onde 10 a 20 milhões de cães são abatidos para sustentar o mercado de carne de cachorro.* De tudo o que a Lu Xin me contou, lembro que o esse tipo de comércio não era comum na região em que estávamos, sobretudo ao se considerar a concentração de uigures mulçumanos que vive por aqui. De modo algum eles comeriam carne de cachorro, considerada por eles imprópria para o consumo humano como a carne de porco.

O artigo não só estava incorreto, como também não ajudou em nada. Nós tínhamos nossa brigada de amantes de animais ajudando nas buscas, mas precisávamos da cobertura da imprensa local e nacional

---

* Kathryn Snowdon, "Missing Marathon Dog Gobi May Have Been Snatched by Dog Meat Thieves, Humane Society International Warns" [Gobi, cachorinha que correu a maratona, pode ter sido sequestrada por ladrões de carne, informa a Sociedade Humanitária Internacional], Huffington Post, 22 de agosto de 2016, http://www.huffingtonpost.co.uk/entry/gobi-missing-marathon-dog-may-have -been-snatched-by-dog-meat-thieves-humane-society-international-warns_uk_57baf263e4b0f78b2b4ae988.

para divulgar a história e convencer a maior parte da população da cidade a se preocupar com uma cadelinha. O Chris e a Kiki já tinham me dito para manter o otimismo e nunca criticar o Estado durante as entrevistas, e eu sabia que se as autoridades sentissem que a história estava sendo usada pela imprensa ocidental para descrever os chineses como comedores de cachorro bárbaros, eu perderia toda a esperança de conseguir a cooperação delas.

A verdade era que a equipe de buscas local era ótima. Eu queria contar à BBC e a todos os nossos apoiadores de outros lugares o apoio fantástico que estávamos recebendo do público em geral e das autoridades. Queria deixar bem claro que todos que encontrei se mostraram cooperativos, gentis e generosos. Eu não poderia ter esperado mais da equipe, da imprensa chinesa e da Kiki, lá em Pequim. Mesmo se eu nunca mais encontrasse a Gobi, o apoio deles teria sido fenomenal.

Era isso que eu queria ter contado à BBC naquela noite. Em vez disso, eu dei a impressão de estar derrotado.

●

O Richard remediou a situação com algumas cervejas e uma boa refeição. Falamos sobre assuntos que não tinham nada a ver com a Gobi e as buscas, e ele me contou que tinha sido fuzileiro naval nos Estados Unidos. Ele parou por aí e não entrou em detalhes, mas quando voltamos a falar da Gobi, o Richard explicou algumas teorias curiosas sobre o que poderia ter acontecido com ela.

— Nada disso bate com nada — ele disse. — Mesmo ignorando as ligações, algo ainda não confere. Não acho que tem a ver com o fato de a Nurali ter ido aos Estados Unidos, nem com o sogro ter deixado a cachorra escapar sem querer. No momento em que a história viralizou e a campanha de financiamento coletivo foi lançada, alguém viu a chance de ganhar algum dinheiro. É esta a questão, Dion, dinheiro. Isto é extorsão. É só aguardar a ligação.

Eu não tinha tanta certeza. Parte de mim não acreditava nele, pois eu não conseguia imaginar alguém ir tão longe para ganhar alguns milhares de dólares. E outra parte de mim não acreditava nele, simplesmente porque eu não queria acreditar. Era inaceitável pensar que o Richard estivesse certo, e que a vida da Gobi dependesse da decisão de quanto dinheiro algum pateta esperava tirar de nós. E se o sequestrador da Gobi mudasse de ideia? E se ele se acovardasse? Será que a devolveria em segurança para a Nurali, ou a trataria como uma experiência de negócio frustrada e se livraria dela o mais rápido possível?

O meu telefone vibrou com uma mensagem da Lu Xin.

Veja esta foto. Gobi?

Eu não estava convencido. A qualidade da imagem era péssima, mas dava a impressão de que os olhos não tinham nada a ver. Além disso, havia uma cicatriz enorme na cabeça, que a Gobi não tinha durante a corrida.

Eu mandei uma resposta curta dizendo que não era a Gobi, mas o Richard ficou na dúvida.

—Você não acha que a gente deveria ir lá conferir? — ele sugeriu.

Eu estava cansado e tentei demovê-lo:

— Cara, nós recebemos quase trinta iguais a esta, e são sempre a mesma coisa. Vai levar uma hora e meia para chegar lá, ver o animal, conversar, e então voltar. Está ficando tarde e temos de acordar cedo amanhã.

O Richard tornou a olhar a foto e insistiu:

— Eu acho que lembra bem a Gobi.

A Lu Xin enviou outra mensagem meia hora depois. Desta vez era uma imagem com melhor definição, e alguém havia aumentado os olhos e feito uma colagem ao lado da foto da Gobi no anúncio de recompensa. Talvez ela e o Richard estivessem certos.

O Richard se convenceu quando passei o telefone para ele:

— Nós temos que ir.

Fomos de carro até um condomínio fechado e estacionamos na vaga entre um Lexus novinho e alguns BMWs. Vários dos carros tinham um laço de fita vermelha amarrado ao retrovisor, um sinal de que tinham acabado de sair da autorizada. Os jardins bem cuidados e as casas amplas eram luxuosos. Esta era uma parte de Urumqi que eu desconhecia.

Enquanto seguíamos a Lu Xin, comentei com o Richard que era perda de tempo. E quando a porta da casa se abriu e vi cada um dos membros da equipe de resgate, e cerca de dez estranhos que eu nunca tinha visto nem de longe, não consegui conter um suspiro. Minha esperança de sair de lá rapidinho e voltar para a cama tinha ido pelo ralo.

Como havia muita gente, não dava para ver nada, e o barulho era grande. Sequer avistei onde estava a tal sósia da Gobi. Mas quando entrei na sala, um grupo aglomerado em um canto se afastou para o lado, e um raio cor de areia cruzou a sala e pulou nos meus joelhos.

— É ela! — eu gritei ao pegá-la no colo, e por um instante achei que estava sonhando. E não demorou para ela dar aqueles gemidos de alegria que fazia toda vez que nos reencontrávamos depois de um dia separados pela corrida. — Esta é a Gobi. É ela!

Eu me sentei no sofá e dei uma boa olhada. A cabeça da Gobi estava diferente do que eu me lembrava. Havia uma cicatriz grande atravessada, uma marca do comprimento do meu dedo, que ia desde perto do olho direito até atrás da orelha esquerda. Eu sabia que ela não se lembrava do nome que eu havia dado, mas durante a corrida, ou mesmo no acampamento, bastava eu emitir um som de clique que ela vinha na hora. Então eu a coloquei no chão, fui até o outro extremo da sala e fiz um clique.

Ela foi para o meu lado num tiro. Era ela mesma. Eu não tinha mais dúvidas. Certeza absoluta!

A sala explodiu de alegria. As pessoas davam gritos de hurra e chamavam o nome dela, mas eu estava preocupado em dar uma boa olhada na Gobi e me certificar de que ela estava bem. Fui me sentar em um sofá e verifiquei com atenção, passando as mãos nas costas dela e nas pernas também. Ela estremeceu de dor quando toquei o quadril direito. Ela conseguiu ficar em pé e sustentar um pouco de peso, mas, conseguia o desconforto no quadril e a cicatriz, sentia que ela tinha sorte de estar viva. Seja o que for que ela tenha passado, deve ter sido uma aventura e tanto.

A Gobi ficou aninhada no meu colo como um filhote recém-nascido, e os outros nos rodearam tirando fotos. O entusiasmo deles era compreensível, e eu não poderia estar mais agradecido pela ajuda de todos. No entanto, este era um momento em que eu teria preferido estar sozinho. Bem, só eu e a Gobi.

A doutora exagerou um pouco no entusiasmo e quis uma *selfie* com a Gobi. Quando ela a pegou no colo, deve ter apertado o quadril, pois a Gobi deu um grito de dor e pulou dos braços dela de volta para os meus. Depois disso, não deixei mais ninguém se aproximar. A Gobi precisava de proteção, mesmo de pessoas que a amavam.

Levou cerca de uma hora para a histeria passar e conhecermos finalmente a versão inteira da história. O Richard interpretou enquanto o senhor Ma, o dono da casa, explicou como a encontrou.

Ele tinha ido, mais cedo, jantar em um restaurante com o filho, que havia lhe contado sobre uma garota que tinha visto durante a tarde — era a Malam, o membro mais recente da nossa equipe de buscas. Ela estava distribuindo folhetos, aos quais havia acrescentado uma mensagem escrita à mão, dizendo para as pessoas não jogarem o papel fora, pois era triste saber que a cadelinha estava perdida e o dono havia vindo do Reino Unido só para encontrá-la. O filho do senhor Ma ficou tocado pela atitude da garota.

Na volta do jantar, eles viram um cão deitado ao lado da estrada, que parecia com fome e cansado.

— É a mesma cadela, pai — disse o rapaz. — Eu tenho certeza.

Ele deixou o pai lá, esperando, enquanto voltou alguns quarteirões por onde tinha passado e visto alguns folhetos.

Eles então chamaram a Gobi, e ela os seguiu no curto trajeto até a casa deles. E então telefonaram para o número divulgado e enviaram a foto para a Lu Xin. Quando ela encaminhou a minha mensagem dizendo que eu não achava que fosse ela, o filho do senhor Ma digitalizou o folheto, tirou uma foto com uma resolução melhor e mostrou como os olhos eram idênticos. Ele estava convencido, mesmo com a minha negativa.

●

— Então, o que faremos agora? Vamos levá-la para o hotel, certo?

O Richard traduziu, e então ele e a Lu Xin balançaram a cabeça.

— Eles não vão deixar. Nenhum hotel na cidade permite a entrada de cachorros.

— Sério? — Eu fiquei surpreso. — Mas nem depois de tudo isto? Depois de tudo o que ela passou?

— Eles têm razão — disse o Richard. — Talvez você possa tentar convencer o gerente, mas eu duvido. Eu me hospedo em hotéis por toda parte, e nunca vi um cachorro em nenhum deles.

Já passava das onze da noite, e eu estava cansado demais para discutir, seja com os meus amigos ou com o recepcionista do hotel.

— Podemos pedir para o senhor Ma deixar ela passar a noite aqui — Lu Xin sugeriu. — Então você poderá comprar tudo o que precisa para ela, como uma guia, coleira, ração, tigelas e uma cama, e depois vir buscá-la.

A Lu Xin estava certa. Eu tinha passado tanto tempo preocupado com o sumiço da Gobi, que não planejei o que fazer quando ela fosse encontrada. Eu não estava equipado de forma alguma, e me senti péssimo de ter de me despedir dela e voltar para o hotel. Mas os outros tinham razão, esta era a única opção viável.

Olhei para a Gobi, enrolada ao meu lado no sofá. Ela estava repetindo a mesma sequência alternando roncos e trejeitos igual a quando dormia ao meu lado na barraca.

— Desculpa, menina, ainda tenho muito a aprender para ser um bom pai para você, certo? — eu disse para ela.

Na volta para o hotel eu liguei para Lucja:

—Viva! Nós a encontramos! — eu exclamei no minuto em que ela atendeu a chamada. Não nos falamos muito. Estávamos muito ocupados chorando.

PARTE 5

17

O GERENTE DO HOTEL ERA UM CARA ESTRANHO.

Eu tinha passado bastante tempo circulando de carro pela cidade para saber que o hotel era um dos melhores de Urumqi. Ele deixou que eu usasse uma das salas de reunião no andar térreo para dar diversas entrevistas, e a história tinha sido divulgada em rede nacional. Por isso, eu tinha certeza de que ele ia quebrar o nosso galho. Achei que, se preciso, ele flexibilizaria um pouco as regras e deixaria a Gobi ficar no hotel. Obviamente ele ia reconhecer que uma oportunidade como essa traria um bom retorno.

— Não — ele disse.

O inglês dele era melhor do que o da maioria das pessoas que conheci; ainda assim, repeti o pedido falando mais devagar.

— A cadela não pode ficar no meu quarto? Ela é bem pequenina. Será uma ótima publicidade para vocês.

Ele havia entendido perfeitamente o meu pedido e continuou inflexível.

— Não, nós não permitimos animais no hotel de forma alguma — ele fez uma pausa e, então, continuou, em um tom mais baixo —, mas estou aberto a cooperar.

Eu explodi de alegria por dentro. Mesmo se isso me custasse algumas centenas de dólares, ainda assim valeria a pena para manter a Gobi em segurança.

— Talvez a cachorrinha possa ficar em uma das salas reservadas ao treinamento de funcionários.

Não seria o ideal, mas eu não tinha muita opção.

— Posso vê-la?

— Claro — ele respondeu —, por aqui, senhor Leonard.

Em vez de me conduzir ao interior do hotel, saímos pela porta giratória, passamos pelo segurança com seu rifle e colete a prova de balas, como era comum, e atravessamos um estacionamento para ônibus. Entramos em uma porta dupla tipo vai-e-vem, sem nenhuma fechadura, daquelas do tipo *saloon* de faroeste.

E essa não era a pior parte. O salão em si era um desastre.

Não parecia local de treinamento, mas sim um depósito de velharias. O local estava cheio de embalagens de produtos de limpeza e mobília quebrada. Não era possível trancar a porta. O gerente viu que eu tinha reparado nela e tentou fechar as folhas o melhor que pode, mas ainda restou uma fresta grande aberta na base, o suficiente para a Gobi atravessar com facilidade.

— Não posso deixá-la aqui — comentei. — Ela fugiria.

— E daí? — ele disse, virando as costas e caminhando em direção ao estacionamento.

Como eu havia dito, ele era um cara estranho.

●

O Richard e eu tínhamos saído bem cedinho e comprado uma porção de apetrechos para a Gobi em uma zona de comércio para além do estacionamento do hotel. Não havia muitas opções, mas conseguimos comprar uma guia e uma coleira, algumas tigelinhas e um pouco de ração. E enquanto andávamos, bolamos uma versão alternativa para caso o gerente do hotel negasse o meu pedido. E pelo visto teríamos de recorrer ao plano B.

De volta à casa do senhor Ma, a Gobi ficou tão feliz em me ver pela manhã, quanto tinha estado na noite anterior. Fiquei aliviado com aquilo e por notar que o senhor Ma tinha cuidado muito bem dela. Na bagunça generalizada da noite anterior, acabei me esquecendo de que o Richard suspeitava de algum esquema em ação. Contudo, quanto mais eu conversava com o senhor Ma e via que ele era um homem comum, vestido como se estivesse pronto para ir à academia, sem, na verdade, se exercitar, mais eu confiava nele. E quando fiquei sabendo que ele era um comerciante de pedras preciosas que negociava jade, eu sosseguei. Ele claramente não precisava de dinheiro. Não havia extorsão alguma aqui.

Eu disse ao senhor Ma que queria entregar a recompensa a ele, no dia seguinte, em um jantar especial de agradecimento à equipe de buscas. Ele concordou em ir, mas disse não querer o dinheiro. E quando eu, a Gobi, o Richard e a Lu Xin estávamos prontos para sair, outro homem — com um sorriso amarelo no rosto — entrou na casa. Eu não o conhecia, mas ele não me parecia estranho.

— Eu sou o marido da Nurali — ele se apresentou, apertando minha mão com força. Sabia que ele estava ali para negociar.

Eu me lembrei de onde o conhecia. Ele era um dos motoristas de apoio na corrida. A Gobi estava no chão, e ele se ajoelhou para pegá-la.

— Sim — ele disse, virando-a para os lados na frente dele, como se ela fosse uma vaso de antiguidade que queria comprar. — Sem dúvida, é mesmo a Gobi.

Ele a entregou para mim, e disse:

— Fizemos o possível para mantê-la em segurança para o senhor, mas ela escapuliu. Melhor arrumar uma boa cerca quando chegar em casa.

Nosso plano para esconder a Gobi no hotel era simples. Íamos entrar com ela oculta dentro de uma sacola. O problema era que, como em todos os hotéis e prédios públicos de Urumqi, a segurança não se resumia apenas a um homem com colete à prova de balas e uma AK-47. Havia também uma máquina de raio X e um detector de metais para driblar.

Fiquei encarregado de dar uma de atrapalhado e criar uma distração. Eu estava carregando uma bolsa cheia de folhetos e salgadinhos e derrubei tudo no chão perto da máquina de raio X. Armei uma confusão e fiquei pedindo mil desculpas, enquanto engatinhava pelo chão recolhendo a bagunça. Enquanto isso, o Richard — com a Gobi quietinha dentro de uma sacola *jeans* que lembrava um casaco — atravessou o detector de metais, torcendo para que tivesse tirado tudo que pudesse disparar o alarme.

Já no quarto, era hora de ver como a Gobi estava. A cicatriz no topo da cabeça era a prova de que o ferimento foi fundo, e fiquei na dúvida se teria sido causado por outro cachorro ou por um humano. Era grossa, mas a casquinha estava intacta, e não despertava muita preocupação.

O quadril dela, no entanto, era um problema. Ela com certeza sentiu dor quando a médica, na noite anterior, a pegou de qualquer jeito e quando eu fiz uma leve pressão no local, ela se retorceu. Mas foi quando a coloquei para andar que o problema ficou visível. Ela mal conseguia sustentar qualquer pressão ali.

Fiquei mais uma vez intrigado sobre o que teria acontecido com ela.

Eu tinha conversado com a Kiki pela manhã para saber qual era o próximo passo. Nós sabíamos que a Nurali não tinha tomado nenhum providência referente aos procedimentos médico exigidos para a Gobi poder embarcar em um avião, por isso, a prioridade era levá-la a um veterinário. Afinal, era uma questão de esperar a papelada ficar pronta e viajar para Pequim para receber a autorização final.

— Quanto tempo vai levar?— perguntei.

— Talvez uma semana, talvez um mês.

Senti uma pontinha da depressão de ontem se manifestar.

— Tem certeza que precisamos ir de avião? A gente não pode ir de carro?

— É um trajeto de trinta horas de carro, e nenhum hotel vai permitir a entrada dela. Você a deixaria no veículo?

De jeito nenhum. Concordamos que ir de carro seria o nosso plano reserva.

— Além do mais — ela acrescentou —, eu tenho um contato em uma companhia aérea que talvez consiga colocar a Gobi no voo sem ela ser vista.

No restante do dia, fiz a única coisa que me restava, cuidar da Gobi. Dei comida quando ela estava com fome, a deixei brincar com as minhas meias quando entediada, entrei com ela escondida no elevador e fomos até o estacionamento no subsolo quando ela precisou fazer as necessidades. Ela se comportou como um sonho, não latiu no quarto e não se incomodou de entrar sacola quando eu a levei de volta para o dormitório.

Por estranho que pareça, a experiência me remeteu a uma época na minha adolescência em que me senti próximo da minha mãe. Eu estava doente e precisava de cuidados, e, por um tempo, todo o sentimento tóxico entre a gente se evaporou.

A primeira crise da doença se manifestou quando eu tinha treze anos. Eu estava deitado no tapete em casa, esperando um programa de TV começar; seria o clímax de uma novela australiana muito popular chamada *Vizinhos*: a maior gatinha e o garoto mais descolado iam se casar. Todo mundo só falava naquilo — tinha ainda mais apelo do que a vitória do Cliff Young na corrida de Sydney a Melbourne. Eu estava apaixonado pela Charlene, a gatinha, e me sentei no tapete, bem na frente da TV, quando a música de abertura começou. "Vizinhos, todo mundo precisa de bons vizinhos..."

Quando o Scott e a Charlene se preparavam para dizer o "sim", eu apaguei. É só o que me recordo.

Quando acordei, estava no hospital. Eu me sentia péssimo, como se tudo dentro de mim estivesse trocado de lugar. Os médicos estavam usando termos que eu não conhecia, e eu não conseguia segurar nada do modo certo. Senti uma onda horrível de náusea. Por horas a fio me senti como se fosse explodir, até que finalmente dormi e só acordei doze horas depois.

Eu tinha tido uma crise epiléptica, e a minha mãe precisou me explicar o que era epilepsia.

Eu tive convulsões mais algumas vezes, e cada uma delas era seguida por um intervalo de um dia ou dois, em que me sentia péssimo. Precisei faltar na escola, consultar especialistas e lidar com a perspectiva de que aquele visitante inesperado pudesse retornar a qualquer momento, fazendo o caos se instalar.

E assim, menos de um ano após a primeira crise, reparei que já havia passado meses desde o meu último ataque se manifestar. As consultas médicas foram ficando mais esporádicas, e a vida voltou ao normal.

O engraçado foi que, de certa forma, eu sentia falta da epilepsia. Não das crises em si, mas de como tudo aquilo havia feito o relógio retroceder entre mim e minha mãe. A cada ataque, ela suavizava mais um pouquinho, um novo gesto de afeição surgia. As palavras duras desapareceram, ela preparava nossos pratos favoritos e até mesmo me fazia carinho. Depois de ter perdido o Garry como ela perdeu, ver o filho sofrer um ataque epiléptico deve ter sido bem difícil, mas tudo o que recebi em troca foi amor e atenção. Aqueles foram momentos preciosos. Finalmente, eu tinha a minha mãe outra vez. Pena que não durou.

●

Eu procurei zelar pela Gobi do jeito que me lembro da minha mãe zelando por mim. Tentei deixar de lado o estresse das últimas semanas e desfrutar do tempo com ela. O fato de estarmos ambos exaustos também ajudou e passamos boa parte do tempo cochilando juntos.

No dia seguinte, eu me vi com um problema. A Gobi tinha toda a comida necessária ali no quarto, mas eu queria algo que não fosse biscoito de cachorro, nem carne enlatada de café da manhã. Como a Gobi estava dormindo, eu resolvi sair de fininho e ir até o piso principal comer algo.

Fechei a porta com o maior cuidado, em silêncio, coloquei o aviso de "Não incomodar" na maçaneta, e segui pelo corredor até o elevador na ponta dos pés. Quando as portas estavam se fechando, fiquei imaginando se eu ouviria um latido.

Subi de volta para o meu andar em menos de quinze minutos. Ao sair apressado do elevador, passei por um carrinho da arrumação, dobrei o corredor, e logo vi que a porta do meu quarto estava aberta. Entrei correndo. Não havia sinal da Gobi, nem debaixo da cama, nem no armário, nem atrás das cortinas.

— Gobi! — eu chamei tentando não deixar o pânico transparecer.

Meu cérebro começou a avaliar os possíveis cenários. O mais provável era o gerente do hotel ter mandado alguém buscá-la. Eu corri até a porta e estava pronto para pegar o elevador, quando notei a porta do banheiro fechada. Eu abri, e lá estava a Gobi, dentro da banheira, a cabeça inclinada para o lado, olhando a camareira limpar o balcão da pia. Ela me olhou de relance, com cara de: "Oi, pai, tudo bem?".

A camareira não pareceu muito preocupada, disse qualquer coisa e continuou a trabalhar. Eu fiz a única coisa que me veio à cabeça, peguei a minha carteira e dei a ela uma nota de cem yuanes, cerca de uns quinze dólares. Eu sinalizei para ela para não falar nada sobre a Gobi. Ela assentiu, guardou o dinheiro no bolso e voltou a limpar.

Talvez ela não tenha se surpreendido em ver uma cadela ali e tenha pensado que a gorjeta era para que caprichasse na limpeza do banheiro. Eu não tinha como saber. Ela ficou bastante tempo e limpou tudo o que havia. Eu não queria ir para o quarto, pois a porta para o corredor estava aberta, então fiquei ali mesmo, tentando não atrapalhar e com a Gobi no colo. Toda vez que a camareira se virava para limpar uma coisa nova, eu e a Gobi íamos nos aninhar em outro lugar.

— Obrigada! — eu dizia cada vez que nos mudávamos, na esperança de que ela captasse a mensagem. — Até logo. Você já pode ir.

Ela não entendia a dica. Em vez disso, balançava a cabeça, e nos tocava para outro canto, enquanto limpava, da beirada da banheira para o vaso, ou do vaso para o canto atrás da porta.

A Gobi achou a maior diversão. Ela ficou sentada alegrinha, o rabo balançando no ar, os olhos para lá e para cá, olhando para mim e para a mulher.

Não deve haver cena mais estranha que esta, pensei com meus botões.

18

COLOQUEI O EDREDOM E OS TRAVESSEIROS que estavam na cama encostados na porta, para abafar o som e não permitir que a ouvissem do corredor, caso a Gobi fizesse algum barulho. Eu não ia mais sair do quarto, somente se fosse absolutamente indispensável.

Passei o restante da manhã ao telefone. Fiquei enviando mensagens para o Richard, contei a ele sobre o incidente com a camareira, e falei também com a Lu Xin, pedindo a ela para me arrumar outro lugar para ficar. Conversei com Paul de Souza, um agente literário e produtor de filmes da Califórnia. Quem havia contado a ele sobre a história toda foi sua filha, e ele estava me ajudando a negociar um possível contrato para um livro. Fiquei impressionado com o número de editoras que me procuraram, mas o conhecimento e a experiência do Paul nesse setor eram únicos. Além de tudo isso, dei algumas entrevistas por Skype para emissoras americanas e britânicas.

As entrevistas eram animadas. Desde o início da resposta à campanha de financiamento coletivo, eu sabia que as pessoas queriam ouvir sobre o caso, pois tudo indicava que teria um final feliz. Sempre que me entrevistavam quando a Gobi estava desaparecida, eu tinha dificuldade para me adaptar às perguntas: Como ela desapareceu? Onde você acha que ela está? Você teme pelo pior? Eu não conseguia ser otimista, pois não considerava ter uma história animadora para contar. E o principal motivo era saber que o desaparecimento da Gobi parecia meio suspeito. Eu tinha certeza de que algo errado tinha acontecido, embora não soubesse exatamente o quê. Por isso, decidi não falar sobre nada disso nas entrevistas. Eu não conhecia todos os fatos e era cedo demais para acusar alguém.

Por isso, no quarto do hotel, com a Gobi dormindo no meu colo enquanto eu falava com jornalistas do Washington Post e da CBS, tudo fazia sentido novamente. Eu podia relaxar, sorrir e contar a eles que finalmente poderia retribuir todo o amor e a determinação da Gobi oferecendo a ela um lar definitivo na Escócia.

No meio da manhã, a Gobi acordou, desesperada para sair e fazer suas necessidades. Embora eu soubesse que era inevitável, ainda temia abrir a porta e olhar para os lados, no corredor, para ver se a barra estava limpa.

Felizmente, não havia ninguém, e descemos sozinhos no elevador até o subsolo. A Gobi correu até o mesmo canteiro na saída da garagem, e como queria deixá-la à vontade, olhei ao redor.

Não havia muito para ver, além de dois homens de terno escuro que saíram da área dos elevadores e entraram em um sedã cinza parado ali perto.

Fiquei contente em ver que a Gobi tinha sido cuidadosa e jogado terra para trás depois de fazer seu serviço, mas, quando ela terminou, a porta do elevador se abriu e outro homem saiu no subsolo. Desta vez, um segurança.

Paguei outros quinze dólares, para convencê-lo a nos deixar passar. E tinha minhas dúvidas se aquilo seria o bastante para ele e a camareira ficarem em silêncio.

Duas horas depois, descobri a resposta.

Assim que bateram na porta, a Gobi começou a latir. Espiei pelo olho mágico e vi dois homens. Reconheci um deles na hora — o marido da Nurali.

Fiquei sem ação. O que fazer? Eu não podia fingir que não estava lá — a Gobi tinha me denunciado —, mas como eles me acharam? Um dos funcionários do hotel deve ter dito a eles em que quarto eu estava, mas como subiram até aqui? Para fazer o elevador funcionar é preciso liberá-lo com o cartão do quarto. E como isso parecia trabalhoso demais para eles, não fui capaz de evitar minha paranoia.

Enviei uma mensagem para o Richard: "Venha até o meu quarto agora mesmo."

— Olá — eu cumprimentei, abrindo a porta, tentando sorrir e parecer relaxado e tranquilo. O marido da Nurali ficou me olhando sem qualquer reação, enquanto o amigo dele tentava espiar dentro do quarto.

— Podemos entrar? — o marido da Nurali perguntou.

Como eu estava surpreso e curioso, sussurrei um "ok" e me afastei para dar passagem eles.

Fechei a porta e, quando me virei, eles estavam ao lado da Gobi olhando para baixo. Ela não ligou muito, e duvido que eles tenham vindo apenas visitá-la. Será que vieram para levá-la embora? Por que estavam aqui?

Quando eu ia pegar a Gobi no colo, bateram na porta outra vez. Olhei pelo olho mágico e, ao ver o Richard em pé no corredor, abri logo a porta e expirei aliviado.

— Fala, amigo, o que você queria?

— Hum, bem... — gaguejei, pois sou péssimo para representar. Mas nem liguei. O Richard é ex-fuzileiro e, com ele no quarto, eu me senti mais seguro. Melhor ainda, ele fala chinês e podia me ajudar a entender o que estava se passando de verdade. — Você não ficou de passar e pegar alguns folhetos para levar de lembrança?

O Richard ficou perto da porta, enquanto eu peguei a Gobi no colo e deixei o marido da Nurali falar. Ele disse um monte de coisa em chinês, esperei o Richard traduzir.

A Nurali e o marido tinham visto a grande cobertura da imprensa sobre a Gobi e estavam preocupados que eu os culpasse pela fuga dela.

— Tudo o que eu quero é tirar a Gobi daqui e levá-la para casa. Não estou interessado em descobrir como ela escapou, nem pretendo colocar a culpa em ninguém. O que eu posso assegurar é que foi só um acidente, e agora está tudo bem. Vai ser melhor para todos ficar por isso mesmo, não?

O marido da Nurali assentiu. Não tínhamos muito mais o que dizer.

•

Mais tarde, naquela noite, depois que voltei da garagem para o quarto, uma ida ao banheiro canino que me custou outros quinze dólares, eu a esperei dormir, depois saí na ponta dos pés e fechei a porta sem fazer barulho. Pendurei a plaquinha de "Não perturbe" novamente, torcendo para que quando eu voltasse dali a algumas horas, ela estivesse lá.

Estava na hora de ir ao restaurante do hotel para o jantar de agradecimento. Eu sabia que tinha muito a agradecer e, pelas duas horas seguintes, quase consegui esquecer o que havia passado durante o dia.

A equipe de buscas tinha se esforçado mais do que eu esperava. Todos passaram longas horas sob o sol escaldante e andaram quilômetros e mais quilômetros distribuindo os folhetos. Tinham sido ignorados, ridicularizados e ouvido desaforos. E fizeram tudo isso por uma cadela que sequer conheciam. Seu sacrifício, tenacidade e amor me deixaram com os olhos um pouco marejados e fiquei honrado de poder me levantar e propor um brinde, dizendo a todos o quanto eu estava grato.

O senhor Ma também estava lá, com a esposa e o filho. Entreguei o dinheiro da recompensa. E embora a princípio ele tenha protestado um pouco, sem saber o que fazer, acabou aceitando os US$ 1.500 depois de eu insistir algumas vezes.

Lá pela metade da noite, dei-me conta de que, apesar de já estar em Urumqi há quase uma semana e ter passado dez dias na China por ocasião da corrida, esta era a primeira vez que eu socializava com os chineses. Muitos ocidentais acham que os chineses são sisudos, não propensos à espontaneidade. Mas olhando ao redor, no restaurante lotado de amigos, todos dando risada, cantando, fazendo *selfies* e brincando, não deu para ver ninguém que se encaixasse nesse estereótipo.

A doutora era a que gargalhava mais alto; a Malan estava bem no centro da agitação; e a M-Lin, a cabeleireira, tinha encarnado uma leoa e estava se esforçando ao máximo em uma tentativa frustrada de seduzir o Richard. Eu reparei que a Lil e a Lu Xin estavam de olho nela, e então caímos na risada.

— Eu me lembro da primeira vez em que vi a Gobi — contou a Lu Xin.

— Quando o Chris ligou para você? — perguntei.

— Não, quando você estava participando da corrida. Não existem muitas histórias sobre cachorros, então sempre que vejo uma, procuro seguir. Desde lá, eu sabia que a Gobi era especial, mas não imaginava que fosse conhecê-la.

— Você fez bem mais do que conhecê-la, Lu Xin — eu afirmei.

— Sem você, nós nunca a teríamos encontrado. Você é a razão de estarmos aqui todos celebrando esta noite.

Ela corou, sem jeito com o elogio, mas tudo o que eu disse foi sincero. Então levantou o olhar, apontou para a doutora, Mae-Lin, e para os outros, e contou:

— Antes da Gobi, nós nos esforçávamos para cuidar dos cachorros abandonados, mas ninguém nos ouvia. Era uma batalha, e não exercíamos nenhum poder ou influência. Encontrar a Gobi fez isso mudar. Agora temos voz.

Você nos ajudou a mostrar que as pessoas devem se importar com os animais.

Eu não queria partir, mas quanto mais a noite se estendia, mais eu pensava na Gobi. Eu torcia para que ela estivesse bem, sozinha no quarto. Por fim, a preocupação me venceu, e eu subi. A Gobi estava bem, e eu dei uma rápida entrevista para o The Times de Londres, antes de sair rapidamente para encontrar o Richard, que partiria na manhã seguinte.

Eu sabia que a presença dele nas buscas seria muito útil, mas não imaginava o quanto acabaria dependendo dele. Ele não só me deu forças para continuar quando eu estava mais caído, como também bolou o plano para entrarmos com a Gobi no hotel, e foi um apoio importante quando achei que ela poderia ter sido raptada.

Tenho uma natureza solitária, indispensável para alguém cujo treinamento inclui correr por centenas de quilômetros por semana. Mas a ironia é que algumas das amizades mais sólidas que fiz na vida são com os parceiros com quem competi nas ultramaratonas. Nós passamos por um verdadeiro suplício, totalmente sozinhos no percurso, todos os dias, mas os laços que se formam são poderosos e duradouros.

Quando peguei o avião para Urumqi, imaginei que a busca seria igual às outras ultramaratonas. Achei que eu precisaria me esforçar ao máximo e esperava que outros fizessem o mesmo. Mas ao encontrar a Gobi, descobri algumas lições de vida bem valiosas.

Descobri que trabalhar em equipe — não como um grupo de indivíduos — não é tão ruim como pensei. Descobri que as áreas em que tenho dificuldades foram garantidas pelas qualidades do próximo. Eu não tive de carregar o fardo sozinho. Contei com o apoio dos outros, e eles se mantiveram firmes. Eles não me decepcionaram. E eu também não falhei com eles.

19

TODAS AS EMISSORAS DE RÁDIO E REDES DE TELEVISÃO COM AS QUAIS eu tinha falado durante as buscas solicitaram uma nova entrevista depois que a Gobi foi encontrada. Nos dias que se seguiram à volta dela, concedi, no total, cinquenta entrevistas ao vivo, pelo telefone ou por Skype. Eu gostei de ficar assim, ocupado. Isso me fez esquecer um pouco o temor que estava se intensificando dentro de mim de hora em hora.

Não tinha sido apenas a visita do marido da Nurali ou o encontro com a camareira que me preocupava. Depois da minha entrevista para o The Times, ao encontrar o Richard no bar do hotel, ele me falou sobre as teorias de conspiração que tinha, e passei aquela noite toda pensando nos personagens obscuros que me rodeavam.

A lógica do Richard era bem convincente. Ele nunca acreditou que a Gobi tinha escapado, pelo menos não como a Nurali acreditava. Segundo ele, quando a história ganhou dimensão global, alguém deve ter concluído que poderia faturar em cima da Gobi, e, quando surgiu uma oportunidade, ela foi capturada. Os "sequestradores" supostamente a mantiveram por muito tempo, pois, como o interesse continuava crescendo, havia a chance de faturar ainda mais. Mas a minha vinda a Urumqi mudou o panorama. De repente, a imprensa local passou a acompanhar, o que despertou o interesse do governo, e os agentes entraram no grupo do WeChat. Depois disso, a coisa toda se tornou mais arriscada.

— Por isso a Lu Xin recebeu tantas ligações dizendo que a Gobi tinha morrido ou seria morta se a recompensa não aumentasse.

— Espera aí — eu disse. — O que você quis dizer com "tantas ligações"? Eu pensei que tivesse sido apenas uma ligação. E ninguém me disse que eles pediram mais dinheiro.

— Isso mesmo — confirmou o Richard. — Houve centenas delas. Mas os voluntários não quiseram te aborrecer.

Não sabia o que pensar. Em parte, fiquei grato pelo cuidado que tiveram. Se eu soubesse da história toda, eu não teria como ajudar e só ficaria muito mais preocupado. Mas a ideia de tentarem tentado me enredar não me agradou em nada.

Eu estava tentando digerir tudo aquilo, mas o Richard ainda não tinha acabado.

— E você não achou estranho a Gobi terminar aparecendo com alguém que conhecia a Nurali?

— Então você acha que foi a família Ma que a raptou?

— Não. Eles não precisam de dinheiro e não se interessariam por uma cadelinha. Mas foi uma coincidência e tanto a Gobi ser deixada onde pessoas que conheciam a história dela pudessem encontrá-la. E em uma cidade rodeada de montanhas e tantos espaços abertos, como a Gobi foi escolher se esconder a quilômetros de distância, em uma via perto do condomínio fechado mais luxuoso? Ela não era acostumada com a vida de luxo, era? É bem provável que os raptores a tenham deixado lá.

●

Entre as entrevistas na manhã seguinte, enviei uma mensagem para Lu Xin dizendo que seria melhor para mim e para a Gobi eu encontrar outro lugar para ficar. Além de me sentir vulnerável sozinho no quarto do hotel, o fato de não poder entrar e sair livremente com ela dali significava que eu ainda não a tinha levado ao veterinário para fazer um *check-up*. Se ela tinha mesmo um problema no quadril, não era justo que precisasse esperar. A Kiki ainda estava tomando as providências para levar a Gobi até Pequim, e eu estava cada vez mais preocupado que alguém pudesse tentar sequestrá-la pensando em um resgate significativo. Sem contar que cada dia nesta expectativa significava um dia a mais esperando que ela pudesse finalmente ir para casa.

Eu tinha acabado de enviar uma mensagem para Lu Xin, quando alguém bateu. A Gobi estava em um sono profundo e nem se mexeu, mesmo assim fui até a porta na ponta dos pés, com o coração disparado e a cabeça a mil.

Olhei pelo visor esperando ver o gerente do hotel parado lá, ou talvez a camareira, ignorando o aviso de não perturbar. Torcia para que não fosse o marido da Nurali.

Não era nenhum dos três.

Eram dois homens de terno escuro. Eu os reconheci na hora. Os mesmos dois que eu tinha visto na garagem do subsolo no dia anterior.

Afastei-me da porta e fiquei encostado na parede. Uma cena de filme, em que um assassino bem vestido atira na vítima inocente pelo visor da porta, passou pela minha mente. Eu disse a mim mesmo que estava sendo ridículo e espiei outra vez.

Eles continuavam lá, com um olhar impassível.

A porta estava devidamente trancada e com a trava de segurança acionada, como sempre deixo em quartos de hotel. Fiquei na dúvida se deveria abrir e ver o que eles queriam. Talvez eles tivessem sido enviados pelo governo para verificar se a Gobi estava bem. Nesse caso, não teria problema algum falar com eles. Mas e se eles tivessem vindo para levar a Gobi, ou nos expulsar do hotel, ou fossem enviados por quem a teria raptado antes para se vingar? Se alguma dessas alternativas fosse verdade, abrir a porta era última coisa que eu deveria fazer.

Decidi me afastar e me manter próximo à parede, para o caso de ter sido uma premonição minha lembrança sobre atiradores e filmes de Hollywood. Eu me escondi em uma entrada da parede perto da cama, torcendo para a Gobi continuar a dormir.

Outra batida na porta.

Não foi alta nem violenta, mas o suficiente para eu prender o fôlego e congelar. O que eu faria se eles forçassem a porta? Disfarçar fazendo de conta que eu estava dormindo? Ou tentar surpreendê-los e passar por eles feito um raio com a Gobi debaixo do braço e fugir pela saída de incêndio?

Os segundos se arrastaram. Não voltaram a bater, nem mexeram na maçaneta para verificar se a porta estava aberta. Depois de uns cinco minutos, fui até a porta e olhei pelo visor, e o corredor estava vazio. Esforcei-me para ampliar a visão das laterais e do chão ao máximo, para ver se estariam se escondendo, mas depois de uns instantes vi que tinham mesmo ido embora. Com cuidado, tirei o edredom que estava encostado à porta e a abri um pouco. Nada à esquerda; nada à direita. Então rapidamente fechei, tranquei e coloquei a trava outra vez.

Peguei o telefone e enviei outra mensagem à Lu Xin:

"Por favor, tire a gente daqui! Estou realmente com medo de que alguém venha pegar a Gobi outra vez. Eu não dormi bem à noite, preocupado com a minha segurança."

• •

Por mim, entraria em um carro e seguiria para Pequim naquela tarde mesmo, mas Kiki, Chris e Lu Xin concordaram com um plano diferente. O contato da Kiki disse que nos ajudaria a conseguir uma permissão para a Gobi ir de avião, e tudo o que precisávamos era de uma consulta simples com um veterinário. Depois disso, em quatro ou cinco dias estaríamos em Pequim.

A Lu Xin encontrou um apartamento para eu alugar, e me assegurou que ninguém mais sabia onde era. Eu não queria correr riscos. Então, na manhã seguinte, levei a Gobi até o estacionamento no subsolo e a entreguei para a Lu Xin, que era a única pessoa em Urumqi em quem eu confiava de verdade. Eu estava uma pilha, olhei atentamente todos os carros, procurando um sedã cinza com dois homens de terno de preto dentro. Não vi nenhum, mas isso não me fez relaxar.

Voltei correndo para o *lobby*, paguei a conta e fiz o *check-out*.

A região do apartamento era exatamente como a Lu Xin tinha descrito. Eu ainda não conhecia aquela parte da cidade e fiquei feliz em ver que as ruas e lojas eram bem movimentadas, mas não cheias demais. Era o bastante para nos dar cobertura.

O apartamento em si era bem básico e estava limpo, e depois de me despedir da Lu Xin e trancar a porta, suspirei, me sentindo aliviado.

A Gobi farejou o local todo, depois sentou à minha frente e olhou bem nos meus olhos, do mesmo jeito que tinha feito no segundo dia da corrida. Era a maneira de ela me dizer que sabia que algo havia mudado, mas que estava tudo bem.

— A gente se meteu em uma aventura e tanto, não Gobi?

Ela fitou, fariscou rapidamente e foi trotando até o sofá, subiu e rodopiou quatro vezes; daí se aninhou parecendo uma bolinha de pelo cor de areia.

●

No dia seguinte, ela não ficou nada feliz quando chegamos ao veterinário. A Kiki tinha marcado um horário com um dos melhores profissionais da cidade, e eu estava ansioso. Pela primeira vez naquela situação toda, a Gobi e eu estávamos dando um passo concreto para que eu pudesse levá-la para casa.

A Gobi não concordou muito.

Desde que saímos do carro da Lu Xin e entramos na sala do veterinário, ela pareceu nervosa. No começo, se escondeu atrás de mim, e quando fomos para a sala de exame, ela se plantou no chão e recusou a se mexer.

Eu ri em um primeiro momento, mas quando o veterinário a pegou e começou a examiná-la, me perguntei se ela não teria intuído algo sobre o lugar — ou sobre o veterinário — que eu não tinha percebido. Ele foi ríspido e rude ao máximo, como nenhum outro veterinário que eu conheci. Ele a empurrava e puxava o tempo todo e não me pareceu gostar nada de cachorros.

Ele me disse que o quadril dela estava deslocado e que precisava fazer uma radiografia para confirmar a seriedade.

— Segurem-na abaixada — ele disse para dois assistentes, enquanto trazia o aparelho de radiografia portátil. Eles se colocaram nas duas extremidades da mesa, e então seguraram nas patas da frente e traseiras e as puxaram.

A Gobi deu um grito, com os olhos arregalados, e as orelhas tensas para trás, coladas na cabeça. Ela estava com muito medo e com dor, obviamente. Eu reclamei, mas o veterinário me ignorou e continuou com o exame.

Uma hora depois, quando a carreguei de volta ao apartamento, a Gobi ainda continuava tremendo. Eu fiquei enfurecido com o veterinário, ainda mais quando ele me mostrou o raio X. Ficou claro por que ela mancava; o fêmur direito estava encaixado no quadril, mas o direito estava totalmente fora de posição, como se alguém o tivesse puxado com força extrema. E o veterinário não se preocupou em explicar o que poderia ter acontecido, apenas disse que a Gobi precisaria de uma correção cirúrgica. Eu sequer perguntei se ele fazia esse tipo de procedimento. Não o deixaria pôr as mãos na Gobi outra vez, de jeito nenhum.

Depois de um cochilo, a Gobi se levantou e ficou passeando pelo apartamento outra vez. Fiquei pensando — como já tinha feito uma centena de vezes — no que teria acontecido a ela, longe de mim. Será que tinha sido atropelada por um carro, ou teria sido alguém que a machucou? Só ela sabia de fato.

O medo agora já tinha passado, e ela estava pronta para se divertir. Fiquei surpreso outra vez ao vê-la pulando por aí, evitando apoiar o peso na perna direita, como vinha fazendo desde que a reencontrei. Ela deve ter sentido muita dor, mesmo assim preferia não reclamar e nem deixava que isso a impedisse de se divertir.

Resolvi premiá-la com um passeio ao ar livre. O fim de tarde estava bonito, e ela encontrou um matinho para farejar. Eu queria dar uma olhada na região para escolher um lugar onde comer mais tarde, então a peguei no colo e fui em direção ao comércio.

Uns poucos metros a diante, umas jovens de uns vinte e poucos anos me pararam:

— Gobi? — elas perguntaram.

Eu disse que sim e deixei que tirassem uma foto com a gente. A Gobi olhou direto para a câmera como uma profissional.

Mais um pouco adiante, outra pessoa me pediu uma foto. Eu não me importei, e como a Gobi não parecia estressada, deixei as pessoas se aglomerarem e fazerem como bem entendessem. Foi bom sentir um pouco de liberdade novamente.

Mas quando chegamos a uns cinquenta metros do prédio de apartamentos, algo do outro lado da rua me despertou a atenção — o sedã cinza. Eu fiquei meio na dúvida, mas assim que vi a silhueta dos dois passageiros de terno escuro sentados na frente, descobri que os homens do hotel tinham me seguido.

Virei e voltei para o apartamento. Pensei em passar direto pelo meu quarteirão e tentar despistá-los, mas seria inútil. Eles devem ter me visto saindo do prédio um pouco mais cedo. Por certo, estavam lá me vigiando o dia todo. Talvez até tivessem me seguido do hotel.

Ao subir de elevador até o sétimo andar, o apartamento não me pareceu mais tão seguro. Fiquei meio desconfiado quando um homem que havia entrado no elevador parou no quinto andar. E não achei que poderia confiar na mulher que estava tendo dificuldade para abrir a fechadura na outra ponta do nosso corredor. Será que estariam todos envolvidos? Ou eu estava imaginando coisas?

Assustei-me com o meu telefone, que tocou assim que entramos no apartamento. Era a Wendy, uma jornalista *freelancer* que morava em Hong Kong, mas demorei um instante para entender de quem se tratava.

—Você está bem? — ela perguntou. —Você está estranho.

Eu contei a ela sobre os homens no carro e como eu estava nervoso.

— É justamente por isso que estou ligando — a Wendy explicou. — Não são só os homens no carro. Tem gente de peso de olho em você, Dion.

— O que você quer dizer com isso? — perguntei.

— É simples, você precisa tomar cuidado com o que diz. Eu falei com alguns colegas, e eles ouviram que alguns conselheiros do governo local estão seguindo o seu caso, atentos a tudo o que você fala. Eles não acharam problema com o que você tem feito até agora, mas se você criticar o governo de algum modo, eles vão por um ponto final em tudo. Você deve falar sobre a China em um tom sempre positivo.

— Você conversou com outras pessoas sobre isso? Quero dizer, alguém lhe disse essas coisas? Como assim, por qual motivo?

— Não se preocupe, Dion. Eu só queria me assegurar de que você compreendeu a situação.

— Então você acha que esses homens de terno são do governo?

— Bem, eles não estão aí para roubar a Gobi, não acha?

Eu pensei um pouco. A Wendy tinha razão. Se o objetivo deles era pegar a Gobi, já teriam feito isso em outra oportunidade, e certamente teriam se preocupado em não me deixar vê-los.

— Será que estão aqui para me proteger?

— Meio isso. Desde que você faça a coisa certa, estará bem. Só não fale mais com o pessoal da CNN.

— Da CNN? Como você sabe sobre a CNN? Eu já tinha dado uma entrevista para esse canal de notícias, e estava negociando uma segunda.

— O relacionamento entre a CNN e o governo não é amigável. Só mantenha distância, certo?

Quando desliguei o telefone, sentei-me no chão, estarrecido. Eu me senti em um filme de espionagem barato. Não sabia se devia armar uma barricada e fazer uma varredura no apartamento procurando gravadores, ou se enfiava a Gobi em uma sacola e fugia pela escada de incêndio. Do jeito que a Wendy falou, não era nada demais, mas foi difícil relaxar, sabendo que estava sendo vigiado.

Mandei uma mensagem para a CNN explicando vagamente que não daria a entrevista. Depois, rejeitei outro pedido de entrevista de um jornal estrangeiro, que estava na minha caixa de entrada, e disse à Lu Xin que eu não queria mais falar com ninguém da imprensa chinesa. Se houvesse algum risco de eu dizer a coisa errada e ser expulso do país — e talvez perder a Gobi de vez —, eu queria acabar com essa possibilidade.

Pedi à Wendy para ela tentar descobrir quem seriam os homens de terno. Sei que parecia um pedido absurdo, mas eu precisava saber, senão pela minha própria segurança, por Gobi. Se houvesse uma chance de eu ser colocado no próximo voo para casa, eu precisava de algum lugar para deixá-la.

Passei o resto do dia no apartamento. O sol se pôs e a sala se encheu de sombras, mas não acendi as luzes. Senti-me mais seguro assim.

Imaginei todo o tipo de cenário possível, mas nem assim me acalmei. Se alguém invadisse e tentasse levar a Gobi, eu não fazia ideia de como chamar a polícia. E se os homens de terno resolvessem me levar, então eu não teria escolha a não ser ceder e torcer para a Lu Xin tomar conta dela bem.

Eu estava impotente. Embora a única coisa que tivesse mudado na equipe fosse a partida do Richard, eu me senti solitário outra vez. Novamente tudo estava recaindo sobre os meus ombros, e pela primeira vez na vida, eu não estava gostando. Era um fardo pesado demais.

20

EM ALGUM MOMENTO, EM QUASE TODA CORRIDA, EU me pergunto por que estou competindo nela. Às vezes acontece durante os primeiros quilômetros, quando sinto frio ou cansaço ou quando fico de mau humor porque alguém na barraca me acordou com seu ronco. Às vezes, é quando minha mente divaga até a linha de chegada ainda sete ou oito horas distante dali. Outras vezes é, quando eu preciso tomar um pouco mais de água ou chupar outro tablete de sal.

Mas sempre me pergunto se vale a pena disputar uma corrida com tanto desconforto, estresse ou medo; e, em dado momento, a resposta vem: "sim". Por vezes, basta apenas cobrir alguns quilômetros a mais e deixar o corpo se adaptar à prova, ou bloquear os pensamentos não producentes. Outras tantas, engulo um tablete de sal, e pronto. Seja qual for a situação, a solução é sempre mais simples do que o problema.

Na noite em que a Gobi e eu finalmente sairíamos de Urumqi, ela me olhou e sorriu. Embora eu não conhecesse nenhuma daquelas pessoas até dois dias antes, eu estava cercado de amigos. Quando as risadas aumentaram de volume e a noite ficou pequena, eu me senti profundamente grato pela maneira simples como nasceu nossa amizade, e por ter sido no momento exato.

Essas amizades tinham se formado depois da minha segunda noite no apartamento. Eu tinha passado boa parte da manhã sentada com a Gobi, torcendo para a porta não abrir e alguém entrar e agarrar um de nós. Por fim, a Gobi teve que descer para suas necessidades, e saímos do apartamento. Enquanto eu esperava perto do gramado favorito dela, perto da entrada, observei as pessoas entrando e saindo de um restaurante próximo. Havia um rapaz assando carne bem na frente, e o cheiro estava maravilhoso. Então, como eu estava à base de potinhos de macarrão instantâneo que comia no apartamento, resolvi levar a Gobi de volta e deixá-la confortável no apartamento, depois desci para fazer uma refeição rápida.

Essa foi uma das decisões mais acertadas que tomei. Eu tinha experimentado o churrasco Xinjiang no último dia da corrida, mas este era ainda melhor. O garçom me trouxe espetos de uns trinta centímetros com cubos grandes de carne de cordeiro assado à perfeição. Eu lambi a gordura dos dedos, recostei na cadeira e suspirei.

Ao olhar para frente, notei um grupo na rua me observando com o sorriso aberto de orelha a orelha. Sorri, acenei e fiz uma mímica, mostrando como estava satisfeito, e eles riram. Foi um momento engraçado, e logo eles entraram, trazendo um grupo grande com eles. Todos tinham perto da minha idade ou um pouco menos. Eles se apresentaram, disseram algo sobre a Gobi e me convidaram para tomar um drinque e comer um pouco mais com eles.

O grupo conhecia os funcionários do restaurante, e quando nós tentamos nos comunicar em um inglês deficiente, usando o aplicativo de tradução do celular, eles me trouxeram um macarrão ultrapicante, colocaram uma dose de bebida incolor na minha mão e me disseram para beber com eles. Seja o que fosse aquilo, fiquei sem voz por alguns instantes, depois de engolir. Caímos na risada outra vez, e a noite terminou comigo tropeçando no batente, na saída, satisfeito com a boa comida, um pouco "alto", e com o som das risadas dos meus novos amigos nos ouvidos.

●

A noite seguinte era a minha última em Urumqi. A Kiki tinha sido incrível e providenciado para que a Gobi e eu fossemos de avião a Pequim no dia seguinte. Ela viria pessoalmente até Urumqi, para assegurar que tudo desse certo, pois sabia da importância da situação e dos riscos que estávamos enfrentando. Eu me certifiquei de que a Gobi estava bem acomodada e arrumei a pouca bagagem que tinha, então voltei ao restaurante na esperança de reencontrar meus novos amigos.

Tivemos outra noite memorável. Bastaram algumas doses para animar, e a seguir, antes que eu me desse conta, a mesa já estava cheia de espetinhos e macarrão; e mais adiante eles trouxeram uma estrutura de ferro fundido — lembrava a armação de um lustre, mas com pequenas pontas — cheia de carne de cordeiro, deliciosa. Nós demos risada de coisas que nem recordo e falamos sobre amenidades, e quando chegou a hora de pagar a conta, insistiram para que eu guardasse a carteira.

— Quer chá? — perguntou um dos rapazes que arranhava o inglês.

Eu prefiro café, mas morando há duas décadas entre os ingleses, tinha aprendido a sempre aceitar quando oferecem chá. Não porque eu havia crescido gostando da bebida, mas por saber que a oferta é, na verdade, um convite para passar um tempo juntos.

Então eu disse sim e os segui até mais adiante; cruzamos uma porta baixa de madeira mais afastada da rua. Eu achei que iríamos até a casa de um deles, mas quando entramos, estava claro que não se tratava de uma residência. Parecia mais uma joalheria requintada, contudo em vez de mostruários repletos de anéis e colares, havia cristaleiras cheias de latas do diâmetro de uma pizza, e quatro vezes mais altas.

— Eu vendo chá!— contou o meu novo amigo. Então ele me mostrou uma mesa de mogno que tomava praticamente o salão todo e pediu para eu sentar.

Observei-o acomodar-se à minha frente e distribuir uma porção de bules de cerâmica e tigelinhas delicadas, uma faca com cabo de madeira, e jogos americanos. A sala ficou em silêncio, e todos prestaram atenção enquanto ele manuseava seus apetrechos, primeiro abrindo uma das latas e depois tirando um punhado de chá do recipiente. Ele colocou água nas tigelas e mexeu com graça e precisão como um mágico com sua varinha em uma mesa de cartas. Minutos depois, ele me serviu uma xícara de um chá cor âmbar claro e me disse para beber. Eu nunca tinha provado nada tão delicioso.

Outras xícaras de chá se seguiram, todas preparadas e consumidas em silêncio quase absoluto. A experiência não foi nada estranha, mas especial. Eu nunca tinha visto nada parecido.

Aos poucos, a conversa e as risadas retornaram. Eles me mostraram vídeos em que dançavam em um apartamento, no aniversário de um deles, e foto nas quais se divertiam em um parque, e bem vestidos para uma noite de gala. Eles eram muito divertidos, e me fizeram lembrar como os membros da equipe de buscas costumavam brincar entre si. Ninguém estava tentando se fazer de bacana, nem querendo excluir alguém do grupo.

Este tipo de atmosfera era exatamente o contrário do que eu tinha vivido na minha adolescência em Warwick. Não sei se foi o chá ou o fato de, finalmente, depois de tanta demora, eu estar prestes a dar um passo gigante para levar a Gobi para casa, mas eu senti uma paz imensa com relação a tudo. Porém já era hora de ir embora. Nós nos abraçamos diante da loja, e eu voltei para o apartamento com dois pacotes de chá de presente. Ao subir no elevador, eu me dei conta de que eles tinham pagado o restaurante nas duas vezes. E não me pediram para ver a Gobi, mesmo com seus olhos tendo brilhado quando mostrei o grupo no WeChat e algumas das reportagens sobre ela. Eles não quiseram nada de mim. Simplesmente me ofereceram uma amizade incondicional.

• •

Eu estava nervoso por ter de me despedir da Gobi no balcão de *check-in* do aeroporto, mas a Kiki me preveniu de que não havia a menor possibilidade de ela voar comigo na cabine.

— Comporte-se lá em baixo — eu disse, olhando para as barras da caixa de transporte que havia comprado. Eu tinha colocado junto uma camiseta velha minha.

Ainda assim, dava para ver que ela sabia que algo de estranho estava acontecendo.

Foram quase três horas, sentado naquela cabine em uma ansiedade enorme pensando na Gobi. Será que o lugar onde a colocaram no avião era mesmo seguro? Coisas demais já tinham dado errado, por isso o meu nervosismo. E também tinha o fato de ela estranhar o compartimento de bagagens. Eu sabia que ela estava acostumada com o frio — seu desempenho nas montanhas de Tian Shan havia mostrado que ela é um animalzinho resistente —, mas o que ela acharia dos barulhos estranhos? A última vez que tinha ficado confinada foi com a Nurali, e ela fugiu. Imaginei o quanto estava sendo estressante a experiência de ficar presa novamente.

Eu estava torcendo para a Gobi ter tirado o voo de letra, e aguardei ansioso ao lado da esteira de bagagem. Quando a caixa com ela finalmente chegou às minhas mãos, senti um alívio muito maior do que imaginava. Mas não durou muito. Bastou olhar para ver que ela havia ficado muito assustada no voo: tinha mastigado toda a coleira, amassado a garrafinha de água, e parecia saída de uma luta de boxe.

Claramente passou a viagem toda aterrorizada, e vê-la neste estado me fez perceber que levá-la até o Reino Unido seria um bocado difícil.

A Kiki nos levou direto ao canil e bolou um plano no caminho. Ao findar trinta dias hospedada ali, a Gobi receberia permissão para voar para a Inglaterra, onde passaria quatro meses de quarentena. Não me agradava a ideia de a Gobi passar tanto tempo longe de mim, mas era a melhor opção. Eu tinha alguns compromissos inadiáveis de trabalho, e a Kiki prometeu me enviar muitas fotos e vídeos da nossa mocinha e me manter atualizado sobre tudo. Ela claramente gostava muito de animais, e se deu muito bem com a Gobi de imediato. O sentimento foi mútuo, e eu sabia que as duas iriam trocar beijos e carinho no mês que passariam juntas.

Ainda assim, dar adeus à Gobi na manhã seguinte foi muito mais difícil do que eu havia antecipado. Depois de tudo o que passamos, principalmente no hotel, eu sabia que ela confiava demais em mim. Eu a havia deixado sozinha no hotel e no apartamento, mas nunca por mais de uma ou duas horas. Ela sempre me saudava com grande alegria e uma demonstração de carinho enorme na minha volta. Mas o que aconteceria quando ela percebesse que eu não voltaria dali a pouco? Como seria quando, dali a um mês, eu fosse vê-la outra vez, e daí então, a deixasse novamente em um lugar estranho, cheio de outros animais? Eu temia que isso pudesse deixar uma marca mais profunda do que a feita por quem a traumatizou ou feriu seu osso do quadril.

●

Parei de falar com os jornalistas e produtores de TV assim que cheguei ao apartamento, mas isso não significava que havia parado de conversar com outras pessoas sobre como o caso da Gobi poderia contribuir na conscientização a respeito da importância de cuidar dos cachorros abandonados. Além de nos ajudar a encontrar uma ótima editora, Paul de Souza também me apresentou Jay Kramer, um advogado que representa alguns dos escritores mais famosos do mundo. O Jay sabe exatamente o que faz e estava nos ajudando a pensar em alternativas para divulgar a história da Gobi.

Vínhamos conversando havia uma semana e, quando liguei para ele naquela noite, imaginei que ele quisesse me contar sobre as conversações com alguns parceiros. Em vez disso, ele tinha novidades inesperadas e nada agradáveis.

—Você está planejando criar algum *website*?

— Não — respondi. Eu tinha pensado vagamente naquilo, mas não havia tomado nenhuma providência. — Por quê?

— Alguém acabou de registrar pelo menos dois domínios relativos à Gobi. E registraram uma marca patente também.

Eu fiquei perplexo quando o Jay me contou quem tinha sido, pois me dei conta de que conhecia as pessoas responsáveis. Senti meu estômago virar, igual ao dia em que ajudei o Tommy. Custei a aceitar a notícia estarrecedora, e tudo o que consegui perguntar foi: "Por quê?"

— Seja quem for, está fazendo isso por ganância. Eles sabem que a Gobi foi encontrada e virá para casa, então a história vai ganhar destaque.

— Mas ninguém nunca se importou com a Gobi. Ela não é de mais ninguém.

— Ainda não, não é.

Meu temor foi aumentando como em um filme de terror. Eu achei que tinha deixado o perigo para trás em Urumqi, mas será que a Gobi corria algum risco? Se alguém estava tentando se apossar da Gobi na internet, será que não planejava tentar se apossar dela em carne e osso? Assim, poderia controlar a história.

• •

Por que eu estava sendo seguido por homens de terno em um sedã cinza? Eu achava que eles provavelmente eram do governo, mas não seria possível trabalharem para alguém totalmente diferente?

Esses pensamentos ficaram me importunando como uma picada de mosquito. Mesmo bem depois do telefonema do Jay, eu não parava de pensar naquilo. Quanto mais eu remoía, mais doloroso e agudo ficava o meu temor.

Passei o voo todo até em casa ruminando os mesmos pensamentos. Não parava de imaginar a Gobi sendo levada do canil da Kiki. As teorias de conspiração sobre o que poderia acontecer estavam me atormentando. E um desejo insano de garantir que a Gobi estivesse bem me abriu um buraco por dentro.

Além do mais, eu estava preocupado com o trabalho.

Eu tinha me ausentado do meu emprego por quase duas semanas e estava com medo de ter abusado da generosidade da empresa. Todos tinham me apoiado o tempo todo, e não fui pressionado a voltar de Urumqi, mas sabia que meus colegas estavam trabalhando dobrado para cobrir a minha falta. Eu não queria abusar da bondade e nem me aproveitar deles.

Contudo eu sabia que, mais uma vez, teria de fazer uma escolha.

Eu poderia seguir o planejado e deixar a Gobi aos cuidados da Kiki pelos próximos 29 dias, enquanto ela aguardava o resultado negativo do exame de sangue para raiva. Então eu poderia voltar ao meu trabalho, desfrutar da companhia da Lucja e esperar a Gobi ser enviada de avião até a Inglaterra, onde passaria quatro meses de quarentena em um canil seguro. Nós poderíamos visitá-la quando quiséssemos, mas isso não era recomendável, pois a confusão para o animal poderia ser traumática. Portanto, ela teria de enfrentar a quarentena no Reino Unido, sozinha.

●

A alternativa seria a Gobi aguardar os 29 dias pelo resultado negativo do exame de raiva e depois passar noventa dias levando uma vida normal em Pequim, em vez de quatro meses em um canil em Londres. Com os exames e a papelada exigidos, no fim de três meses ela poderia voar para o Reino Unido sem ter de colocar uma pata no abrigo da quarentena.

Eu sabia que podia confiar na Kiki. Ela foi ótima desde os primeiros *e-mails* que trocamos. Mas seria justo transferir para ela a obrigação de tomar conta por tanto tempo de uma cadela que — talvez — corresse o risco de ser roubada? Como eu teria certeza de que todos que visitariam o canil eram honestos? Será que a Kiki conseguiria manter o nível de segurança e tocar normalmente os negócios ao mesmo tempo?

Senti-me culpado por deixar a Gobi e, se algo acontecesse a ela como na primeira vez em que me ausentei, não teria forças para aguentar. Eu estava no limite do que conseguia aguentar. Tudo o que queria era que esses problemas acabassem, as ameaças cessassem e a Lucja e eu ficássemos livres do trabalhão de trazer a Gobi para casa.

Eu sabia exatamente o que tinha de fazer. Depois de passar horas refletindo na conexão da viagem de volta para o Reino Unido, elaborei um plano — a única solução que fazia sentido.

O problema era que eu não fazia ideia de como iria explicá-lo à Lucja e nem ao meu chefe. Eles na certa iam achar que enlouqueci completamente.

Parte 6

21

FOI DIFÍCIL ME DESPEDIR DA LUCJA. Eu tinha passado uma semana em casa quando, pela segunda vez em menos de um mês, comprei uma passagem de avião de última hora e embarquei em uma jornada de doze horas de volta para a China. Eu viajei bastante a trabalho nos últimos anos, mas isso era diferente. Desta vez eu ficaria fora por quatro meses.

Pensei com cuidado, e tudo fazia muito sentido. Eu tinha de voltar a Pequim e ficar com a Gobi até o resultado do exame de raiva sair. Afinal, concluí que, para que pudéssemos viver juntos, eu deveria passar os três meses seguintes lá. A Gobi viver quatro meses sozinha e de quarentena na área do aeroporto de Heathrow simplesmente não era viável. Eu não podia deixá-la sozinha novamente. Uma reclusão de 120 dias a transformaria em uma cadela totalmente diferente.

Assim como a Lucja, meus chefes foram mais do que compreensivos e me apoiaram. Assim que voltei de Pequim, liguei para eles e disse que, embora a Gobi tivesse sido encontrada, eu estava muito preocupado com ela. Contei que coisas muito suspeitas estavam acontecendo e que teria de voltar para lá e ficar com ela pelo período da quarentena. Propus minha demissão, mas eles não aceitaram; em vez disso, se apressaram em aprovar um período sabático de seis meses para mim. Isso possibilitou eu deixar o Reino Unido sabendo que poderia me concentrar apenas na Gobi e que meu emprego estaria garantido na minha volta, quando tudo se assentasse. Nos onze anos em que trabalho para eles, nunca ouvi falar de alguém que tivesse tirado um ano sabático por um motivo desta natureza, e fiquei surpreso com a generosidade.

Dizem que é preciso um vilarejo inteiro para educar uma criança. Eu acho que é preciso quase meio planeta para resgatar um cachorro. Ao menos, é assim que estava parecendo no caso da Gobi. Tantas pessoas me ajudaram, desde os milhares de apoiadores que deram dinheiro on-line até a equipe de buscas que cobriu todas as ruas, passando noites em claro, em Urumqi. Meus colegas de trabalho, que me deram cobertura, e meus chefes, que me concederam uma licença generosa. A Kiki e sua equipe fizeram muito mais do que eu poderia pedir, e Lucja — que também estava cercada por um exército de amigos leais e carinhosos — não titubeou nem uma vez em me dar seu apoio incondicional, durante a minha missão maluca. Tudo que fiz é resultado da ajuda de todas essas pessoas.

●

Eu estava ansioso para chegar a Pequim e encontrar a Gobi de novo. Eu sabia que a Kiki tomaria conta dela direito, mas, bem lá no fundo, eu achava que nada era impossível. Às vezes, parecia que toda mensagem recebida no Facebook era outro aviso para eu não confiar em ninguém e não tirar o olho da Gobi.

A Kiki me encontrou no aeroporto. Eu entrei na traseira da van e a Gobi pulou para cima de mim, enchendo meu rosto de beijos de cachorro, com o rabinho balançando a um milhão de quilômetros por hora. Minha recepção foi igual ao nosso reencontro naquela noite na casa da família Ma. A alegria da Gobi era contagiante, e a van logo ficou cheia de lágrimas e risadas.

— Acho que este é o momento que começamos a nossa vida juntos — eu disse, quando ela finalmente se acalmou o bastante para me ouvir, e eu a segurei no colo.

Com seus olhos enormes, ela me olhou diretamente nos meus, como fazia durante a corrida. Na minha cabeça, ela não havia entendido o que eu havia dito, mas meu coração dizia o contrário. Esta cachorrinha sabia exatamente o que eu queria dizer. E eu estava convencido de que, do modo dela, estava me dizendo que tanto fazia qual seria a aventura que nos esperava na nova etapa, ela topava.

A Kiki arrumou um local para passarmos a primeira noite, mas, no dia seguinte, era hora de encontrar um lar adequado para a Gobi. Como teríamos de esperar por quatro meses para atender às exigências impostas pelo Reino Unido, eu estava decidido a encontrar um local seguro e confortável para a Gobi.

Assim, fomos procurar uma casa, como dois amigos recém-formados que vão para a cidade e precisam de um lar.

O primeiro local pertencia a um cliente da Kiki, que também tinha cachorros. O homem ia se mudar com a família temporariamente para o México, e tinha nos oferecido a hospedagem sem cobrar nada, enquanto ficássemos em Pequim.

Era uma casa muito bonita, em um condomínio fechado. As ruas eram muito bem cuidadas e estavam cheias de carros de luxo estacionados diante de gramados bem aparados. O proprietário disse que cães eram bem-vindos e nos recebeu com toda gentileza, e eu fiquei satisfeito em ver a Gobi ir alegre até os dois labradores, dar uma cheirada de boas-vindas, e segui-los até o escritório.

— Deixe eu lhe mostrar o restante da casa — o dono da casa disse, ao passar sobre um portãozinho de madeira na base da escada.

Eu instintivamente peguei a Gobi e a levantei.

— Ah — ele disse —, nada de cachorros lá em cima. Eles ficam aqui embaixo.

"Puxa" vida, pensei comigo.

— Certo — concordei, colocando a Gobi de volta do outro lado da barreira.

Antes que eu desse mais um passo, a Gobi começou a chorar. Quando cheguei no meia da escada, ela deu um jeito de se enfiar pelo portãozinho e correu para o meu lado.

Eu a peguei no colo e segui o homem até uma sala de estar imaculadamente decorada, como se estivesse preparada para uma sessão de fotos da revista Vogue.

A Gobi estava fazendo força para descer, balançando o rabinho.

—Não acho que isso vai dar certo — eu disse. —Você tem uma casa incrível, mas se eu ficar aqui, isso vai terminar em choro.

— Acho que você tem razão — o homem concordou, abrindo um sorriso.

Fazia apenas dois meses que eu tinha conhecido a Gobi e, embora tivéssemos convivido por somente alguns dias na corrida e uma semana em Urumqi, o vínculo entre nós era forte. Agora que tínhamos nos reencontrado pela segunda vez, ela parecia decidida a não me perder de vista.

O apartamento que fomos ver a seguir era exatamente o contrário da casa anterior: pequeno, meio ultrapassado, e quase não tinha mobília. Era perfeito.

Eu tinha gostado, sobretudo, por ser no décimo primeiro andar.

Ainda que não soubesse como a Gobi tinha escapado da casa da Nurali, ou se na verdade tinha sido roubada, eu não queria correr riscos. Afinal, bastaram uns poucos segundos para ela passar pela barreira de cachorros que segurava os labradores. Se ela por acaso escapasse pela porta do apartamento, com certeza não conseguiria chamar o elevador.

Os funcionários da Kiki nos levaram até o Wumart — uma loja equivalente ao Walmart —, e voltamos carregados para o apartamento com o básico: lençóis, torradeira, uma frigideira e um saco de ração tamanho jumbo.

Não vou esquecer nunca do momento em que me despedi dos nossos ajudantes e fechei a porta. Olhei longamente para a Gobi, que ficou me fitando nos olhos, como é típico dela em momentos assim.

— Agora, sim — eu disse. — Só você e eu.

Eu estava contente, mas meio assustado também. Eu conhecia bem a China para saber que estava totalmente desamparado. Não sabia falar mais de quatro palavras, e não lia nenhum caractere sequer.

Como se fosse possível, o olhar fixo da Gobi se tornou ainda mais intenso. Ela inclinou a cabeça, entrou trotando na sala e pulou no sofá, deitou feito uma bolinha, soltou dois suspiros profundos e fechou os olhos.

— Mais do que justo — eu disse, me sentando ao lado dela. — Se você não está preocupada, não sou eu que vou ficar.

• •

Nos dias que se seguiram, passei a conhecer a Gobi muito melhor. Desde a corrida e do período em Urumqi, eu sabia que ela gostava de dormir encostada em mim, me fazendo de travesseiro, mas em Pequim ela passou a ficar mais carinhosa e muito mais tátil.

Assim que saí do chuveiro na manhã seguinte, ela lambeu os meus pés e tornozelos como se estivessem cobertos por bacon. Eu apenas sorri e a deixei à vontade. A mudança foi grande do modo como evitei tocá-la quando a conheci lá no deserto. E embora eu ainda não tivesse confirmação laboratorial de que ela não tinha raiva, Gobi tinha conquistado meu coração na base do charme. Era irresistível.

Acabei de me secar, e fomos explorar a região. Eu tinha visto alguns lojas no piso térreo do prédio de apartamentos e um *shopping center* a um quilômetro daqui. Estava um dia bonito de verão, não dava para ver a poluição e me deu vontade de passear ao longo do canal e tomar uma xícara de café.

A caminhada foi bem tranquila. O café, porém, ficou na história. Entrei na fila de um Starbucks que tinha visto e esperei minha vez.

Dei uma olhada nas coisas no balcão e já estava para pedir, quando a atendente olhou para a Gobi nos meus braços e apontou para a saída:

— Cachorros, não!

— Tudo bem — eu disse —, meu pedido é para viagem.

— Não. O cachorro lá fora — ela insistiu, chacoalhando as mãos na minha direção, como se quisesse se livrar de algo desagradável nos punhos.

Saí da loja e fui embora. De jeito nenhum eu ia deixaria a Gobi amarrada do lado de fora.

Recebemos o mesmo tratamento no café mais adiante, e no seguinte também, onde eu tinha parado e me sentado do lado de fora. Eu estava dando água para a Gobi na minha mão, como eu fazia durante a corrida, então um rapaz foi até lá e nos mandou sair.

— Mas é só água! — reclamei, desta vez irritado.

— Não! — ele gritou. — Fazer isso, não. Você vai.

Voltamos para casa nos sentindo rejeitados. De certa maneira eu entendia como era para a Gobi e os incontáveis cães sem dono na China. Ser tratado como um excluído não tinha a menor graça. Ser julgado daquela forma, como um rejeitado, doía.

Se a Gobi ficou incomodada, não demonstrou. Ao contrário, ela estava feliz como nunca. Andou toda empertigada, com a cabeça erguida e os olhos brilhando. Por diversos motivos, ninguém diria que, poucas semanas antes, ela tinha vagado as ruas da cidade como uma cadela sem dono, e a cicatriz profunda na cabeça dela estava fechando. Mas o modo como ela ainda mantinha a perna traseira levantada, tentando se livrar do peso, era um sinal claro de que eu precisava apressar sua cirurgia.

Antes disso, no entanto, eu tinha outra tarefa a cumprir. Algo ainda mais urgente. Eu precisava registrar a Gobi no meu nome. Segundo a legislação chinesa, todo dono de cachorro tinha de portar a licença sempre que saísse com o cão em público. Ouvi dizer que se fosse pego sem ela, a Gobi poderia ser apreendida na mesma hora.

A Kiki me ajudou com a papelada, e quando recebi a licença tratei de guardar na minha carteira, sentindo um alívio enorme. Além de estar dentro da lei, essa era mais uma linha de defesa caso alguém decidisse contestar a propriedade da Gobi.

●

Quanto mais tempo eu passava com a Gobi, mais eu aprendia sobre ela. Quanto mais aprendia sobre ela, mais intrigado e admirado eu ficava.

Toda vez que passávamos por algo jogado na rua, ela puxava a guia e ia até lá farejar para ver se era comida. Isso indicava que os dias passados nas ruas de Urumqi não tinham sido a única experiência de Gobi viver por conta própria e vê-la devorar os restos de alguma embalagem de comida, me fazia pensar nos muitos segredos que ela guardava na vida.

E apesar de entender bem de comida de rua, ela tinha demonstrado, também, em Urumqi, que se adaptava facilmente a um estilo de vida mais sofisticado. Imagino que viver em um apartamento não seja indicado para qualquer cachorro, mas a Gobi se adaptou sem problemas. Em muitos aspectos, ela parecia feliz como nunca, aninhada perto de mim, olhando bem fundo nos meus olhos, enquanto nós estávamos lá, sentados no sofá. Ela não latia quando estava comigo, não estragava nenhum móvel e nas poucas situações em que não conseguia segurar para fazer suas necssidades lá fora, dava para dizer que ela se sentia culpada.

A primeira vez que houve um acidente assim foi logo depois que nos instalamos. Eu resolvi tomar café no próprio apartamento, logo cedo, e não percebi que ela precisava sair. Achei que a Gobi estivesse girando, agitada e cheirando a porta porque tinha ouvido outro cão latir no apartamento ao lado.

Só quando ela sumiu por um minuto, foi até o banheiro, e depois voltou se esgueirando de cabeça baixa, vindo até mim, que percebi que algo errado. Ela estava muito envergonhada, com a cabeça caída e as orelhas abaixadas.

Fui olhar no banheiro e vi uma poça de xixi de cachorro no chão. Pobrezinha. Eu pedi muitas desculpas, tratei de limpar tudo e desci com ela até seu matinho preferido, perto da entrada, para ela fazer as necessidades.

A única coisa que ela não gostava era de ficar sozinha no apartamento. Eu evitava ao máximo deixá-la só, mas às vezes não dava. Por exemplo, quando eu ia à academia correr na esteira ou se precisava ir ao supermercado comprar comida. Quase sempre que saíamos juntos, éramos reconhecidos por uma ou duas pessoas, que nos pediam para tirar uma foto. A história da Gobi ficou muito popular na China, e deixá-la amarrada defronte a um supermercado ou a um Starbucks qualquer não era um risco que eu queria correr.

Mas não era fácil deixá-la sozinha. Eu saía de fininho, bem depressa, e por vezes tinha de segurá-la, para não vir atrás. Eu sempre verificava duas vezes se a porta estava bem trancada, e a ouvia resmungar lá dentro, como tinha feito quando cruzei o rio sem ela. O uivo de choro acabava comigo toda vez.

E da mesma forma que ela reclamava quando eu saía, na minha volta era sempre uma festa, como quando nos reencontramos na casa da família Ma. Ela rodopiava e vinha correndo, dando uns gritos agudos, de contentamento e adrenalina. Quando se acalmava, eu a pegava no colo e ela voltava a ficar tranquila, também lembrando o dia em que cruzamos o rio. E tudo ainda continua igual, sempre que pego a Gobi no colo, sinto que as preocupações dela desaparecem.

É um sentimento poderoso ter a confiança absoluta de outro ser vivo, principalmente quando sabemos que esse ser vivo poderia deixá-lo a qualquer momento. Mas a Gobi nunca demonstrou o menor desejo de estar em outro lugar que não ao meu lado.

Todas as manhãs, eu acordava com ela me fitando, a cabecinha tão perto da minha que sentia sua respiração na minha bochecha. Em geral, se eu não começasse a brincar com ela logo, Gobi lambia todo o meu rosto. Uma demonstração de carinho da qual eu não gostava muito antes, logo pela manhã, por isso tratava rápido de me levantar.

Eu descia logo para ela fazer suas necessidades, mas sempre ficava claro que depois disso ela queria mesmo era voltar para o apartamento, acomodar-se e receber um carinho.

Para mim, ter esse tipo de amor e devoção é algo muito especial. Poder cuidar dela, prover a atenção e o carinho de que ela precisa, toca fundo o meu coração.

Amor. Devoção. Atenção. Afeição. De muitas formas, sinto que eles todos desapareceram da minha vida quando eu tinha dez anos. Uma década inteira se passou antes que eu conhecesse a Lucja e os bons sentimentos começassem de novo a aflorar dentro de mim.

A Gobi me deu a oportunidade de fazer por um serzinho jovem e indefeso o que eu gostaria que tivessem feito por mim quando minha vida degringolou. A Gobi precisava de mim. Embora eu não saiba ao certo como traduzir tudo isso em palavras, eu sei que resgatá-la curou muitas das feridas que eu tinha.

• •

Não que fosse perfeito. A TV, por exemplo, era horrível.

Eu esperava que houvesse uma variedade mínima de canais. Talvez algo da BBC ou da Fox News de tempos em tempos. Sem chance. Só havia duas emissoras: o serviço de notícias chinês, que exibia uma síntese com uma hora de duração das notícias do dia anterior, e um canal de filmes que vez ou outra exibia um filme de Hollywood com legendas em mandarim. Eu fiquei animado quando descobri este segundo canal, mas, no fim, a maioria dos atores de cinema preferidos já participou de tanto filmes ruins, que os longas sequer chegaram às nossas telas no Ocidente. Eu assisti a filmes realmente péssimos nos primeiros dias. Por fim, me aborreci e desistir de tentar. Eu ficava entediado sem ter o que fazer.

A Internet também era problemática. Levei uma semana para descobrir como driblar todos os filtros que as autoridades chinesas impõem à navegação da rede, e assistir a qualquer conteúdo em vídeo era quase impossível.

A Gobi e eu passávamos boa parte do tempo ao ar livre. A orla do canal de quase dois quilômetros era um convite à caminhada, principalmente quando os operários da construção faziam intervalo. Eles nos ignoravam enquanto se reuniam nos muitos restaurantes da região, que por sua vez gostavam do movimento. A Gobi e eu logo descobrimos que as melhores barraquinhas eram as que vendiam *jianbing*, que eu apelidei de burrito de Pequim. Pense em um crepe bem fininho recheado de ovo cozido e bastante *wonton* frito picado, especiarias e pimenta. Nós podíamos comer uma porção deles.

Fomos expulsos de quase todos os cafés mas, felizmente, encontramos uma unidade do Starbucks disposta a quebrar as regras e nos deixar comer do lado de fora. Mas o melhor de todos era um café pequeno cujos funcionários não apenas nos deixavam comer no seu interior, como ignoravam quando eu colocava a Gobi em uma das cadeiras e dava a ela um pouco do meu doce.

Para uma cidade que não permite animais nos táxis e nos ônibus, e só recentemente aprovou uma lei deixando que andem no metrô, isso era uma vantagem e tanto. Nós tratamos de prestigiar o lugar durante nossa estadia lá.

E por mais agradável que fosse essa nossa nova vida juntos, uma coisa continuava a me chatear — o quadril da Gobi. Ela fazia o possível para disfarçar e aprendeu a pular sem apoiar peso demais do lado direito. Mas se eu a pegasse do jeito errado, ou tentasse segurá-la do meu lado esquerdo, em lugar do direito, ela gemia de dor.

Além disso, o ferimento na cabeça dela não tinha cicatrizado tão bem como a Kiki e eu esperávamos.

Assim, depois de uma semana no apartamento, eu dei uma má notícia à Gobi:

— Nada de café para a gente, hoje, menina. Nós vamos ao veterinário.

22

AQUELE BARULHO ERA INSUPORTÁVEL. EU FIQUEI NO corredor tentando tapar o som dos latidos de dor e medo da Gobi, mas não estava adiantando. Foi horrível escutar aqueles gritos estridentes, como eu nunca havia ouvido na vida.

Eu tinha lido em algum lugar que, para evitar que os cachorros associassem a dor e o medo ao dono, este não deveria ficar no mesmo ambiente em que eles receberiam uma injeção. E mesmo sem esse conselho, eu não aguentaria ficar ao lado dela.

Quando a anestesia fez efeito e ela finalmente ficou quieta, uma das enfermeiras veio falar comigo.

— Ela está bem. Você quer entrar?

Graças à Kiki, a Gobi seria operada em um dos melhores hospitais veterinários da cidade. E graças à imprensa chinesa, todos os médicos e membros da enfermagem já tinham ouvido falar da Gobi. Isso (e a persuasão da Kiki) fez a Gobi ser atendida pela melhor equipe cirúrgica, e a Kiki e eu termos permissão para fazer a higienização, colocar um avental azul e entrar na sala de cirurgia.

Depois de diversas tomografias e exames minuciosos, a equipe concordou totalmente com o diagnóstico que eu havia recebido em Urumqi — a origem da dor que fazia a Gobi andar mancando era uma lesão no quadril direito. Era impossível precisar se ela tinha sido atingida por um carro ou ferida por um humano, mas em algum momento durante sua saga em Urumqi, ela sofreu a lesão que deslocou seu quadril da pelve.

A equipe veterinária recomendou uma osteotomia da cabeça femoral: um procedimento cirúrgico do quadril em que a parte superior do fêmur é removida e não é substituída por nada; o organismo se recupera naturalmente, e a junta se refaz com um tecido cicatrizado.

Por dezenas de vezes, eles me asseguraram ser este um procedimento comum e que o resultado seria excelente. Eu confiava na equipe e sabia que a Gobi estava em boas mãos. Mas eu estava uma pilha ali, observando o início da cirurgia prevista para durar uma hora.

Mais uma vez, eu não conseguia aguentar os ruídos, embora agora a Gobi estivesse dopada o suficiente para não mais fazer barulho. Ela estava deitada com a língua de fora, parecendo uma meia velha, respirando fundo com a máscara cobrindo a boca; e as enfermeiras estavam raspando o pelo do quadril direito. Era o barulho dos aparelhos que estavam monitorando os batimentos cardíacos e o nível de oxigênio dela que me afligia. Desde a morte do Garry, eu detestava ouvir o som desses aparelhos na televisão. Eles me remetiam à noite em que fiquei no quarto da minha irmã ouvindo os médicos tentando salvá-lo, e sempre que eu ouvia o som regular dos bipes, eu me fazia a mesma pergunta: "Se eu tivesse me levantado antes, teria conseguido salvar a vida dele?"

Os médicos começaram a conversar, as vozes um pouco alteradas. A Kiki deve ter percebido a minha aflição, pois ela me deu um tapinha no ombro e me tranquilizou. Ela me contou que eles estavam decidindo qual dose de medicação dariam para evitar um ataque cardíaco, sem exagerar e acabar induzindo um.

— Espero que eles saibam o que estão fazendo — eu disse baixinho. Por dentro eu estava um trapo.

Por fim, quando a sala ficou quieta e eles começaram a operar, eu disse à Kiki que eu ia sair.

—Vá me chamar assim que acabar— eu pedi. — Eu não aguento ficar aqui.

Aquela uma hora pareceu durar um mês, mas quando finalmente acabou, o cirurgião-chefe veio me dizer que a cirurgia tinha corrido bem e que a Gobi logo recobraria a consciência. Eu me sentei ao lado dela na sala de recuperação e a observei acordar aos poucos.

Houve um momento em que ela olhou para mim, e tudo foi como era todas as manhãs, os olhos grandes dela fixados nos meus. Só que um segundo depois a dor deve ter voltado, pois ela começou novamente com os gemidos agudos. De olhar para ela e ouvir seu choro, deu para ver que ela estava sofrendo demais com a dor. Nada que eu fizesse ajudava.

●

Menos de um dia depois, o gênio bonzinho da Gobi já tinha retornado. Ela sentia dor por conta da cirurgia, e eu sabia que o quadril levaria semanas para se recuperar, mas quando voltamos para o apartamento, ela voltou a balançar o rabinho e lamber o meu rosto.

Eu, por outro lado, estava inquieto. Não sabia dizer se tinha sido o sofrimento da Gobi ou a lembrança da morte do Garry que tinha me perturbado, a única certeza era que eu seguiria preocupado com a segurança da Gobi por dias e até semanas.

Desde o início da nossa temporada em Pequim, fiquei nervoso com a quantidade de gente que reconhecia a Gobi. Mas no tempo em que ficamos reclusos no apartamento durante a recuperação dela, a minha paranoia aumentou. Se eu estivesse no *lobby* aguardando o elevador e chegasse mais alguém — sobretudo alguém que não fosse chinês —, eu descia no décimo ou no décimo segundo andar e ia até o décimo primeiro de escada, atento para ver se não nos seguiam. Eu sabia que era bobagem, e que se alguém quisesse roubar a Gobi, não seria a minha estratégia de espião amador que nos salvaria. Mas eu não podia evitar a suspeita com relação a estranhos, ela era instintiva.

E não ajudava o fato de todos os apartamentos do meu andar serem alugados por temporada. Isso significava que sempre havia gente nova. Eu não tinha esquecido dos homens de terno em Urumqi, e observava todos os residentes com atenção.

— Não tem problema vocês saírem e levarem uma vida normal — a Kiki me disse ao ouvir sobre a minha preocupação.

Uma vida normal? Eu nem me lembrava mais do que isso significava. Quatro meses antes eu estava trabalhando sessenta horas por semana, saía à noite três vezes por semana e treinava às nove ou dez da noite, quando todo mundo estava em casa assistindo televisão. Minha vida era feita de trabalho, treinamento e a rotina de casado com a Lucja em nossa casa em Edimburgo. Agora, eu estava de licença, morando a milhares de quilômetros, raramente corria, tentando garantir a segurança de uma cadelinha que, às vezes, parecia ser o animal de estimação mais famoso do mundo. Normal estava longe da minha realidade.

Eu também estava preocupado com a quantidade de pedidos de foto que recebíamos sempre que saíamos. Em geral, as pessoas eram simpáticas, e me agradava ver a Gobi deixar as pessoas felizes; ela sempre rendia uma foto linda.

Em parte, o problema dos cachorros abandonados na China está ligado à compra de animais de pedigree; as pessoas levam o animal para o apartamento e depois ficam irritadas quando ele suja o chão ou estraga a mobília. Em um país onde a riqueza é abundante, os cães muitas vezes são tratados como acessórios de moda — temporários e descartáveis.

A Gobi merecia bem mais do que isso.

• •

Quando fez um mês que eu havia chegado a Pequim, o resultado do exame de raiva da Gobi saiu.

Durante os 29 dias de espera, meu instinto me dizia que ela se sairia bem. Eu sabia que o resultado seria negativo e que estaríamos aptos a passar para a segunda fase da espera de noventa dias, a de exames. Mas por mais que eu tivesse certeza, uma parte de mim estava apreensiva. E se a Gobi tivesse mesmo raiva? O que aconteceria? Se eu não conseguisse levar a Gobi para o Reino Unido, nós mudaríamos para a China para vivermos juntos? Em vez de levar a Gobi para casa, nós traríamos nosso lar até ela?

O resultado saiu como esperado. A Gobi não tinha raiva. Eu suspirei muito aliviado, comemorei com a Lucja e dividi as novidades com o restante do mundo por meio das redes socais, cujos seguidores só aumentavam. A reação me deixou com os olhos marejados.

Muitos estranhos demonstravam um interesse imenso pela história da Gobi, e ler sobre como ela toca a vida das pessoas de maneiras tão diferentes continua a me extasiar. Por exemplo, uma mulher que sofre de câncer me contou que ela verifica nossa página do Facebook e nos segue pelo Twitter e no Instagram todos os dias para saber o que eu e a Gobi estamos fazendo.

— Eu acompanho vocês desde o início — ela contou.

Eu fico satisfeito que a história não tenha se limitado à nossa ida para casa. Esta cadelinha consegue fazer as pessoas sorrirem independentemente de elas terem perdido o emprego, sofrerem de depressão, ou enfrentarem uma crise no casamento.

•

No fim das contas, foi a corrida que me ajudou a amenizar meu temor. Logo depois da cirurgia da Gobi, eu recebi um convite de alguém que conheci em Urumqi para participar de uma prova de uma única etapa, em uma região diferente do Deserto de Gobi. Os organizadores tinham reunido cinquenta dentre os sessenta melhores especialistas para uma corrida na Província de Gansu, próximo a Xinjiang. Não é uma distância que eu corro normalmente — ao menos não em uma prova de uma só etapa ponto a ponto —, mas eu ainda mantinha um pouco da boa forma do treinamento que comecei para a corrida do Atacama.

Contudo agora os organizadores da corrida de Gansu estavam me oferecendo hospedagem e voos de retorno para Edimburgo, em troca da minha participação na prova de 96K e um encontro com jornalistas para dar publicidade a eles. Eu recebia muitas solicitações para entrevistas e fotos, jornalistas interessados em saber o *status* da Gobi me ver em ação. A ideia de conseguir aquela passagem de volta e rever a Lucja foi tentadora demais.

E menos de quatro dias antes da corrida, recebi uma notícia melhor ainda dos organizadores. Eles ainda tinham algumas vagas disponíveis e estavam dispostos a pagar a passagem para outro atleta de elite disposto a participar. Eu liguei para a Lucja na mesma hora. Parecia maluquice viajar para a China e correr uma distância enorme assim em cima da hora, principalmente porque seis semanas antes ela havia completado um desafio brutal e correu 480K em cinco dias atravessando a Holanda. Mas além de ser uma corredora de nível mundial, que terminou na 13ª posição no feminino da Maratona das Areias em 2016, a Lucja é uma mulher de fibra, que adora uma aventura. Ela disse sim sem hesitar. Em 48 horas, estava em um avião rumo ao Oriente.

Eu estava meio preocupado com relação à Gobi. Mas a Kiki tinha prometido cuidar bem dela, e eu confiava nisso. Além do mais, eu achava que a Gobi não iria se importar de passar alguns dias sendo mimada na piscina de tratamento e no salão de banho e tosa da Kiki.

Assim que a Lucja disse que viria, eu concordei. A corrida tem um papel especial no nosso relacionamento e a prova coincidia exatamente com o nosso 11º aniversário de casamento. Eu não poderia pensar em uma maneira melhor de comemorar o tempo que estávamos juntos.

Uma das minhas lembranças preferidas de corrida com a Lucja é a primeira vez que competimos na Maratona das Areias juntos. Como na maioria das ultramaratonas multietapas, recebemos uma medalha por completar a última etapa longa da prova (geralmente no penúltimo estágio). Eu fiquei surpreso em ver como estávamos indo bem, e quando finalizamos a última etapa, sabia que tinha assegurado o meu lugar entre os cem mais rápidos. Para um corredor estreante — que quase desistiu no primeiro dia — em meio a outros mil e trezentos atletas, aquele não era um mau resultado.

Terminei de subir o último topo que encobria a vista da linha de chegada e vi a multidão logo adiante, saudando os corredores que terminavam a prova. E lá, a uns trezentos metros da chegada, estava a Lucja. Ela tinha largado mais cedo do que, e eu não esperava encontrá-la durante o trajeto. Mas ela estava lá, com as mãos protegendo os olhos do sol, enquanto olhava na minha direção.

— O que você está fazendo aqui? — perguntei quando finalmente a alcancei. — Achei que você já tinha terminado uma hora atrás.

— E eu poderia — ela respondeu. — Mas eu queria terminar junto com você, então fiquei te esperando.

Nós cruzamos a linha final de mãos dadas. Ela poderia ter terminado em uma posição bem melhor, mas preferiu esperar por mim.

Eu ainda penso naquilo quando corro hoje.

• •

Foi bom voltar ao deserto, bom poder correr longe do trânsito e da poluição e, principalmente, foi incrível rever a Lucja. Nós ficamos separados por quase seis semanas, e eu queria desfrutar de cada minuto com ela. Por isso, embora eu pudesse correr em uma posição bem melhor, fiquei feliz de ficar um pouco mais para trás e correr junto dela.

O trajeto incluía dar duas voltas de 48K. Fazia bastante calor, perto dos 43°C, e quando completamos a primeira volta, vimos que a barraca médica já estava bem movimentada. Muita gente havia jogado a toalha e desistido. Eles tinham começado a corrida muito rápidos, exigindo demais de si mesmos, e sofreram com as condições, por isso não queriam continuar padecendo no trecho seguinte. Eu já tinha parado em mais corridas-treino que deveria, mas nunca por conta do calor. Eram o barro, o vento e a chuva escoceses que me mandavam de volta para o carro.

Nós dois corremos os primeiros 48 quilômetros um pouco mais lentos do que planejávamos, mas calculamos que iríamos terminar o restante do percurso antes do corte das quatorze horas.

Quando iniciamos a segunda etapa da corrida, a Lucja não estava mais tão certa.

—Você pode ir, Dion. Eu não vou conseguir — ela disse.

A Lucja e eu já corremos provas suficientes para saber quando é hora de jogar a toalha e quando é hora de acelerar. Eu olhei demoradamente para ela. Lucja estava cansada, mas ainda tinha força. Não era hora de desistir.

— Nós vamos conseguir — eu disse. — Tem uma equipe de televisão me seguindo, e os organizadores foram muito generosos com a gente, nós estamos em dívida com eles. Você vai dar conta. É só me acompanhar.

Ela fez o que sabe fazer de melhor e prosseguiu. Nós continuamos passando marcador após marcador, contando os quilômetros, um após o outro.

As coisas pioraram faltando uns trinta quilômetros para terminar, quando começou uma tempestade de areia. A visibilidade caiu para menos de trezentos metros e foi difícil enxergar os marcadores. Lembrei-me da forte tempestade de areia no fim do dia em que o Tommy quase morreu. Eu não tinha que tomar conta da Gobi, mas agora precisava proteger a Lucja. Não havia sinal de nenhum inspetor da corrida, então comecei a arquitetar um plano de emergência, caso a tempestade de areia piorasse ou a Lucja baixasse o rendimento.

Ela não esmoreceu, e a tempestade acabou passando, mas os ventos continuavam intensos. Nossos bonés tinham sido arrancados, e estávamos com os olhos irritados. Havia coisas voando para todos os lados. Nós apertamos a passada, mas o progresso era pequeno entre os marcadores, só saíamos para ir até o seguinte, quando conseguíamos avistá-lo bem. A Lucja recorreu ao gel para ter mais energia, mas cada vez que consumia um, ela regurgitava.

Quando chegamos ao posto de controle seguinte, estava um caos, tudo tinha ido pelos ares, e os voluntários estavam apavorados. Tentamos apertar o passo de novo, ainda que estivéssemos mais lentos do que nunca. Achei estranho ninguém nos ultrapassar, mas eu estava concentrado em encorajar a Lucja para bloquear a dor e seguir.

Passamos por outro posto de controle quase todo destruído, e continuamos, sabendo que faltavam 12,5 km para a chegada. A esta altura já estava escuro, e quando um carro se aproximou com os faróis altos, o céu inteiro se iluminou.

—O que vocês estão fazendo? —o motorista nos perguntou.

— Estamos competindo — eu respondi, cansado demais para tirar sarro.

— Mas a maioria dos participantes já foi recolhida por causa da tempestade de areia.

— Ninguém nos avisou no posto de controle. Só faltam uns poucos quilômetros, e não vamos parar agora.

—Tudo bem, então — ele disse, e partiu para outro lado.

Aquele últimos quilômetros foram os mais difíceis que já vi a Lucja completar. Entre lágrimas, gritos e muita dor, ela se apegou a uma determinação inabalável para terminar a prova.

Quando cruzamos a linha de chegada, eu segurei a mão dela.

— Feliz aniversário — eu falei. — Estou muito orgulhoso de você.

Nós passamos uma noite juntos em Pequim antes de a Lucja voar para casa de volta ao trabalho. A Kiki nos encontrou na saída do aeroporto, e mais uma vez a Gobi parecia um furacão de alegria na traseira da van. Desta vez, no entanto, não fui só eu que ela lambeu. A Gobi percebeu logo de cara que a Lucja era especial, e deu a ela uma demonstração completa de boas-vindas.

Ela encheu a Lucja de carinho a noite inteira. Eu desmaiei pouco depois que chegamos ao apartamento, mas a Lucja não conseguiu dormir, pois a Gobi resolveu que elas precisavam de uma sessão extra para se conhecerem melhor. Quando acordei, as duas já tinham se tornado inseparáveis.

●

Tomei algumas decisões importantes depois da corrida.

Primeiro, decidi que diria não a todos os pedidos de entrevista enquanto ficasse em Pequim. Alguns jornalistas tinham me procurado durante a corrida para dizer que precisavam de uma foto com a Gobi, perguntando se poderiam visitá-la no endereço comercial da Kiki, enquanto eu estava fora da cidade. Eles chegaram a entrar em contato com a Kiki, que obviamente disse não. Eu não gostei nada disso, pois queria manter segredo sobre a nossa localização.

Ficar com a Lucja me fez pensar em como seria a nossa rotina quando a Gobi e eu estivéssemos em casa. Eu imaginava que por uma ou duas semanas a imprensa não nos daria descanso, e queria que a nossa vida entrasse na normalidade o quanto antes — seja lá o que normal significasse. Por isso decidi parar de dar entrevistas. Já era tempo de eu e a Gobi cairmos no anonimato.

Minha segunda decisão era referente a correr.

A prova de 96K tinha sido moleza. Eu analisei os tempos de vários corredores e concluí que poderia ter ficado entre os dez primeiros — um resultado nada mau, considerando que o grupo de elite contou com maratonistas quenianos que correm na casa dos 2:05. Poucas semanas depois, eu conversei com os organizadores de uma prova de 166K, a Ultramaratona do Monte Gaoligong. Combinamos que meu convite para participar incluiria algumas entrevistas para revistas britânicas. A oportunidade de viajar para outra parte da China, para a cidade de Tengchong, na Província de Yunnan, próxima a Birmânia, era um dos atrativos para mim. Eu nunca tinha disputado uma prova de 160K antes; portanto, eu não estava me inscrevendo com o intuito de ganhar.

Era uma corrida extrema pelas montanhas. Subir a uma altitude de 9 mil metros, fez eu chegar praticamente ao limite e quase desistir em determinado ponto da corrida. Meu condicionamento estava abaixo do que deveria, mas ver a linha de chegada depois de 32 horas sem descanso me deu gás suficiente para completar a prova. Eu recebi minha medalha no formato de um sino de ovelhas, uma referência aos pastores com os quais os corredores cruzaram nas montanhas — e terminei na respeitável 14ª posição dentre uma elite de 57 atletas de enduro.

23

UM DIA, A GOBI E EU ESTÁVAMOS TREMENDO, TENTANDO nos proteger do vento de inverno que soprava pelas janelas antigas do apartamento; no outro, não conseguíamos dormir, sufocados pelo calor tórrido que nos drenava.

O dia 15 de novembro era quando o governo acionava o aquecimento no país todo. Foi o início do período mais difícil para nós em Pequim.

Tão logo o aquecimento entrou em funcionamento, a poluição aumentou. Como todos os demais em Pequim, eu aprendi a monitorar a qualidade do ar e planejar o meu dia de acordo. Se o índice estivesse abaixo de cem, eu levava a Gobi para passear sem me preocupar. Acima de duzentos, eu encurtava o passeio. Acima de quatrocentos, a curta caminhada de cinquenta metros da entrada do nosso prédio até o meu restaurante favorito de comida japonesa já deixava meus olhos irritados.

Ouvi dizer que ficar ao ar livre com o nível entre cem e duzentos equivalia a fumar um maço de cigarros por dia. Duzentos equivaliam a dois maços, trezentos a três, e qualquer coisa acima disto seria como fumar um pacote inteiro.

Com as usinas de carvão soltando fumaça pesada, o céu ficava tão concentrado de partículas tóxicas que não dava nem para abrir as janelas do apartamento.

Tentar evitar a poluição dava uma sensação de liberdade cerceada. Não podíamos nem sair para passear ou tomar um café. Interrompemos tudo. Era como se estivéssemos segregados do mundo.

A mudança foi prejudicial para a Gobi. Depois de uns poucos dias confinados ao apartamento, dava para ver que a situação a afetava. Ela parou de comer, quase não bebia água e ficou prostrada com um ar tristonho que eu desconhecia. A única coisa que a animava um pouco era brincar de buscar a bolinha de tênis que eu jogava no corredor. O tipo de brincadeira em que ela passaria horas entretida, nos passeios pelo canal, mas que, no interior do prédio, com a iluminação de emergência acendendo e apagando sozinha o tempo todo e nos deixando na escuridão, ela brincava por no máximo meia hora.

Achando que o problema com o corredor pudesse ser o cheiro que vinha por baixo da porta dos vizinhos, um dia eu levei a Gobi até a garagem no subsolo. Eu sabia que ela ficava vazia por boa parte do dia, então havia bastante espaço para ela correr atrás da bolinha, como estava acostumada.

Tão logo as portas do elevador se abriram, a Gobi se plantou no lugar como se suas patas fossem um carvalho centenário e se recusou a se mover.

— Sério? — indaguei. — Você não vai nem sair do elevador?

Ela ficou olhando a escuridão do lugar. Imóvel.

●

Uma noite, quando voltei depois de comer *sushi* e ela não se levantou para me receber, eu vi que algo estava muito errado.

No dia seguinte, o veterinário a examinou e diagnosticou com tosse canina. Ele prescreveu uma medicação e, claro, uma semana confinada ao apartamento.

Como a Lucja não voltaria a Pequim antes do Natal e eu não tinha nenhuma entrevista agendada, os dias não passavam. Duas vezes por dia, nós brincávamos com a bolinha no corredor, e toda noite eu espremia os olhos por conta da poluição e corria até o restaurante japonês. O apartamento parecia um forno, mas eu não arriscava abrir as janelas para não deixar a poluição entrar. Assim, toda manhã eu acordava sentindo ressaca, a despeito de ter bebido três cervejas na noite anterior, ou mesmo nenhuma.

Eu ia à academia de vez em quando, e só conseguia assistir a uma hora de vídeo antes que a minha conta da internet interrompesse.

Sem o vídeo para me distrair, eu logo ficava entediado.

Tentei fazer exercícios de força e de condicionamento no apartamento, mas não tinha jeito. A poluição estava por toda a parte. Embora eu lavasse o piso e tirasse o pó regularmente, toda vez que eu fazia flexão, ficava com as mãos cobertas de fuligem, que entrava pelas frestas invisíveis da janela.

Eu já estava começando a cair no breu, quando a Gobi se recuperou.

O *timing* dela foi perfeito. Eu acordava com ela olhando para mim, ganhava uma lambida, e, assim, meu dia começava bem. Como eu poderia ficar deprimido com a Gobi todinha para mim?

E ela foi melhorando dia a dia. Quando sarou completamente da tosse, seu humor típico voltou. Mesmo quando saíamos para ela fazer as necessidades, ela andava ligeiro com a cabecinha erguida e os olhos brilhando. Eu gostava de vê-la assim, confiante e segura.

Mais uma vez a Gobi me deu forças. Eu pensava em tudo pelo qual ela tinha passado, desde a corrida até o período nas ruas de Urumqi, para que pudesse achar um lar definitivo com donos que a amassem e cuidassem dela. Se ela tinha superado tudo, eu também poderia fazer o mesmo.

• •

Durante aqueles dias intermináveis, eu tive tempo de sobra para refletir sobre uma porção de coisas.

Pensei na minha ida para casa e como, embora eu competisse pela bandeira australiana e jamais apoiasse outro país no esporte que não a Austrália, o Reino Unido era meu lar agora. Eu morava lá há quinze anos, e tinha visto boa parte das coisas positivas da minha vida prosperar lá. A corrida, minha profissão, meu casamento — comecei tudo isso no Reino Unido. Não poderia haver lugar melhor para eu levar a Gobi.

Pensei no meu pai também. Eu tinha vinte e poucos anos quando o meu pai biológico me procurou e entrou na minha vida. As coisas eram muito complicadas, e foi impossível desenvolver um relacionamento duradouro.

Embora eu não tenha tido o relacionamento pai e filho completo como a maioria dos meus amigos, sou grato a meu pai por uma coisa. Ele nasceu em Birmingham, na Inglaterra, mas mudou para a Austrália ainda pequeno. Meu pai não me deu dinheiro algum, nem o apoio de que eu tanto precisava. Mas quando me tornei adulto e pronto para recomeçar a milhares de quilômetros de casa, a nacionalidade dele permitiu que eu tirasse um passaporte britânico.

Pensei na minha mãe também. Mais ou menos na mesma época que meu pai reapareceu na minha vida, minha mãe adoeceu. Ela me ligou um dia antes de eu conhecer a Lucja. Fiquei surpreso ao ouvir a voz dela, pois já fazia alguns anos que só nos falávamos no dia do Natal.

Fiquei chocado saber que ela estava com uma doença grave.

Eu acompanhei todo seu tratamento e a vi ficar bem perto da morte, e isso nos aproximou. Ela queria consertar as coisas, e foi exatamente o que prometemos fazer. Reconstruímos nosso relacionamento a partir daquele ponto. Fomos bem aos poucos, e com o passar dos anos, pelo menos nos tornamos amigos.

●

Durante a espera no apartamento, contando os dias para rever a Lucja, também pensei no motivo pelo qual tinha sido tão especial conhecer a Gobi. E não foi difícil entender.

Tinha a ver com cumprir minha promessa.

Eu havia prometido levar a Gobi para casa, custe o que custasse. Encontrá-la, mantê-la em segurança, possibilitar que ela voasse até a Escócia, tudo isso era uma forma de manter a minha promessa. Depois de altos e baixos, eu tinha conseguido resgatá-la e dar a ela a segurança e a estabilidade que eu tanto precisei quando minha vida virou de ponta-cabeça na minha infância.

O dia em que a Gobi parou do meu lado, avistou as minhas polainas amarelas e fitou os meus olhos, ela lançou um olhar que eu nunca tinha visto. Ela confiou em mim logo de cara e chegou a colocar a vida dela em minhas mãos. Deixar um completo estranho assuma esse papel, mesmo para uma cadelinha abandonada, é algo poderoso, poderoso demais.

Se a Gobi me salvou? Não considero que eu estivesse perdido, mas com certeza ela me mudou. Eu me tornei mais paciente e tive de enfrentar os demônios do passado. Ela se somou às coisas positivas da minha vida, que começaram quando conheci a Lucja, e que seguiram quando descobri a corrida. Talvez eu não precise mais disputar provas de longa distância para aclarar o meu passado problemático. Sob muitos aspectos, ao encontrar a Gobi, eu descobri um pouco mais sobre mim.

Quando o Natal finalmente se aproximou, e eu vi a Lucja sair do setor de desembarque do aeroporto, não consegui conter as lágrimas.

Foi como no dia em que ela esperou por mim na Maratona das Areias: a parte mais longa, dura, difícil e penosa do desafio tinha ficado para trás. Nós conseguimos. E logo iríamos para casa.

24

ALGUNS MOMENTOS, QUANDO FECHO OS OLHOS E ME CONCENTRO a valer, consigo me lembrar de todas as vezes que me disseram que eu ia fracassar. Ainda consigo ver o diretor da minha escola estendendo a mão para eu cumprimentá-lo, mostrando um sorriso amarelo no rosto, enquanto me sussurrava que um dia eu acabaria na prisão.

Consigo ver os inúmeros técnicos, professores e pais de supostos amigos, todos me olhando com ar de reprovação ou de decepção, dizendo que eu tinha desperdiçado todos os meus talentos, e que eu não passava de uma péssima influência.

Lembro-me da minha mãe no auge do sofrimento pelo seu luto e de como eu me sentia desamparado.

Por muito tempo, tentei aplacar essas lembranças. E me tornei mestre nisso. Eu precisava, pois sempre que baixava a guarda e deixava as lembranças tristes tomarem conta, eu lamentava na mesma hora.

Como na primeira vez em que disputei uma ultramaratona. Eu já comecei nervoso e conforme os quilômetros iam-se aos poucos, e as horas se esticavam, comecei a duvidar de mim mesmo.

"Quem pensava ser ao lado daqueles outros atletas que sabiam o que estavam fazendo?"

"Quem eu estava pensando que era, para tentar correr 50K com pouquíssimo treino?"

"Será que eu era tolo o suficiente para achar que conseguiria?"

Conforme essas perguntas ganhavam força dentro de mim, as respostas foram logo aparecendo.

"Você não é nada."

"Você não presta."

"Você nunca vai conseguir terminar."

A menos de dez quilômetros da linha de chegada, eu provei que as vozes estavam certas. Eu desisti.

Isso aconteceu umas poucas semanas antes da minha primeira ultramaratona multietapas, a corrida de 250K no deserto do Kalahari que a Lucja tinha sorteado nas páginas do livro que eu tinha dado de presente de aniversário para ela. Nos dias que se seguiram à desistência da minha primeira ultramaratona, as vozes dissonantes ganharam mais e mais expressão. Como eu não tinha dado conta de uma prova curta, meus amigos perguntavam se eu acreditava de fato ser capaz de correr. Eu quase me convenci de que eles tinham razão.

"Quem eu era para achar que conseguiria?"

"Eu era um nada."

"Eu não prestava."

"Eu nunca teria sucesso."

Mas algo aconteceu entre minha desistência nos 50K e meu início da prova do Kalahari. Eu gostaria de poder dizer que tinha recebido uma luz ou uma ótima sequência de treinamento, como no meu filme favorito, *Rocky*.

Não foi o caso.

Eu apenas decidi ignorar as vozes interiores que me diziam ser um fracasso. Sempre que rumores tóxicos se manifestavam, eu preferia me contar outra história.

"Eu consigo."

"Eu não sou um fracasso."

"Eu vou provar a todos que eles estão equivocados."

●

Nosso voo partiria bem tarde de Pequim, na véspera de Ano Novo. Eu tinha passado o dia todo entre limpar o apartamento, levar a Gobi para passear e me despedir dos meus amigos do restaurante japonês, que tinham me oferecido um *kimchi hot pot, sushi* salada e amizade quase diariamente. Eles inclusive me deram uma garrafa de um molho de saladas secreto, que eu adorava.

Enquanto esperávamos pela carona da Kiki naquela noite, a Gobi desconfiou de que havia algo. Ela estava mais inquieta do que o normal, correndo sem parar pelo apartamento vazio. Quando finalmente deixamos o prédio pela última vez, a Gobi foi correndo até o carro da Kiki como se ele fosse feito de bacon.

Eu relaxei um pouco.

Do carro, fiquei observando a sucessão de postes de iluminação e pensei nas pessoas e lugares que se tornaram importantes para nós nos quatro meses e quatro dias em Pequim.

Passamos pela academia que ficava em um hotel, onde eu tinha me esforçado para continuar meu treinamento. Pensei em todas as vezes que a *internet* tinha caído e eu era forçado a parar depois de apenas uma hora de esteira. Tinha achado tudo muito frustrante, mas não mais. Um sinal do quanto a minha vida tinha mudado era eu me desvencilhar assim tão fácil.

Havia a loja de adoção onde o Chris trabalhava e para a qual eu doei dez mil dólares do dinheiro que sobrou do projeto de financiamento coletivo "Leve a Gobi para casa". Se não fosse pelo Chris e sua orientação sobre como a Lu Xin deveria conduzir as buscas pela Gobi, eu jamais a teríamos encontrado. Sem o Chris, quem pode saber onde a Gobi estaria agora?

Pensei em todas as outras pessoas que tinha conhecido em Pequim e em Urumqi. Era difícil deixar tanta gente incrível para trás, sobretudo porque a minha temporada na China tinha alterado profundamente a minha visão do país e do seu povo.

Para ser sincero, quando cheguei à China para a prova no deserto de Gobi, minha visão era meio clichê. Eu achava que os chineses eram fechados, sisudos, rudes e indiferentes. No primeiro trajeto de Urumqi até a largada da competição, eu vi nas pessoas apenas o que eu esperava encontrar. Não é de se surpreender eu não ter gostado muito de lá.

Mas tudo pelo que a Gobi passou mudou meu ponto de vista. Agora eu sei que os chineses são um povo simpático, autêntico e acolhedor. Quando nos recebem em sua casa e em seu coração, eles se tornam incrivelmente generosos e gentis. Uma família que não cheguei a conhecer, mas que tinha acompanhado minha história, me emprestou uma bicicleta elétrica de mil dólares durante minha estadia. Eles não pediram nada em troca, nem mesmo uma *selfie* com a Gobi.

E as pessoas de Urumqi eram iguais. A cidade inteira pode estar coberta de câmaras de circuito fechado e de agentes de segurança nos parques públicos, mas os moradores são as pessoas mais amistosas, generosas e bondosas que eu já conheci. E estou feliz por me sentir ligado a eles e por saber que não vou demorar muito a voltar.

E então tem a Kiki. Ela concordou em nos ajudar quando todo mundo se recusou. Foi até Urumqi para garantir que a Gobi saísse de lá em segurança e passou os quatro meses da nossa estadia em Pequim em um estado de pura tensão nervosa, sentindo-se responsável não apenas pelo bem-estar da Gobi, mas também por meu êxito. Eu liguei para ela o tempo todo com alguma dúvida (Como eu pago a conta de luz? A Gobi não está se sentindo bem. O que eu faço? Onde eu compro máscaras antipoluição?). Ela nunca estava ocupada ou cansada demais para ajudar, nunca reclamou quando eu pedi para ela tomar conta da Gobi por alguns dias em minha ausência. Ela até mandava vídeos dando notícias de poucas em poucas horas e me dava um relatório completo do que ela tinha feito para mimar a Gobi. A Kiki colocou a equipe dela ao meu dispor também. O motorista dela nos levava a toda parte, fazia entregas no meu apartamento, ficou encarregado de lidar com a papelada e resolveu inúmeros detalhes. Eles fizeram muito mais do que eu podia esperar.

• •

Estacionamos na área externa do aeroporto, descarregamos as malas e deixamos a Gobi fazer suas necessidades uma última vez antes de fechá-la na caixa de transporte especial em que ela tinha vindo por quase todo o caminho.

A legislação britânica proíbe expressamente animais de estimação na cabine de passageiros, chegando ou saindo do país. E depois de ela ficar tão traumatizada ao viajar junto das bagagens quando saímos de Urumqi, eu jurei nunca mais despachá-la outra vez. Isso significava que nossa viagem para casa seria ainda mais longa e complicada e incluiria: um voo de dez horas até Paris, mais cinco horas de carro até Amsterdã, uma travessia noturna de doze horas de *ferry* até Newcastle, no norte da Inglaterra e mais duas horas de carro até nossa casa em Edimburgo. Somando todas as esperas, a jornada completa levaria quarenta e uma horas no total.

Nós fizemos questão de pagar um pouco mais para viajar de primeira classe, só para ter certeza de que a Gobi ficaria confortável e pertinho de mim na cabine. Foi uma maravilha ir direto ao balcão e ser atendido na hora. Entreguei o meu passaporte para a atendente e me afastei, pensando no quanto a vida da Gobi tinha mudado. Seis meses antes, ela vivia na fronteira do Deserto de Gobi e o desespero pela sobrevivência era tão grande que correu o equivalente a três maratonas com um completo estranho.

Agora, ela estava prestes a viajar de primeira classe para nada mais que a sofisticada Paris.

Eu acordei do meu devaneio por conta do tom cada vez mais alto do diálogo entre a Kiki e a atendente chinesa do *check-in*. Durante a minha estadia na China, aprendi que, toda vez que o tom de uma conversa aumenta, é sinal de problema. Fechei os olhos, imaginando que, seja qual fosse a questão que a Kiki havia levantado, estava se agravando.

— O que aconteceu, Kiki?

— Você fez reserva para a Gobi no voo?

Foi como se todo o ar do lugar tivesse se tornado vencido.

— Eu não — respondi. — Achei que você cuidaria disso.

A Kiki balançou a cabeça.

— A Lucja é que ficou de reservar.

Então ela se voltou novamente para a atendente, e o diálogo continuou.

Eu liguei para a Lucja.

— Você fez reserva para a Gobi no voo?

— Não — ela respondeu. — A Kiki é que ficou de reservar.

Estava claro que este era um simples mal-entendido entra as suas, que ficaram tão ocupadas com a organização da viagem dos dois cantos do mundo, que este pequeno detalhe passou despercebido. E eu tinha certeza de que seria razoavelmente simples de resolver. Talvez um pouco caro, mas simples.

— Kiki — eu chamei, tocando no ombro dela. — Pergunte apenas quanto vai custar, para que a gente possa embarcar logo.

A Kiki balançou a cabeça.

— Ela disse que não dá. Não tem como inserir a Gobi agora no sistema. É impossível.

Eu fechei os olhos e tentei controlar a respiração. Inspira... expira... "Mantenha a calma, Dion. Mantenha a calma."

Outra atendente da companhia veio se juntar à conversa, elevando um pouquinho mais o volume. A esta altura a Kiki estava em ação total, apontando para mim e para Gobi alternadamente. Eu não podia fazer nada, a não ser ficar ali parado e entrar em pânico em silêncio.

Toda a papelada que permitiria a entrada da Gobi no Reino Unido foi preparada segundo o itinerário traçado. Isso queria dizer que, se chegássemos a Newcastle depois da meia-noite do dia 2 de janeiro, ela seria inválida, e eu teria de providenciar outro veterinário para examinar a Gobi e dar um atestado. Com otimismo, isso acrescentaria um dia ou dois à viagem. Sem otimismo, isso nos custaria mais uma semana.

Um terceiro agente se juntou às duas atrás do balcão, e quando ele chegou, o clima mudou. O volume baixou, e ele ouviu a explicação da Kiki.

Depois de trocar algumas palavras com o encarregado, a Kiki se virou para mim:

— A Gobi não tem reserva neste voo.

Eu sabia o que viria a seguir, que ela teria de fazer uma nova reserva no voo seguinte e que isso sairia mais caro.

—Vá até aquele balcão ali — a Kiki me disse, apontando para outro balcão da Air France ali perto — e pague duzentos dólares, diga que eles irão embarcá-la.

Custei a acreditar.

— Embarcar neste voo?

— Sim.

Eu não perdi tempo. Paguei a taxa no outro balcão e voltei para pegar o meu cartão de embarque.

— Eu disse a eles que a Gobi era famosa — a Kiki contou sorrindo, enquanto esperava. — Eles sabiam da história e abriram uma exceção por você.

Tão logo guardei meu passaporte e o cartão de embarque no bolso, o pessoal do *check-in* começou a tirar *selfies* com a Gobi, todos sorridentes.

●

Por fim, chegou a hora de eu me despedir da Kiki na entrada do controle de passaportes e então passei pela segurança, suspirando de alívio.

— Aguarde um minuto — uma oficial me disse, enquanto eu calçava os meus sapatos. —Venha comigo.

Olhei para cima e vi um homem sisudo ao lado do raio X a me fitar. Peguei a Gobi — que seguia na caixa de transporte — e minha bagagem e o segui por um corredor estreito. Ele me mandou entrar em uma sala pequena e sem janela, com apenas uma escrivaninha e duas cadeiras e um cesto grande cheio de isqueiros e garrafinhas de água confiscados.

"Mantenha a calma, Dion. Mantenha a calma."

O homem olhou meu passaporte e meu cartão de embarque e começou a digitar no computador. Minutos se passaram, e ele continuou sem dizer nada. Fiquei tentando adivinhar o que eu havia dito ou feito para me prejudicar. Eu sabia que não tinha ultrapassado a permissão do visto, e se passaram semanas desde minha última entrevista. Seriam os comprimidos que a Lucja me deu para deixar a Gobi calma no voo?

Mais digitação. Mais silêncio. Então, de repente, ele falou:

— Nós olhar cachorro.

Senti um aperto no coração. Eu sabia que duzentos dólares era um valor barato demais para resolver tudo. E sabia que a esta altura a Kiki já tinha ido, e embora eu tivesse uma pasta lotada de atestados do veterinário, dizendo que a Gobi tinha cumprido o período de avaliação exigido de noventa dias, além da carteira de vacinação em dia, eu não conseguiria explicar nada disso a eles. Sem a Kiki, eu estava à mercê da burocracia chinesa.

O agente parou de digitar, pegou o telefone e falou por alguns instantes.

— Você espera minuto — ele disse, depois de desligar o telefone e voltar a digitar.

A Gobi continuava em sua caixa, que eu estava segurando com força no meu colo. Eu conseguia ver que ela estava olhando para mim pela abertura. Eu queria dizer a ela que tudo ia ficar bem, tirar ela de lá e fazer um carinho para tranquilizá-la — e a mim também —, mas não valia a pena correr o risco.

Então esperei. Foi o minuto mais longo da minha vida.

O telefone tocou. Ouvi uma parte da ligação, sem fazer ideia do que eles estavam falando, e nem qual resultado sairia dali.

— OK — ele disse finalmente — O cão liberado para voar. Você vai.

— Para onde? — perguntei.

— Voar.

Eu voltei correndo pelo corredor, passei os aparelhos de raio X e cheguei ao terminal. Achei um portão desocupado e tirei a Gobi para dar água a ela. Ouvi alguns franceses fazerem a contagem regressiva e começarem a celebrar. Olhei o meu relógio. Era meia-noite. O ano mais impressionante da minha vida tinha chegado ao fim. A próxima aventura estava por começar.

— Ouça, Gobi — eu falei. — Está ouvindo? Significa que nós conseguimos. Chegamos até aqui, e vamos partir logo. Vai ser uma viagem longa, mas garanto que vai valer a pena. Quando a gente chegar em Edimburgo você vai ver, nossa vida será incrível.

• •

A Air France providenciou para que o assento ao meu lado estivesse vazio; assim, mesmo a Gobi tendo que viajar o tempo todo dentro da caixa, nós viajamos com estilo. Ela ficou um pouco agitada quando decolamos, mas assim que pude colocar a caixa no meu colo, ela logo se acalmou.

Chequei o mapa com a rota da viagem e esperei até que sobrevoássemos o Deserto de Gobi. Eu sorri muito quando Urumqi apareceu e fiquei pensando em como uma cidade que eu sequer tinha ouvido falar um ano antes podia ter adquirido um significado tão especial agora para mim.

As luzes da cabine foram apagadas, e os demais passageiros dormiram. Reclinei o assento até ficar uma cama, e tirei a Gobi devagarzinho da caixa. Ela tinha ficado agitada novamente, mas assim que se aninhou nos meus braços, pegou no sono profundo rapidinho.

Fechei os olhos e lembrei-me de como eu me senti depois de correr uma etapa longa. Deu até para sentir o calor, com o ar tão quente que quase queimava os pulmões. Eu vi o Tommy com dificuldade para se manter em pé e lembrei do desespero de encontrar uma sombra. Eu também lembrei que, apesar de estar com tontura, enjoo e preocupado que fosse morrer, eu sabia que, se sobrevivesse, faria tudo ao meu alcance para garantir que eu e a Gobi passaríamos o resto da vida juntos.

Caí no choro quando encontrei a Lucja no aeroporto Charles de Gaulle, em Paris. A Gobi não aguentou mais segurar as quatorze horas sem urinar. Eu tinha levado fraldas descartáveis e tentado convencê-la a fazer as necessidades no avião, mas ela tinha se recusado. Só quando paramos no chão limpo e encerado no meio do terminal, ela finalmente deixou escapar.

Eu tinha certeza de que o restante da viagem até em casa não seria complicado, e até desviamos pelo centro da cidade para mostrar a Torre Eiffel e o Arco do Triunfo à Gobi. Depois disso, rumamos para o norte, da Bélgica até Amsterdã, onde os tios e os primos da Lucja moram.

Ver a alegria deles ao conhecer a Gobi me fez lembrar o modo como as pessoas responderam de início à história dela em 2016. O ano tinha sido palco de muitas notícias tristes, da morte de vários artistas e de ataques terroristas. Boa parte do mundo se dividiu pela política, mas eu li diversos comentários de pessoas que achavam que a Gobi tinha sido uma das poucas notícias positivas que serviam para recobrar a fé na natureza humana. Em um ano marcado por sofrimento e ódio, o caso da Gobi era um raio de luz.

Depois de tomar uma ducha e de descansar um pouco, a Lucja, a Gobi e eu nos despedimos da família e seguimos para o terminal do *ferryboat*, que ficava na esquina da casa deles. A Lucja tinha passado a semana tentando convencer a companhia marítima a flexibilizar a regra que exige que os donos deixem os animais no carro ou na área do canil a bordo. De jeito nenhum aquilo ia funcionar com a Gobi, e a empresa por fim permitiu que ela viajasse conosco na cabine.

Por isso, achei que o embarque seria tranquilo e que ficaríamos bem. Nada poderia dar errado, certo?

Bem, sim, poderia. E deu. Quase.

No momento em que entregamos o passaporte animal da Gobi no *check-in*, o clima mudou. A atendente atrás do balcão estava folheando as páginas para frente e para trás, com ar de atônita.

— Você precisa de ajuda? — a Lucja perguntou em alemão. — O que precisa saber?

— Eu não consigo ler nada — ela respondeu. — Está tudo em mandarim. Não consigo ler. Não posso deixar vocês embarcarem.

Ela chamou o superior, e os dois folhearam tudo de novo.

— Não dá para a gente ler — disse o encarregado. — Vocês não podem embarcar.

A Lucja passou a semana estudando tudo sobre as diversas exigências para atravessar um cão pela fronteira, e ela conhecia as regras de cor e salteado. Ela mostrou com todo cuidado qual estampa correspondia a qual vacinação, mas não adiantou. Eles não estavam convencidos, e até que estivessem, a Gobi estaria presa na Holanda.

Foi então que me lembrei do calhamaço de papéis que a Kiki havia me entregado para eu fazer a travessia na fronteira britânica. Era a mesma informação, mas traduzida para o inglês. Eu entreguei a eles, observei enquanto examinavam tudo e ouvi quando finalmente fizeram alguns ruídos encorajadores.

Por fim, faltando apenas uns poucos minutos, recebemos o carimbo no passaporte da nossa mascote com um sorriso. E estávamos liberados.

Na manhã seguinte, ao pegarmos o carro e sairmos do *ferry*, a Lucja e eu trocamos olhares de aflição. Será que iriam nos parar no controle na fronteira britânica? Será que encontrariam alguma falha na papelada e mandariam a Gobi para Londres para um período a mais de quarentena? Nós nos aproximamos da cabine, de mãos dadas, e para nossa surpresa, eles nos acenaram e mandaram seguir. Nenhuma checagem. Nenhum inconveniente. Nenhum atraso. A Gobi estava no Reino Unido.

●

A viagem de carro até a Escócia foi lenta e tranquila, e quando passamos pelas colinas rasas e pelas pradarias, eu deixei os pensamentos soltos. Pensei na promessa que eu tinha feito à Gobi e nos seis meses que havia levado para cumpri-la. Pensei em todos que doaram dinheiro para ajudar, os voluntários que passaram dias e noites procurando e nas pessoas no mundo inteiro que enviaram mensagens de apoio e rezaram por nós. Eu não consegui nada sozinho, foi um esforço conjunto de pessoas generosas e carinhosas.

Pensar nisso me emocionou. O mundo ainda é um lugar bom e nobre.

Quando nossa jornada estava quase concluída, paramos na colina e admiramos a vista. Edimburgo se desvendando inteira para nós: o monte Arthur's Seat — uma montanha que guarda a cidade —, o litoral ao leste, a cadeia de montanhas Pentland ao oeste. Fazia um dia bonito, não apenas por conta do céu azul e do ar puro, e também não por causa do meu aniversário de 42 anos.

Era um dia perfeito por um único motivo, bem simples: nós estávamos juntos.

Entramos na cidade, o carro ia em silêncio, mas a emoção e os pensamentos estavam a mil. Ao virar na minha rua, me ocorreu que eu não havia imaginado como seria atravessar a porta da frente com essa cadelinha maravilhosa debaixo do braço.

Eu não tinha pensado nisso antes porque não ousava pensar que seria possível. Toda a falácia, todo o medo, todas as preocupações tinham sido um grande fardo para mim. Eu nunca me dei ao luxo de acreditar que conseguiríamos.

Mas, ao abrir a porta e ver amigos e entes queridos lá dentro, ouvir o estouro das rolhas de champanhe e a euforia das pessoas que estavam ali para celebrar conosco, eu descobri exatamente como era.

A sensação era do começo de uma nova grande aventura.

• •

As horas e os dias que se seguiram foram atribulados e, de certa forma, me remetiam a Urumqi. Uma equipe de televisão australiana tinha vindo para registrar a nossa volta para casa e me entrevistar. Nós recebemos ligações de jornalistas do mundo inteiro; muitos eu já conhecia bem; com outros eu nunca havia falado. Todos queriam saber como a Gobi havia se comportado durante a viagem e o que a vida reservava para ela daqui por diante.

Eu contei a todos como Gobi havia se adaptado rapidamente à vida nova e como ela e a Lara, nossa gata, tinham se unido e estavam dividindo a propriedade do sofá da sala. Contei que a Gobi era uma inspiração, porque tinha enfrentado a jornada da mesma forma como tinha lidado com quase todo desafio imposto a ela desde que nos conhecemos. Contei que eu estava orgulhoso dela, mas que esta era apenas parte da história. Seria preciso um bocado de respostas para eu conseguir falar tudo o que queria sobre a Gobi. E compartilhar como eu havia sido transformado de diversas formas por ter encontrado a Gobi levaria ainda um tempo maior — sobretudo por estar ciente de que esta vida nova estava apenas começando.

Somente a Gobi conhece as respostas para tantas perguntas: Por que ela estava vagando pelo Tian Shan? Por que ela me escolheu? O que aconteceu quando ela desapareceu?

O que era mais importante antes e continua ainda hoje é que: desde o primeiro momento em que eu disse sim à Gobi, minha vida mudou. Ela acentuou o contraste, se somou a todas as coisas positivas na minha vida e conseguiu aplacar parte das negativas.

O quadril da Gobi cicatrizou e o pelo já cresceu de novo onde havia sido raspado para a cirurgia. Ela não se contorce mais de dor se tocamos sem querer no local. Quando anda no solo instável, ela às vezes levanta a perna um pouquinho. O veterinário em Edimburgo disse que é como um hábito, pois colocar o peso sobre aquele lado do quadril costumava doer. Quando a Gobi e eu corremos juntos hoje em dia, pelas trilhas e colinas, a passada dela é perfeita, e acompanhá-la é tão difícil como era no Deserto de Gobi.

●

Na primeira noite que passamos todos juntos, a Gobi e a Lara tomaram posse do pé da cama, e eu voltei a ouvir o silêncio conhecido do meu lar. A Lucja se virou para mim e perguntou o que eu queria fazer na manhã seguinte. Nós não tínhamos nada planejado, e as primeiras horas do dia ficaram todas para nós.

Eu sabia exatamente o que eu queria. Olhei para a Gobi, e depois para a Lucja:

—Vamos todos correr!

Agradecimentos

A CHINA TROUXE MUITA COISA BOA PARA MINHA vida, e sou grato por ter passado um longo período lá. Em um país com mais de um milhão de habitantes, eu conheci as pessoas mais generosas, atenciosas e gentis, como jamais poderia esperar.

Kiki Chen foi uma das pessoas que se juntou a nós desde o início e tornou possível que a Gobi deixasse a China. Chris Barden é um verdadeiro encantador de cachorros, organizou nossa equipe de buscas e foi indispensável para que a Gobi fosse encontrada. Serei eternamente grato à Lu Xin por não ter desistido nunca de procurar a Gobi e por me mostrar o que é a verdadeira generosidade. Jiuyen (Lil) foi mais do que uma intérprete, e suas palavras me serviram nas circunstâncias mais difíceis. Sou profundamente grato a todos os voluntários que procuraram noite e dia por uma cadelinha que nunca tinham visto, para ajudar um total desconhecido. Não tenho palavras para agradecer, mas espero que eles saibam o quanto foram fundamentais para a nossa história.

Para a família Ma, meu muito obrigado por terem encontrado a Gobi. O apoio e a orientação do WorldCare Pet foram absolutamente imprescindíveis, e a equipe do WorldCare Pet em Pequim demonstrou carinho, dedicação e cuidado incondicionais e permanentes para com a Gobi.

Eu ainda sorrio quando lembro dos primeiros momentos que passei com os rapazes de Urumqi no restaurante Lvbaihui Tribes Barbecue (em especial, quando penso na aguardente que eles me serviram. *Ganbei Maotai!*).

Sinto saudades dos irmãos pequineses do Ebisu Sushi, e me sinto honrado de poder chamar a cidade de Urumqi de minha casa na China.

Eu não conheci nenhuma outra cidade mais gentil, cordial e generosa na face da Terra.

A imprensa chinesa demonstrou seu apoio e dedicação à nossa história e ao amor que brotou dela.

●

Aqui no Reino Unido, meu reencontro com a Gobi não teria acontecido sem a Lisa Anderson, que cuidou da Lara e da integridade do nosso lar. Iona, Kris, Tony e Gill são algumas das pessoas maravilhosas que deram apoio à Lucja durante todo o tempo. E à Ross Lawrie, eu só tenho uma coisa a dizer: Brilhante!

● ●

A imprensa desempenhou um papel crucial nesta história.

Jonathan Brown, do Daily Mirror, foi o primeiro repórter a levar a história até os jornais; Judy Tait, a primeira a transmitir a história pela BBC Radio 5 Live; e o apresentador Phil Williams nos apoiou desde o início. Eles enxergaram a história com contornos que eu não havia notado e me conduziram da melhor forma para compartilhá-la com os outros.

Recebi um apoio valioso também da BBC do Reino Unido e da World Services, de Christian DuChateau; da CNN, de Amy Wang; do Washington Post, de Deborah Hastings; do Inside Edition, de Oliver Thring; do The Times, de Victor Ferreira; do Canadian Post, de Nick Farrow e Steve Pennels; do Channel 7 da Austrália, de Pip Tomson; do Good Morning Britain da ITV; e do podcast Eric Zane Show.

A todos os demais jornalistas e apresentadores de rádio e televisão que cobriram a história, sou grato por sua colaboração para divulgar a nossa jornada.

Ao enorme número de pessoas que nos doou dinheiro, enviou mensagens de carinho e apoio ou rezou por nós todos os dias. Eles não apenas acreditaram — como tornaram tudo isso possível.

Quero ainda agradecer a Winston Chao; a Mark Webber, pelo *tweet* (Aussie Grit!); e ao Dr. Chris Brown por sua colaboração, experiência e orientação. A Richard Henson, que foi absolutamente fantástico, por ir até Urumqi nos ajudar. A Tommy Chen, por ser um excelente adversário e embaixador de Taiwan. Ao treinador de corridas Donnie Campbell, "um-dois-três-um-dois-três"; à empresa WAA Ultra Equipment, por me apoiar; e à destilaria William Grant & Sons, pelos funcionários mais atenciosos que um homem pode desejar. Estendo os meus agradecimentos também à DFDS Seaways e à Air China.

Por fim, sou imensamente grato à Equipe Dion e Gobi. Graças à filha, Quinn, Paul de Souza transformou tudo isto em realidade. Jay Kramer contribuiu com seus apoio, experiência e aconselhamento inestimáveis. Matt Baugher acreditou e apostou em nós, e temos uma dívida de gratidão para com ele e toda a equipe da W Publishing, da Thomas Nelson e da HarperCollins por trabalharem com tanto afinco e num prazo tão exíguo. A visão, as orientações e a paciência de Craig Borlase para organizar este livro foram fantásticas.

Sobre o autor

DION LEONARD é um australiano de 41 anos, anos, que mora em Edimburgo, na Escócia, com sua esposa Lucja. Dion competiu e completou algumas das ultramaratonas mais difíceis do mundo passando pelos lugares mais inóspitos possíveis, incluindo duas corridas pelo Deserto do Saara em Marrocos, na Maratona das Areias de 250 quilômetros, e duas corridas pelo Deserto do Kalahari na África do Sul. A corrida de Dion de 250 quilômetros pelo Deserto de Gobi transformou-se em uma competição completamente diferente quando ele se apaixonou por uma cachorrinha que começou a segui-lo e mudou a vida de ambos para sempre.

Este livro foi impresso em 2018,
pela Intergraf, para a Harpercollins Brasil.
O papel do miolo é avena 80g/m², e o da capa é cartão
250g/m².